「字码头」读库

秘密生活

◎ 陈昌平 著

大连出版社

陈昌平

1963年8月出生于大连，祖籍山东牟平。1985年毕业于东北师大中文系，鲁迅文学院第十一届高级研修班结业。先后从事过教师、编辑和企管等工作，现居大连，任教于辽宁大学广播影视学院。

1984年开始小说创作并发表作品，在国内各重要文学刊物上发表中短篇小说五十余篇，其中《英雄》《汉奸》和《国家机密》等小说为多家选刊转载，并进入多家选本和排行榜。曾获得第四届、第六届辽宁文学奖，第六届辽宁优秀青年作家奖，《小说选刊》2003年—2006年全国优秀中篇小说奖。出版中篇小说集和中短篇小说集各一部。

中国作家协会会员，辽宁作家协会理事，辽宁省作协签约作家，《鸭绿江》艺术总监，一级作家。

留住阅读和写作的心
——"字码头"读库总序

滕贞甫

网络时代,很多人似乎慢慢丢掉了阅读的习惯,在市场力量的推动下,消费性的写作也成为了当下的文学主流。

大连是个现代化的海滨城市,在这里工作和生活着一批全国知名的文学作家。他们中间有恪守文学表现时代传统的50后、60后作家,也有表现人物成长和个人生活、侧面展现历史的近70后作家。"字码头"读库推出十二位作家的经典文学作品集,包括作家自选的中短篇小说集、散文集、随笔集。这些作品关注和表现的题材十分丰富，涵盖了历史、现实、农村、工厂、部队、知识阶层、都市时尚生活、现代女性和新人类。写作方面各具特点，有简捷明快、以故事情节引人入胜者，也有的以对人、事、物细腻的描绘和铺陈见长。如，孙惠芬对北方乡村农民及民工人物内心的丰富变化的细腻描绘，马晓丽对部队生活的深刻体验及对人物内心世界的深广、丰富的描述。陈昌平的小说让小人物走进历史，他书写普通人不同历史时期的卑微心理和悲凉人生，在貌似松弛的叙述中透出内在的凌厉无比的锋芒。

该读库作品的另外一个特点是既有故事情节，又能把这一故事讲述得娓娓动人，叙述得有技巧。津子围的小说宁静、平和、自由、开放，没有过多的笔墨渲染心理分析，而是在委婉地讲述着一个个故事，那些现代性的感受和先锋思考，在他的作品中深深地隐匿于个性的皮肉之下。

"字码头"读库中的散文和随笔也有着鲜明

的特点。邓刚、素素、宁明，他们的作品从不同的角度思考着"文革"、知青、改革、文化、历史、社会、人生问题，这些问题同时也是社会关注的焦点，他们力图通过他们的作品回应着历史、现实提出的问题，引领和解答着人们的思考。宁明的飞行散文有着重要的拓展与探索意义，不仅填补了国内散文创作领域书写飞行题材的空白，还为零距离状写蓝天体验提供了文本借鉴。

"字码头"读库与中国社会的发展进程相一致，从中我们找回了历史与记忆，找回了哲学的思考，她承载着当代文学的审美追求，展示着中国文坛梦的趋向与特征。她不仅是对文学资源的一种深度挖掘和发现，同时对当下中国文化的空间、文化的积淀、文化的推动，具有双向的拓展和深化作用。网络时代，我们更加相信，品质上佳的作品还会让人不自禁地想多读些书，让人静下心来投入写作，因为系统的阅读、精致的写作

最终是让知识体系完整而不是碎片化。

最后寄语读者、作家：请留住你们阅读和写作的心。

（作者系中共大连市委宣传部常务副部长、大连市文联主席）

目录

MIMI SHENGHUO

国家机密	001
英　雄	124
汉　奸	175
秘密生活	265
"贱民"的悲喜剧与小说之光 ——评陈昌平的小说创作	356

国家机密

一

在王喜贵王师傅眼里，小儿子王爱娇就是一个废品。

王师傅祖籍山东，世代务农。至少可以追溯到爷爷的爷爷，王氏家族便人丁兴旺，而且全部是兄妹六个——五个男的一个女的，老幺是个女的——小棉袄。至少从那时候开始，王家的男人和媳妇就像一台性能优异的机器，五男一女的生育传统和性别格局便一直延续下来。即便是在兵荒马乱颠沛流离的年代，王家的祖先依然顽强而又幸运地保持着这一匪夷所思的传统。到了王师傅这一代，自然还是兄妹六个，五男一女，老幺依然是个女的——小棉袄。王师傅排行老大，是兄弟里第一个成家立业的。他没有理由和借口破坏这一传统嘛，再说了，他这一家人又赶上了突飞猛进蒸蒸日上的新社会，所以王师傅结婚时就铆足了劲儿，把机器调理得齿轮飞转马达轰鸣——他要给兄弟们做个榜样。

王师傅的准备工作做得细致有序。王家对门的邻居

是渤海师范专科学校中文系的商老师一家。说是一家，让人笑话，其实就是商老师夫妇两个人，结婚四年了，也没个后代。王师傅奇怪商老师为什么没有后代。媳妇桂珍揣测商老师两口子是不是有一个人没有生育能力。商老师自己就是独子，人长得精瘦白净，白衬衣掖在腰带里，戴着一副白色的眼镜，于是王师傅觉得桂珍的话也有一定的道理。咫尺之间，天上地下，这边人丁兴旺热热闹闹，那边形单影孤冷冷落落，这不禁让王师傅暗自感叹和骄傲。当然了，商老师是识文断字的大学老师，王师傅对他还是非常尊敬和客气的。王师傅跟人打招呼从来都是"吃了吗"，唯独跟商老师见面，说的是"你好"。这足以窥见商老师在王师傅心中的地位和分量。就在老大出生后不久，正是上秋时节，王师傅帮着商老师盘了一铺平平整整的冬暖夏凉的大火炕。他既没抽商老师家的一根烟，也没喝商老师家的一口水，只是请求商老师瞅个空儿为老大和老大以后的五个弟妹们起名。王师傅清楚地记得，当他说出老大的后面还有四个弟弟和一个妹妹时，商老师的表情就像连续挨了五颗子弹一样。

商老师在王师傅盘的火炕上睡了一宿，第二天交给王师傅一张纸条，上面用工工整整的小楷写着"江山如此多娇"，六个字。

开始，王师傅还不知道这是毛主席诗词呢，但是瞅着瞅着，这六个字就在王师傅心里鲜花盛开啦——你看嘛，前面五个字就像男孩子一样，有山有水的，最后面一个字儿娇滴滴的，带着"女"字偏旁……王师傅非常满意，他把商老师的纸条折叠好，小心地夹在眼下还只有三个人的户口簿里。于是一切均在按部就班地运行，两年一个，老大爱江、老二爱山、老三爱如、老四爱此、老五爱多排着整齐的队伍，迈着雄壮的步伐，唱着嘹亮的歌曲进入了新社会。编筐编篓，贵在收口。临到最后一个，如果如期而至的是一个"小棉袄"，那么王喜贵王师傅也就圆满完成任务啦。

王爱娇，这是一个从发音到含义都非常美好的名字。

但是，偏偏桂珍不争气，第六个竟然又是一个"带把儿的"——还是一个男孩。这让王师傅大失所望，并且彻底打翻了王家几代人源远流长的传统。

而且，让王喜贵王师傅大失所望的还不止这个呢。

自打小六子出生，王师傅就开始不断地奇怪，这孩子长得像谁呢？从老大开始，一个一个数过去，小六子的五个哥哥，全部挑着父母的优点生长。王师傅鼻直口阔，于是哥们儿五个一水儿是高挺挺的鼻子方正正的嘴巴；桂珍浓眉大眼，于是哥们儿五个全都是水灵灵的双眼皮儿浓黑黑的卧蚕眉；王师傅健壮敦实，于是哥们儿五个的身板就像虎崽子牛犊子板凳子马扎子一样结结实实；桂珍白白净净，于是哥们儿五个的皮肤就像在白面缸里滚过的一样洁白而又细腻。

但是，眼前的这个名字叫做王爱娇的小东西，却继承了王师傅和桂珍所有的缺欠和短处，并且有所发扬光大。

这么说吧，小六子的长相就像在嘲弄王师傅两口子一样：他长着王师傅一样的单眼皮，长着跟桂珍一样的扁鼻梁，有着王师傅一样的粗黑皮肤，有着桂珍一样的窄肩细腿……如果小六子仅仅具有以上不足倒也罢了——虎毒不食子嘛，关键是小六子又擅自创造和发挥了王师傅和桂珍都不具有的缺欠和短处。

小六子不仅是单眼皮，而且眼皮儿厚厚的——天生一个肿眼泡儿。这一单一肿，就好像连续几天几夜加班加点没睡好觉一样。不仅如此，小六子天生还有点儿地包天儿，下唇像阳台一样探出来，像是有许多的话语憋屈在嘴里说不出来……这些都是王师傅和桂珍乃至他们各自家族都未曾有过的。

王喜贵王师傅的梦想破灭了，而此时他的弟弟们却陆陆续续地完成了任务——全部五男一女啊。这更让王师傅感到憋屈和窝囊了，就像工友们都下班了可他还在埋头苦干，就像在操场上比赛，别人都冲线了只有他还撅着腚跑圈儿……王师傅知道自己的梦想是怎么破灭的，而且还知道这个让他梦想破灭的小东西还霸占着王爱娇这样一个美丽的名字。王师傅当然知道爱娇这个名字不适合小六子，但是反过来一想，小六子也不适合爱娇这个名字啊。

本来王师傅憋着劲儿准备再要一个姑娘,但是越来越沉重的家庭负担却让他离这个梦想越来越远了。男孩子的最大缺点就是胃口大,本来饭桌上的油水就少,定量供应的粮食根本填不饱儿子们越抻越大的胃口。老大老二能吃能喝情有可原——长身体嘛,但是小六子能吃能喝就让王师傅莫名其妙了。小六子能吃,自打出生就能吃。别的孩子能吃,吃粮食跟吃化肥一样,个头往上直蹿;小六子能吃,吃了也白吃,"化肥"到他的肚子里就失踪了。小六子比同龄人又瘦又小,什么东西到了他的肚子里就跟钻进下水道一样去向不明。

当然了,还有个更深一层的原因。既然自己生了小六子这么一个"次品",足以证明自己家的机器已经出故障了,而在故障排除之前贸然行事,谁敢保证下一个会是满意的"产品"呢?

其实王师傅还活动过一个心眼儿。他唯一的妹妹——小六子的姑姑,一连生了五个丫头,就是缺一个儿子。王师傅有过把小六子过继给妹妹的想法,只是顾虑到小六子的自身情况——形象上有点儿拿不出手嘛,加上桂珍极力反对,此事才不了了之。

就在王师傅琢磨着过继小六子的时候,小六子正穿着哥哥们穿剩的破旧肥大的衣裤,趿拉着永远不太合脚的鞋子,跟在街坊邻居的小伙伴后面,在尘土飞扬的街

道上尽情玩耍呢。当然,这时候的王师傅无论如何也想不到,正是这个让他在车间里埋头苦干、在操场上撅着腚跑圈儿的小六子,即将给他带来怎样的骄傲和荣耀,而这些骄傲和荣耀,偏偏就跟小六子那王师傅怎么看怎么别扭的肿眼泡儿和地包天儿密切相关呢。

二

王师傅家门口有一条小街,泥土路面,春天刮风时黄土扑面,夏天下雨时污水横流,远远近近都叫它老街。

没有人知道为什么把小街叫做老街。其实它既没有悠久的历史,也缺少美丽的传说,细细弯弯的,还是一条死胡同。街道的两旁尽是一些低矮破旧的红砖平房,虽然墙上和檐下总也少不了语录和口号,但是不论来了什么运动,老街总也摆脱不了柴米油盐和婆婆妈妈的味道。在柏油路纵横交错的城市里,老街就像一个拽着城市衣角的乡下孩子,羞羞答答地躲在大马路的后面。

就在这条老街上,小六子在欢天喜地和稀里糊涂之间长大了。

别看王师傅是个普通得不能再普通的工人,但是小六子的五个哥哥却都有着自己不平凡的爱好。老大爱集邮,老二爱航模,老三吹笛子,老四踢足球,老五爱美术……哪像小六子,哥哥们玩过的,小六子要玩;哥哥们没玩的,小六子会玩;哥哥们不稀得玩的,小六子更要玩。早晨还是干净整洁的衣服,晚上回来就破破烂烂脏了吧唧了,而且经常是这里蹭破点儿皮儿那里挂上点儿花儿。王师傅家屋子小,孩子又多,每一个孩子都是在老街上茁壮成长的。滚铁环、抽陀螺、打弹弓、跳房子、木头人儿、骑马打仗、警察抓特务……现在,每一天只要一跳出家门,属于小六子和小六子们的幸福时光马上就地开始啦。

玩累了,孩子们就在土路上席地而坐,海阔天空地吹起牛来了。吹牛既是体能上的休战和喘息,也是幸福时光在脑袋瓜儿里的延续。

——我梦见我当上了侦察兵,戴着礼帽,戴着墨镜,嘴里叼着老刀牌香烟,腰里别了两把盒子炮。

——我梦见我当了大厨师,饺子吃得都不稀得吃了,拿饺子喂猪。

——我梦见自己变成孙悟空了,整天在天上飞,拿着金箍棒,想砸什么就砸什么。

"我昨晚上,也做梦啦。"别人都说的差不多了,小六子才抢上话,大声说,"我梦见,毛主席啦,毛主席还捏了我脸蛋儿呢。"说着,小六子还捏着自己的脸腮抖了两下,以示强调。

侦察兵、大厨师、孙悟空……哪一个比得上伟大领袖啊。但是,怎么能让小六子做这个梦呢?在这群小伙

伴中，小六子年龄最小，还没有上学，而且长得又矮又小，几乎在所有的游戏中，他总是充当坏蛋和特务的角色，最好的角色也就是普通士兵和劳苦大众。再说了，从长相和穿戴来看，小六子也比其他伙伴都更接近于坏蛋和特务呀。所以，所有的小伙伴都不相信和不接受小六子会做这么一个大梦，纷纷表示不满和反对，经常扮演侦察兵和老鹰的于大斌反对得最为激烈。

大斌比小六子大三岁，不仅上学了，而且还是班长。

有的人在学校是干部，但是在街道就什么也不是了；有的人在街道称王称霸，但是在学校就什么也不是了。可是于大斌同学却两手硬——他在学校是班长，在老街是头头儿。他胸前的铁哨儿，不论在学校还是在街头一样好使。大斌生得浓眉大眼，长得敦敦实实，走路挺胸昂头，说话斩钉截铁，年纪不大，却已初具革命事业接班人的模样，加之他的爸爸是公社革命委员会的主任，所以他当之无愧地成为小伙伴们的头头了，因此大斌最不满意小六子无组织无纪律的自由主义作风了。于是大斌像机关枪一样"突突突"地进行了反击。

——毛主席摸你的脸干什么呢？

——你的脸上有鼻涕，眼里有眼屎，把毛主席的手弄脏了怎么办呢？

——你的头上还有虱子，虱子拿你的头当炕头，你传染了毛主席怎么办呢？

小六子不喜欢大斌的话，同时也不太满意自己的长相。对小六子来说，长相是一个广阔而又朦胧的概念，所以细节部分的肿眼泡儿和地包天儿什么的，他这个时候还感觉不到有什么遗憾和不足。他最不满意的是自己的个头和身材。他的个头是同龄人里面最矮的，他的身材是同龄人里面最瘦的。这一矮一瘦，就把小六子从好人和英雄的队伍里开除出来了。

但是，肿眼泡儿和地包天儿后面的脑袋瓜儿就是不听话，小六子几乎没有一天不做梦的。每天夜晚，小小的脑袋里不是千军万马纵横驰骋就是炮火连天弹痕遍地……好在并不是所有的梦都能回忆起来，回忆起来的梦只是极少数。但是，就是这极少数的梦，如果大白天遇上了什么相关的事儿，就跟地下党接头一样，一下子就会串联起来而且携起手来，不管不顾地在脑子里开始造反了。

这一天，玩着玩着，小六子褪下裤子，掏出小鸡鸡，正准备在墙根儿撒尿。大斌突然喊了一声等等，然后问小伙伴们有没有。小伙伴们都知道他的意思，齐声高喊有。于是所有人都贴近大墙，褪下裤子并挽起小鸡鸡，一溜站好，射箭一样绷上。

那时候，只要有一个人要撒尿，其他人马上传染一样地都要撒尿，于是大斌就把撒尿提拔成一项赛事——第一看谁滋得高，第二看谁时间长。

秘密生活

大斌嘴含铁哨,"嘟"的一声令下,每个人都腆起肚子,使劲儿往墙上吱吱吱地射尿。墙上顿时涌现出一波一波的湿线,脚下生成一条条生动活泼的蛇流……这是几乎每天都有的一项比赛,只是小六子的战绩一向不太好,因为小伙伴们的个头比他高、小鸡鸡比他大,所以即使小六子每一次比赛都使出改天换地的劲儿,也从来就是一个拉巴丢儿。但是今天,小六子滋着滋着,突然觉得心里有一种东西一下子活了,接着便痒痒地骚动起来——他想起昨天晚上或者今天早晨做的一个梦了。

小六子抖了抖小鸡鸡,觑着眼睛,看着墙上属于自己的那条萎靡不振的曲线,大声说:"我梦见有一架飞机,掉下来了。"

小伙伴们都在收紧屁股做最后的冲刺——人家还没尿完呢,没人理睬小六子的话。小六子收回小鸡鸡,又一次沮丧地看了看自己的尿高,大声地说:"我真的梦见一架飞机,掉下来了……不,是打下来的。"

大斌扭过头,警告道:"你再做这样的梦,我们就不带你玩啦。"

"可是……我真的梦见啦。"

"我们解放军的飞机怎么能掉下来呢?"大斌严正警告道。他的面前是接近他身高的尿线,如同一座湿漉漉的小山。他又一次胜利了。

"是敌机,敌人的飞机!"小六子纠正说。

"我们的祖国人口众多，山清水秀，敌人的飞机也不能想掉就掉下来啊！"大斌是班长，班长不是一般的学生，看问题的角度也不一样。

"可是……就是掉了。"小六子还小，说话还有点儿磕磕绊绊的。

"好吧，要是敌人的飞机不掉下来，我们就把你永远开除出革命队伍，今后再不带你玩了！"大斌威胁说。

"可是……"小六子有点儿迟疑，嘟嘟囔囔地说，"要是……掉下来了呢？"

"要是敌人的飞机掉下来，我就把我的'大中华'给你！"大斌双手掐腰，挺起胸脯，斩钉截铁地说，"可是，要是敌人的飞机没掉下来，你就得把你的'牡丹'和'恒大'，统统都交出来——给我！"

远远近近，谁不知道于大斌手里有一本厚厚的《资本论》啊，那里面有着这条街——岂止是这条街，简直是周边地区最多、最全，同时也是最高级的烟盒。别人有的，大斌当然有；别人没有的，大斌更是有。这其中，大斌就有那么一张崭新崭新的"大中华"烟盒，光亮如镜，没有一丝一毫的褶儿。这是大斌的"王牌部队"，平时连摸都不让人摸，看上一眼，已经是巨大的面子啦。

大斌这么一说，小六子有点儿激动，又拿不定主意。他手里的"牡丹"和"恒大"，也都是干净整洁的新烟盒。当然了，它们加在一起，也抵不上"大中华"的一个角

儿……小六子在脑海里又"电影"了一遍昨晚的梦。

大斌拉长声音,一脸英雄豪情:"怎么样,服了吧!"

电影里,敌机坠落的画面非常清晰,还拖着一嘟噜一嘟噜的浓烟……小六子咽了咽口水,说:"好吧,就'大中华'吧。"

几乎就在小六子和大斌打赌的同时,大斌的爸爸——向阳公社革命委员会(去年还叫向阳街道居民委员会呢)主任于志俭刚刚给半导体喇叭换上充满力量的新电池,正满大街地通知辖区内的群众游行呢——庆祝中国人民解放军击落美帝国主义的U-2侦察机。

人民广场又一次沸腾啦。

人们像开闸的水一样奔腾着涌向街头。当然红旗招展了,当然锣鼓喧天了,大人们扛着毛主席的巨幅画像,高举横幅,歌声与口号此起彼伏……全城的人民以公社或厂矿为单位集中,沿着各自的游行路线向人民广场集中。

人民广场是渤海市的政治中心,位于渤海市的中心地带,是全省乃至东北地区最大的广场。广场的西边,是绿树掩映的南湖大院——南湖大院便是省委大院。渤海人民群众的所有游行,最后都要到人民广场集会,讲话,表态,庄严声明,发致敬电,然后形成声势浩大的群众游行。

小六子喜欢游行，不论什么规模什么级别的游行，都能唤起他极大的热情。一听见锣鼓、口号和歌声什么的，小六子都要兴奋得眼睛发亮浑身颤抖。在摩肩接踵的人流与群情振奋的喧闹里，小六子跟小伙伴们像一群兴奋的小鱼，在大人们满是汗渍气味的腿胯之间往来穿梭，或者跟着喊口号唱歌，或者利用拥挤的人群玩捉迷藏的游戏。

对小六子他们来说，游行就是一场大规模的游戏，而且游戏的时间还没有限制——有时甚至通宵达旦，地点也从又细又窄的老街搬到了辽阔宽广的柏油大马路，人员更是由儿童团、游击队什么的变成了大部队和正规军。

当然了，今天的游行对小六子来说还有着特殊的意义。

整个晚上，小六子一直跟踪着大斌。直到半夜十二点了，游行的队伍累得快散架了，人们开始陆续离去了，小六子依然尾巴一样跟着大斌，而且一直咬到大斌家的门口。大斌闷着头，也不说话，脚下却越来越紧，跳进家门，就要插上插销。

小六子眼疾手快，一下子拽住把手，就是不让大斌关门。两个人也不搭话，只是"呼哧呼哧"地在把手上反复争夺。门缝忽大忽小，但是身短力亏的小六子很快落了下风。这时，小六子瞅准了一个机会，一下子把胳

膊插进了门缝……正在这时,于主任回来了,见到两个人你拉我拽的,大声喝道:"你们调什么皮?"

"'大中华'!"小六子气喘吁吁地喊了一句。

"他没说是侦察机啊……再说我们也没有拉钩上吊。"大斌声音更高地辩解着。拉钩上吊是小伙伴之间履行承诺的最高仪式。

"去去,赶紧回家去。"于主任挎着喇叭,嗓子也有点儿沙哑,不耐烦地轰着小六子,然后推搡一把大斌,反手"咣"地一下带上门。

大斌掀开门帘,在门里扮了一个胜利的鬼脸。

小六子决心复仇。

从这时候开始,每一天早晨一睁眼,小六子都要在床上磨蹭一会儿。小六子不是懒,他是在回忆,回忆睁眼之前有没有做过什么梦。这时候,小六子已经有点儿经验了——起床后,如果脑袋昏沉沉的,那么昨晚或者今早一定是有梦来了。这时候,即使小腹鼓胀眼里布满眼屎,小六子也不急于上厕所和洗脸,而是眯缝着肿眼泡儿,脑壳一晃一晃的,一次次地打捞着昏昏沉沉的脑袋里面的梦。如果没有成功,白天,小六子也会格外小心,说话慢慢吞吞,走路稳稳当当,像一个顶碗的杂技演员,生怕有什么剧烈运动,把包围在脑袋里的梦给弄没了。

小六子的努力当然没有白费,坚持就是胜利。过了很长时间，他终于迎来了他期待已久的特别清楚的梦。小六子马上找到大斌，他跟大斌一字一句地说："你说，石头怎么能飞呢？你信不信石头能飞呢？"

"当然不信啦！"大斌的回答非常肯定，还加上了一句，"你胡扯。"

"但是，我就梦见了天上有一块石头，在飞呢，而且石头还能唱歌。"小六子殷切地看着大斌，声音越来越高，并且开出了他的条件，"我如果输了，就把我的'牡丹''恒大'给你，再加上一张'大前门'，都给你。你如果输了，就把你的'大中华'给我。"

"石头能飞？还能唱歌？"有了击落美机的教训，大斌已经很谨慎了。

"当然啦。"小六子仰着脸，望着天空。蓝蓝的天空飘着白云，白云的后面真的有一块又能飞又能唱歌的石头吗？

"胡诌八扯吧！"蓝蓝的天空也给了大斌信心，再说又加上了一张"大前门"，再说周围的小伙伴们都在盯着自己呢。

"咱们这是打赌，你可不许后悔啊！"大斌严肃地说。

"这么说定了啊，咱们俩拉钩上吊。"小六子伸出小拇指，大斌也迟疑地伸出他的小拇指。

在小伙伴们的起哄和喝彩声里，小六子和大斌两个

人的小拇指紧紧地钩缠在一起,并且一边摇晃着一边喊着:"拉钩上吊——一百年不许要!"

也就在两个人拉钩上吊的当天,大斌最害怕的事情还是发生了——又游行了,而且还是比上一次更大规模的游行,甚至是这一年里最大规模的游行。

当日——1970年4月25日,新华社在伟大首都北京发布了《新闻公告》:

> 我们的伟大领袖毛主席提出:"我们也要搞人造卫星。"在全国人民迎接伟大的七十年代的进军声中,我们怀着喜悦的心情宣布:毛主席的这一伟大号召实现了!一九七〇年四月二十四日,我国成功地发射了第一颗人造地球卫星。
>
> 卫星运行轨道,距地球最近点四百三十九公里,最远点两千三百八十四公里,轨道平面和地球赤道平面的夹角六十八点五度,绕地球一周一百一十四分钟。卫星重一百七十三公斤,用20.009兆赫的频率,播送《东方红》乐曲。
>
> 我国第一颗人造地球卫星发射成功,是中国人民在伟大领袖毛主席和以毛主席为首、林副主席为副的党中央领导下,高举"九大"团结、胜利的旗帜,坚持"独立自主、自力更生"

方针，贯彻执行"鼓足干劲，力争上游，多快好省地建设社会主义"总路线，以实际行动"抓革命，促生产，促工作，促战备"所取得的结果。

……

整个城市像开锅的水一样，人民在里面沸腾了。这一回不仅仅红旗招展锣鼓喧天，而且是鞭炮齐鸣载歌载舞了，更让人激动的是，彩车出动啦。彩车是游行队伍里最精彩最隆重的部分，它常常是一些巨大的模型：轮船、飞机、麦穗、内燃机、精密机床等等，像是放大了无数倍的大玩具。谁都知道，并不是每一次游行都会出动彩车的，但是出动彩车的游行一定是最重要和最关键的。千条江河汇大海，万朵葵花向阳开啊——全市的人民和彩车都聚集到了人民广场，再从人民广场出发，沿着渤海的主要大街，重新浩浩荡荡，重新奋勇前进。

每一回看见彩车，小六子都要忍不住地欢呼雀跃，浑身颤抖得更加厉害，甚至牙齿都要上下"哒哒哒"地打着哆嗦。他跟着彩车跑啊跳啊的，从后面跑到前面，再从前面跑到后面，然后有选择有重点地盯着他喜欢的轮船和飞机……盯着盯着，小六子就觉得不对劲儿了。他突然止住脚步，他想起了比彩车更重要的事情——于大斌！

这时，上级发布通知，说我们的卫星可能在今夜二十点二十九分自西北向东南方向飞经渤海上空。于是，

秘密生活

彩车、锣鼓和游行的队伍都停止了,刚才还是热烈欢庆载歌载舞的城市一下子陷入了停顿和沉静——那是一座城市巨大的静穆啊,而且是喜滋滋乐颠颠美乎乎慢悠悠的静穆,广大人民群众齐刷刷地扬起头——面向西北,像广阔天地上成熟挺拔的高粱,瞪大着眼睛,在祖国星光灿烂的夜空里搜寻着稍纵即逝的目标……但是,小六子既无心观赏这些"大玩具",也无意搜寻大人们头上的目标了。他就像秋夜庄稼地里的一只窸窸窣窣的小老鼠,在寂静的人群里蹿来蹿去,东寻西找地搜索着大斌的踪影。

老街里空荡荡的,游行的群众还没回来。小六子搜索了小伙伴们平日玩耍和游戏的所有地方,甚至连街角的防空洞和更远的大斌姥姥家都找过了,却始终没有侦察到大斌的影子。小六子决定潜伏起来,于是一猫腰躲进路灯后面的阴影里,在暗处盯着大斌家的门口。很快,小六子发现了大斌家屋顶上有一个蠕动的黑影——这小子一定躲在烟囱后面了。

小六子个子矮,上不去屋顶,于是便静静地埋伏在阴影里。

不知什么时候了,阴影外面响起了此起彼伏的找孩子和骂孩子的声音,老街在浓重的夜色里开始安静起来了。于主任站在门口喊叫大斌。小六子注意到大斌探头探脑地侦察了几下,然后像螃蟹一样,几下子就从房顶

上扭动下来了……就在这时，小六子从灯下的暗影里"嗖"地蹿了出来，双手叉着腰，横在大斌和他爸爸中间。

看见父亲和小六子，大斌突然"哇"地一下子哭了。

于主任看见小六子横在门口，皱起了眉头，说："又是你，为什么总欺负我家大斌啊？"

小六子吓了一跳，他没想到平日总是侦察兵和老鹰的大斌怎么会突然大哭。他隐约感觉到大斌一哭，"大中华"也就够呛了。这样想来，小六子也不由得"哇哇"地开哭了，声音比大斌更大，眼泪比大斌更多。

"怪不得今天这么老实，是你闯祸了？！"于主任转向儿子——自己的儿子比眼前这个孩子又高又膀啊。

于是两个孩子——一个哇哇大哭，一个眼泪横飞，在鼻涕眼泪之间，嘟嘟囔囔地向爸爸或于主任陈述各自的理由。大斌强调了小六子说的是敌机而实际上是U-2侦察机，大斌又强调了小六子说的是石头而实际上是人造地球卫星，再说小六子说了石头能唱歌但是他没说唱的是《东方红》啊……

小六子的申述还没有开始呢，于主任便做了一个停止的手势，然后定定地看着小六子，嗓子哑哑地问："你怎么知道这些事的？"

"……"小六子有点儿害怕了，怯怯地说不出话来。

"没关系，叔叔问你话呢。"于主任清了清嗓子，和蔼地拍拍小六子。小六子闻到于主任嘴里有一股清凉的牙膏味。

"我……梦见的。"小六子说。

三

于主任中等身材,腰板挺直,头发略微稀疏,梳着一丝不苟的分头,像一本永远学而不厌的书。居民们印象里的于主任,脸上总是笑呵呵的,目光里充满了热情与活力,手里永远拿着工作的家什——或是讲话的喇叭,或是灭蝇的拍子,或是开会的本子……浑身上下散发着乐此不疲的忙碌与辛劳。公社主任是政府的基层干部,可是对王师傅一家来说,却是登门的最大的领导,所以于主任的来访,顿时让王师傅一家忙乱起来。

家里没有茶叶,只能倒一杯开水。可是暖壶里没有开水,桂珍忙着去烧水。王师傅从锁着的抽屉里取出了大半包的"混叶",双手敬给于主任,自己则卷了一根"大炮"。王师傅一边卷烟,一边综合着孩子们最近的日常表现,重点是小六子有无什么过失。

于主任随随便便地坐在炕沿儿上,刚吸了一口,便猛烈地咳嗽起来——"混叶"放的时间太长了。

王师傅马上张罗着去买烟。于主任连忙阻止,并从自己兜里摸出一包"红烂漫",自己叼上一根,又递给王师傅一根。王师傅两手外推,可于主任依然直直地擎着,不收手,直到王师傅双手接过烟。

"邻邻居居的,早想来拜访拜访。"于主任一边说,一边四下打量着。

这是渤海市最常见的老式中国房——俗称"一担挑",左右两间住屋,中间是两家合用的厨房。王师傅和商老师各居左右,厨房里挤满了两家准备过冬的白菜、萝卜和过日子的各种气味。

一进王师傅家,最突出的感觉就是拥挤与杂乱,不足二十平方米的一间屋子,住着一家八口。靠窗户的一边,是一面大炕,而在屋子的另一面上空,则打了一个既能睡觉又可储物的吊铺。吊铺的下面,是家里最醒目的地方了,摆放着一个常见的矮柜。矮柜的上面摆放着一个三五牌座钟和一个半新的收音机。收音机上罩着一块红色的平绒,平绒的上面摆放着一座毛主席的半身石膏像。石膏像后面贴着两张宣传画,一张是毛主席去安源,一张是毛主席在天安门城楼上接见红卫兵。

"最近工作太忙了,要不早来了。"于丰仟说,又跟了一句,"确实太忙啦。"

深入开展"一打三反"运动,进一步清查"五一六"分子,学习《人民日报》的《破除旧风俗,树立新风尚》,在全公社开展"忆苦思甜"活动……新运动来得猛,新精神来得快。每天上班,于主任都不知道上面又会来什么新的精神,而不领会新的精神,也就无法在四海翻腾

的运动中把握自己的命运。尤其是这一年,年方四十的于主任经常感到力不从心,常常感到自己就是一条身处惊涛骇浪中的小船,而且是一条既无帆又无桨的小船。小船需要什么?帆、桨、罗盘……不知怎么,于主任鬼使神差地想起了这个会做梦的小六子。

"什么牌子的收音机啊?"于主任一边问,一边从炕沿儿上直起身,撩起罩着收音机的平绒。

"第一茬子的'红灯'……年初坏了,一直没工夫修理。"

"你是哪一年来渤海的?"

"五——一年。"

"你老家是——"

"老家是牟平的。"

"还有没有什么亲人?"

"老家还有五个弟弟,一个妹妹,还有——"

"在北京没有亲戚啊?"于主任打断王师傅的话,问道。

"北京?"虽然墙上的天安门城楼与他近在咫尺,但是王师傅迷茫的表情却显示出北京对他来说是一个很遥远的地方。

谁家出身地主富农谁家有海外关系,哪家入党提干哪家立功受奖了……就像熟悉自己的街道一样,于主任对自己辖区居民的社会关系了如指掌,所以置身于拥挤杂乱的王家，于主任又一次纳闷了，王什么两口子都是普通群众啊，不应该也没有可能比自己更快更早地聆听中央的精神和声音啊。

"对门的商老师经常回来吗？"于主任问。

"有几个月没来了吧？"王师傅觉得这可能是今天的正题儿了，他郑重地说，"商老师下乡了，已经有一段时间了。他一般是两个多月回来一次，回来一次也待不长……"

"孩子呢？"

"嘿，商老师没孩子呢。"

"不是，我问的是你家的孩子。"

"哪个……"王师傅不知于主任说的是哪一个孩子。

于主任不知道小六子是老几，用手比画了一下，"就是长得挺那个……那个的。"

"噢，爱娇呀，我家小六儿……在外面玩吧。"王师傅心下不悦，但又不知是怨于主任没礼貌，还是怪小六子不争气。

"听说——你家小六子会做梦呢。"

"小孩家家的，胡说八道哩。"收音机、北京、商老师和小六子……东一榔头西一锤子，王师傅不知道于主任的来意，但是于主任递烟的坚决，让王师傅心下略安。

"说说，他都做过什么梦？"于主任两腿一撩，盘

腿上炕了,一副深入基层促膝谈心的样子。

"说出来让人笑话。"王师傅抽烟如同吃烟,而且勤俭节约,一直抽到烟蒂捏不住了才掐掉。于主任掏出那包"红烂漫",又递过一根。

"说给我听听。"于主任朝王师傅凑了凑身子,诚恳地说。

"什么毛猴子、大老虎啦、小兔子跟乌龟赛跑啦……"

于主任晃晃头,直接把话题挑开了:"这孩子能梦见第二天的事情啊。"

"哼,他还说过有人在月亮上溜达呢。"王师傅一脸的不屑,"小孩子家胡诌八扯,谁能上到月亮上啊?"王师傅的表情显示,在月亮上溜达是比毛猴子大灰狼更荒诞更离奇的事情。

于主任心里猛然一沉——他看过《参考消息》,知道美帝国主义确实登上了月球,只是现在记不准日期。于主任不动声色,问:"这是什么时候的事情呢?"

"唔——是去年 7 月 21 日的事儿。"

"你怎么记得这么清楚呢?"于主任疑问道,心里默记了一遍这个日期。

"那天是孩子他爷的生日,阴历六月初八。"王师傅咧了咧嘴,猛吸一口烟。

这时,小六子回家了,脸蛋红扑扑的,双手脏兮兮的,带着尘土的味道,透着一股玩耍后的兴高采烈。

"来,到叔叔这儿来。"于主任拍拍身边的炕沿儿,大声招呼道。

小六子背着手,扭动着肩头。

于主任从兜里掏出一张红纸,在小六子眼前一亮:"你看,这是什么?"

这是大斌的"大中华"啊!小六子眼睛一亮,欲前又止。于主任把烟盒往炕上"啪"地一拍,然后往小六子那里一推。小六子一把抓在手里,接着触电一样放下烟盒,把双手往衣襟上蹭了蹭,这才小心地把"大中华"捧在手里……这就是大斌的"王牌"啊,火红火红的烟纸上,一头是金光闪闪的天安门城楼,一头是庄严高大的华表。

"大斌这个兔羔子再欺负你,你就告诉我……我捏死他!"于主任用夸张的口气,愤愤地拍着膝盖。

总是侦察兵和老鹰的大斌如果被自己的爸爸——老侦察兵和老老鹰捏死了,会是什么样子呢?小六子愉快地想,红彤彤的烟盒映着他兴奋的脸庞。

"这两天又梦见什么了?"于主任轻声问。

小六子心里已经春风荡漾了,肿眼泡儿后面的眼珠清澈明亮。"大中华"一下子激发了他的记忆,小六子兴奋地盯着眼盒,说:"昨晚上,梦见毛主席生气了,在这个地方骂人了。"说着,他指着烟盒上的天安门城楼。

伟大领袖怎么会骂人呢？老人家生气了也不会骂人嘛……于主任本能地想驳斥和教育小六子两句，但嘴上却禁不住问："骂谁呢？"

"骂外国的坏蛋！"小六子干脆地回答。

坏蛋当然可以骂，于主任释然了。再问细节，小六子就开始摇头晃脑了。

"小六子再做什么梦了，你就先告诉我。"于主任惦着回家核实美帝国主义登月的日期，临走时，一边叮嘱着王师傅，一边把大半包的"红烂漫"塞在王师傅手里。

"别，别。"王师傅直往外推。

"我睡眠不好，喜欢做梦，也乐意听别人讲梦。"于主任准确地把"红烂漫"塞进王师傅的兜里，然后亲切地拍了一下他的肩膀。

因为"你们要关心国家大事"，所以从参加工作的第一天起，于主任就养成了看报纸听广播的习惯。广播，他只听中央人民广播电台的；报纸，他只看《人民日报》和《参考消息》。每到月底，于主任都要把两份报纸按日期装订起来，然后按月份摞在一起。

所以，于主任很麻利地翻出《参考消息》，马上就查出并印证了1969年7月21日到底发生了什么。联系到儿子所说的敌机和卫星，于主任的脑子"嗡"地一片煞白，印象里又脏又矮的小六子一下子变得奇特而又怪异了。于主任暗自惊叹——这小子不是一个膘子,就是神仙下凡啊!但是不管是膘子还是神仙,可以确定的是这个孩子肯定不是一个平常的孩子。膘子是本地人对精神病的一种贬称。

但是,即使于主任已经有了一点儿心理准备,即使于主任已经百分之八十以上地认为小六子是神仙下凡了,第二天——1970年5月21日晚上,当他正点打开收音机,听到中央人民广播电台的新闻里播出了毛主席发表《全世界人民团结起来,打败美国侵略者及其一切走狗》的声明以后,于主任浑身骤然颤抖起来,就像一列来历不明的火车轰轰隆隆地辗过他的身体和经历,他甚至听到了身体里有一种嘎吱嘎吱的将欲断裂的声音。这小家伙的梦又应验啦!

——毛主席确实生气了。

——毛主席确实骂美国侵略者了。

——而且,毛主席确实是在"中华"上面的天安门城楼上。

四

现在,小六子成了于主任手里的宝贝。

于主任把小六子领到公社,他把小六子称为阶级斗争的晴雨表;于主任把小六子带到工宣队,他把小六子称为对敌斗争的方向盘；于主任把小六子介绍到区里，他把小六子称为人民大众的报喜鸟；于主任把小六子引见到市里，他把小六子称为世界革命的气象站……小六子成了于主任甜蜜的"尾巴根儿"。

当然，小六子也争气长脸，游行、地震、台风和核试验什么的国家大事都连续不断地被他言中，让于主任在领导和朋友面前不断地斗志昂扬和扬眉吐气。于主任的朋友越来越多，小六子参加的聚会也越来越多了。现在，只要小六子有什么新梦了，于主任就会通知他的新老朋友们，然后于主任就会和他的朋友们一边吃饭，一边兴致勃勃地谈论和分析小六子的新梦，同时满怀期待地憧憬小六子的下一个梦。

于是，每一次回家，小六子的小肚子都圆滚滚的，小嘴儿更是油汪汪的，随随便便打一个嗝儿，都散发着节日气息。这个嗝儿是饺子的——韭菜馅儿的；那个嗝儿是包子的——芸豆馅儿的；这个嗝儿是元宵的——八成又去糯米香了；那个嗝儿是鲅鱼的——准是去海味馆了……随着节日气息一同回家的，还有各种各样的礼物和奖品呢，搪瓷脸盆、军用挎包、人造革文具盒、红宝书背包、胶皮水枪、彩色橡皮……小六子还没上学呢，但是学习用具已经相当齐备了。当然了，在这些礼物里面，最多的还是毛主席像章，铜的、瓷的、铝的、塑料的……大的有碗口大，小的比指甲盖儿还小呢。非但如此，小六子自己的玩具也日渐丰富了，尤其是烟盒的数量和质量迅速提高了。虽然"大中华"还只有大斌的那张"战利品"，但是"小中华"却增加了两张，"恒大"和"红塔山"什么的也增加了不少；小六子玻璃球的数量和质量更是迅速跃升，他甚至拥有了三个美丽的大花瓣玻璃球——比一般的"花瓣"几乎要大出一倍呢。有一回，他甚至带回了六个叫做荔枝的南方水果，红红的，比山楂大一点儿。小六子说这是领导送的，说他吃过了，让家里人吃。家里人用看刺猬的眼光看着这几个叫做荔枝的东西，不知应该怎么吃。小六子说应该这样吃，说着灵巧地剥开外面的一层红皮，露出水汁汁的果肉。

每一回，桂珍都要责备并教育小六子说，以后，不准拿别人的东西啊。

从前，每天早晨一起床，王师傅总要坐在炕头，卷一支"大炮"，然后抽一口，咳嗽一声，再抽一口，再咳嗽一声，直到咳嗽舒服了，才下床洗漱。现在，王师傅起床以后的第一件事，就是把小六子召过来，问问昨晚有没有什么梦。

更多的时候，小六子说做梦了，但是想不起来。每每遇到这种情况，王师傅就像国家财产遭受损失一样难受，同时敦促小六子好好想想。小六子说实在想不起来了，于是王师傅就颠儿颠儿地跑到于主任家或者公社，

报告于主任,小六子昨晚做梦了,但是想不起来了。当然,如果是能记得起来的梦,王师傅就会亲自拽上小六子,穿过清晨嘈杂的老街,急急忙忙地往于主任家或者公社奔去。

左邻右舍都在问:"王师傅吃啦?哪儿去啊?"

王师傅扬扬手,扯着嗓子大声说:"还没吃哪,办点儿事儿去。"

这时,小六子开始上学了。除了继续在街上调皮捣蛋之外,便是陶醉在新书包和新文具的使用里,以至于很长时间没有梦了。这不禁让于主任暗自焦急,他甚至琢磨着让大斌找个什么名目,跟小六子再打个赌,激励激励这个小家伙的主观能动性了。

小六子的梦分为抓得住的和抓不住的。抓不住的是多数,抓得住的是少数。即便是少数抓得住的,还得分为记得清和记不清的。更多的梦是抓不住的,从小六子的夜晚不留痕迹地划过,从指缝、眼角和嘴边之类缝隙,滑滑溜溜地钻出小六子干瘦的身体,轻飘飘地告别小六子的大脑……但是,少数的梦却打破了小六子的睡眠。

这天半夜,小六子在被窝里"哼哼唧唧"地抽泣起来了。

王师傅拽亮灯,觑觑着眼看看座钟,嘟囔了一声睡吧,然后又闭上灯。

小六子冲着黑暗,喊了一声:"做啦,做啦!"

"大的，还是小的？"

"……大的。"

王师傅一下子仄起身子，在黑暗里问了句："真是大的？"

"嗯——梦见毛主席了。"

王师傅一骨碌爬起来，眨眼之间就来到小六子面前。

小六子睡眼惺忪地说："梦见毛主席了……发现坏人啦！"

王师傅把儿子的梦划分为两部分：大梦和小梦。大梦就是梦见毛主席的梦，小梦呢，就是大梦之外的所有梦。天还没亮，也不知是几点，但是因为来了大梦，王师傅已经睡不实了。他让儿子把梦记住，然后再牢牢地守住，而自己则坐在炕头，一根接着一根地抽烟，盼着天亮。

天刚泛灰，王师傅便趿拉着鞋，一溜小跑到公社去了。时间还早，于主任还没上班呢。王师傅就折回于主任家。于主任有起大早的习惯，正在门口刷牙，听到王师傅的报告，心里咯噔一下，呛了一嗓子牙膏沫子。

于主任是有组织纪律性的人。他觉得这件事太大了，大得小小的公社已经做不了主了，于是于主任马上把这件事向区革命委员会做了汇报；区里觉得这是一件大事，大得区里已经做不了主了，于是区里马上把这件事向市革命委员会做了汇报；市革命委员会觉得这是一件大事，

大得市里已经做不了主了，于是马上把这件事向省革命委员会做了汇报。

省里指示，有关领导要见见于主任和那个小鬼。

刚刚四十岁，于主任就有了谢顶的迹象。从前年开始，一遇上什么闹心的事儿，于主任就掉头发，而且一捋就是一把。于主任知道谢顶是遗传的，自己的父亲刚过三十岁就开始谢顶了，但是那是在万恶的旧社会啊。于主任满以为自己在新社会——已经雨露滋润禾苗壮了，不会也不应该谢顶了，但是，一个小六子的梦，就让他谢顶的速度只争朝夕了。

根据自己的调查，于主任罗列出了这两年来小六子梦里的故事和第二天"兑现"的重大事件：

1. 1967年9月7日夜晚或9月8日早晨，王爱娇同学梦见一架敌机掉下来了。

——第二天，中国人民解放军空军在华东上空击落一架美帝国主义的U-2高空侦察机。

2. 1969年3月1日，王爱娇同学梦见解放军跟长着大鼻子的外国人在雪地里打仗。

——苏联边防当局出动大批武装军人，在装甲车的掩护下，侵入我国的神圣领土珍宝岛，袭击由孙玉国率领的中国边防军巡逻分队。我军被迫进行自卫还击，给予入侵苏军以歼灭性打击，胜利地保卫了祖国的领土。

3. 1969年3月31日夜晚或4月1日早晨，王爱娇同学梦见大街上全是人，整宿整宿地游行。

——为庆祝中国共产党第九次代表大会开幕而举行的集会游行，通宵达旦。

4. 1969年7月21日夜晚或7月22日早晨，王爱娇同学梦见有人竟然在月亮上溜达。

——美国的"阿波罗11号"飞船登上月球，美帝国主义在太空大搞霸权主义。

5. 1970年4月23日夜晚或4月24日早晨，王爱娇同学早晨梦见了天上有个石头在飞，石头在城市的上空唱歌。

——4月24日晚上21点，我国成功地发射第一颗人造地球卫星，卫星用20.009兆赫的频率播送《东方红》乐曲，并且在4月25日10点26分和20点29分自西北向东南方向飞经渤海市上空。

6. 1970年5月19日夜晚或5月20日，王爱娇同学梦见有人惹毛主席生气了，毛主席狠狠地骂了他一顿。

——伟大领袖毛主席发表了《全世界人民团结起来打败美国侵略者及其一切走狗》的声明。

……

即便有如此之多的事实，于主任心里仍然严重不托底儿。虽然自己对小六子和小六子的梦深信不疑，但是一旦小六子的梦跟政治、尤其是跟伟大领袖的安危联系

在一起，于主任就不由得紧张起来了。

熬了一个通宵，头发在桌子上掉了一层，于主任终于一颗红心两手准备了——他准备两套方案。

第一套，把小六子的梦上升到政治的高度，当作阶级斗争的新动向。

首先这是一场走社会主义道路还是走资本主义道路的斗争，是在意识形态领域里无产阶级和资产阶级谁胜谁负的斗争。我们向阳公社革委会认为，应该把小六子做梦当作社会主义阶段阶级斗争的新动向来认识和对待，当作一场资产阶级与无产阶级争夺接班人的斗争。所以，向阳公社革委会建议组成专案小组调查小六子及其家庭，深挖小六子的后台和背后的黑手，从而破除迷信、解放思想，把无产阶级文化大革命进行到底。

于主任把第一套方案揣在左兜。

第二套，一个生在新社会、长在红旗下的一年级的小学生，在毛泽东思想的哺育下，积极发挥主观能动性，破除迷信，解放思想，谱写了一曲"人定胜天"的革命凯歌。这不仅是"文化大革命"的胜利成果，更是中国人民对世界革命的贡献。不仅对工业、农业和国防建设有着重要的意义，对世界革命也将产生深远的影响……于主任有把晴雨表、方向盘、报喜鸟和气象站的比喻又重复了一遍。

于主任把第二套方案揣在右兜。

凡事预则立，不预则废。两套方案虽然大相径庭南辕北辙，但是共同之处是均高屋建瓴义正词严。现在，有了一左一右两套方案，于主任心里一下子踏实了。

渤海市是渤海省的省会，虽地处关外，却享有"塞外江南"的美誉。在南方酷热难耐之时，这里却凉风习习清爽宜人，所以，夏天的渤海一向是首长和领导们开会、休养的地方。同时，九月份，渤海造船厂建造的全国最大的两万五千吨的大舱口远洋货轮就要胜利下水了。两个月前，渤海省革命委员会代表两千八百五十万渤海人民，邀请伟大领袖前来渤海主持下水仪式。所以，即便是渤海省革命委员会主任徐曰懋这样战争年代过来的高级领导，在听到毛主席身边有坏人的消息后，心也不由得揪紧了，更何况，他还刚刚接到北京打来的保密电话。保密电话里，北京要求省委主要领导在最近一段时间里原地待命不得外出……就在这节骨眼上，徐主任听说了毛主席身边有坏人的消息。

见面地点安排在渤海省革命委员会信访办的接待室。

渤海省革命委员会就坐落在人民广场旁边的南湖大院，号称渤海的"小中南海"。信访办接待室位于南湖大院旁边的一栋小楼里，门口常年都有几个衣着褴褛或者神经兮兮的人上访或者告状。徐主任把见面地点安排在这里，是经过一番考虑的。

徐主任身材高大厚实，一头漆黑的短发像铁刷子一样直立粗硬，两道粗重的眉毛习惯地往下压着，两只眼睛看人的时候总有点儿眯缝，腮肉下垂，嘴角绷着两撇深深的"八"字。徐主任走起路来大步流星，就像一辆一往无前所向披靡的坦克，说话很少，但一开口，每一句话都充满了力量。

徐主任后面还跟着一个叫做李秘书的人。李秘书是单眼皮，白净而又细瘦，腋下夹着文件，在高大的"坦克"后面露着半个身子，就像一个副官或者翻译。

李秘书果然像副官或翻译一样，细着声音，把于主任介绍给徐主任，又把徐主任介绍给于主任。徐主任伸出一只手，于主任连忙抓过来，两只手上下地摇着，连肩头都跟着摇动了。

徐主任是省里的大主任，于主任是公社的小主任，最大和最小的主任在一起，不仅大小不一样，而且味道也不一样。于主任在你面前，你能闻得着他身上的烟味、汗味和嘴里的大蒜大葱味什么的，而徐主任身上，却只散发着干净衣服好闻的肥皂味。

在小六子的眼里，没有烟味的大人，都挺高级的。

徐主任几乎比于主任高出一个头，徐主任俯视着于主任，问了几句基层思想工作啦老百姓生活啦什么的，这才低转过身子，乐呵呵地说："你就是那个会做梦的小鬼啊！"说着，用食指的骨节刮了小六子一鼻子。

这一刮，小六子的鼻尖儿就像让坦克蹭了一下，有点儿疼，但是小六子知道这是大人喜欢小孩子的动作，只有轻伤不下火线。

"小鬼，几年级了？"徐主任和蔼地问。

"嗯———一年级。"

"叫什么名儿啊？"

"嗯———一"徐主任站在小六子面前，就像一座山。小六子紧张得竟然想不起名字了。

"王爱娇，爱江山的爱，娇娆的娇。"于主任赶紧说。

"好名字嘛。"徐主任夸奖道，"长大了正好保卫红色江山。"

"是啊，是啊。"见小六子没有言语，于主任代他回答道。

徐主任坐了下来，冲周围人说了声坐吧坐吧，接着看了一眼于主任，拍了一下扶手，说："开始吧。"

椅子有点儿高，于主任把小六子抱了上去。小六子的两腿虚悬在半空，好奇地四下打量着，发现窗台上愣着一只家雀，探头探脑地往屋里瞧。

屋子里的目光都盯着小六子，于主任低声说："开始了。"

"毛主席身边发现了一个坏人啦。"小六子朗声道，"坏人整天跟在、跟在毛主席身边，毛主席还不知道呢。"

小六子一开口，刚才亲切友好的气氛一下子没了，于主任和李秘书的身子都直挺挺的，徐主任嘴角的两撇"八"字更大更深了。

"详细点儿。"徐主任用食指叩叩茶几，声音低沉地命令道。

"坏人瘦瘦的，穿着草绿色的军装。"小六子伸直脖子，看着徐主任，眼光盯在徐主任浓重的眉毛上，"坏人的眉毛好黑好黑，但是，是那种那种……"

说着，小六子抬起手，用食指在半空里一撇一捺，写了个"八"字。

屋子里的人屏气凝神，盯着小六子。

小六子发现，一会儿的工夫，窗台上的家雀就没了。

"这个……坏人，还有什么特征？"徐主任凑近小六子。小六子听得见他急促的喘息声。

小六子脑子里有着坏人的大致模样，但是一时又形容不出来，于是便四下观望……这时他看到了墙角的报架。

报架上摆放着许多报纸和杂志，有《人民日报》《解放军日报》和《渤海日报》，还有《人民画报》《解放军画报》什么的。小六子的目光停留在报架上，一下子蹙起眉头，并且慢慢地横过脑袋，盯着画报上的什么照片，脸上惊讶甚至惶恐的神情越来越多。

众人都看出了小六子的异样神情，但是又不明白是什么东西让小六子如此紧张和不安。

小六子身子一扭,蹭下椅子,轻手轻脚地走近报架,歪着头,盯着一份打开的杂志。小六子盯的正是1971年7、8月合刊的《解放军画报》上的一张大幅彩色照片。

小六子突然转过身,大声一喊:"就是这个人!"

小六子指的正是毛主席的亲密战友林彪副主席手捧《毛泽东选集》认真看书学习的照片。

屋子里寂静无声,小六子又重复了一遍,说:"就是他。"

"住口!"于主任大喝一声,"呼"地一下子蹿到小六子眼前,抬手就是一个耳光,"让你胡说八道,兔崽子!"

猝不及防,小六子被于主任一巴掌扇了个趔趄。小六子左脸一下子麻了,麻的后面就是疼,而且是连脸带头全面地疼……他知道徐主任比于主任官大,马上转向徐主任,顽强而又委屈地求援道:"不错,就是他嘛。"

"住嘴!"于主任和李秘书几乎同时喊道。

徐主任仰在椅子上,沉默不语,但是两只手却把扶手攥得"腾、腾"直响。倒是旁边的李秘书瞪着单眼皮,狠狠地说:"你还敢放屁!"

于主任赶忙从左兜里掏出汇报材料,双手呈给徐主任。徐主任理也没理,李秘书一伸手抓了过去。

"要文斗不要武斗嘛。"徐主任的脸上已经阴云翻

滚山雨欲来了,接着他一锤定音,"你这是螳臂当车——不自量力!"

五

王师傅万万想不到,自己的家被抄了。

在于主任的率领下,全家人被轰到了外面。两个手持钢枪的民兵在门口站岗,几个警察在屋子里翻箱倒柜,连被褥的里面、收音机背面和钟表的机芯都翻过了,甚至连于主任给的他还没舍得抽的大半包"红烂漫"都扯开了。而且,还来了一个全副武装的解放军,戴着《英雄儿女》里王成一样的耳机,用一根长长的金属棍,一寸一寸地探测家里的每一个角落,像探测地雷一样……在王师傅的脑海里,这种只有针对"地富反坏右"的革命行动,竟然让自己这个贫下中农出身的工人阶级也摊上了。

根据徐主任的指示,由朝阳区牵头,向阳公社迅速抽调了几个革命骨干,组成了一个专案小组。小组直接向徐主任汇报,并且自宣布成立之日起开始工作。专案小组以事发当日的日期命名,简称"913专案小组"。于主任因为熟悉情况和积极请战,最后一个被批准加入了"913"。

专案小组撒下了天罗地网,不仅对小六子的亲属、邻居和同学进行了详细的调查，而且连经常进入老街的邮递员、掌鞋的、磨菜刀的和废品收购站收破烂儿的都进入了"913"的调查视野。甚至，"913"还召回了已经下乡的商老师，刨根追底地讯问商老师跟小六子有没有来往，给没给小六子讲过故事，讲过什么故事……为示公正，于主任毅然把儿子大斌也列入了需要调查的名单。

响鼓不怕重锤，真金不怕火炼，就算是组织考验咱们了。王师傅反复安慰自己和桂珍："没事儿，咱们两家都是贫下中农啊，旧社会穷得穿不上裤子……天塌不下来！"

"那么，老五的事儿怎么办呢？"桂珍小心地问。

桂珍的话，把王师傅心里整整齐齐的"天"一下子戳了个窟窿。他的五弟——也就是小六子的五叔，因为偷了生产队的四个地瓜，一下子成了"四类分子"了。王师傅一直捂着盖着这件事，不论是车间还是左邻右舍都毫不知情。现在，因为小六子的事，专案小组必将顺藤摸瓜，一旦他们掌握了这个情况，本着历史唯物主义和辩证唯物主义的原则和方法，根红苗正的王师傅势必在劫难逃。

王师傅上火了，先是头疼，接着是眼睛麦粒肿——长针眼了，再是扁桃体发炎，之后嘴角烂起了一个大水泡，再之后痔疮发作……身体里的毒火东冲西撞左冲右

突，王师傅一辈子也没上这么大的火。

就在抄家那天，于主任交代了，从明天开始，每天上午，王师傅都要到公社汇报小六子的思想动态。于主任严正指出，这是一项政治任务，也是摆在你面前的一个机会。

王师傅懂得这句话的含义和分量。他现在还是工人阶级，他有这个觉悟。所以，当天晚上，当小六子被送回来时——同时送回来的，还有小六子肿胀的左边脸蛋和脸蛋上的两三个清晰可见的巴掌印记——王师傅心里顿时升起了满腔怒火。

小六子看见父亲，"哇"地一下子哭了出来，一头扎进父亲怀里。

王师傅看出来了，儿子被吓坏了，嗓子已经哭哑了，眼睛里也没有多少泪水了。他一把搂过了儿子，鼻子一下子酸了……孩子那么小，懂什么事嘛？！王师傅心疼了，但是只疼了一下子，接着就开始"狠斗私字一闪念"了——小六子再小，但他心里却滋生了反革命的萌芽，如果任其泛滥，那么不仅小六子的脸上挨巴掌，家里每个人的脸上都会挨巴掌，而且不是一个脸蛋挨巴掌，是两个脸蛋都要挨巴掌……后果不堪设想啊！

王师傅想清楚了，轻声说："背过手去。"

小六子收住哭声，听话地背过手，像一个被老师罚站的调皮孩子。

王师傅拿出一卷电工胶布，扯开，一撇一捺地粘在小六子的嘴上。电工胶布是黑色的，粘在小六子的嘴上，就像在他的脸上打了一个黑叉儿。王师傅在心里叨咕：儿子，别怪你爹心狠啊。

小六子愣在地上，背着手，贴着墙站着，肿眼泡儿后面的眼睛不住地眨巴着。他又一次想哭，却"哇"不出来，只能"呜呜"着，但大滴大滴的眼泪却水灵灵地滑了下来。

桂珍不断地在旁边说情："孩子再不做梦了啊，再不做梦了啊。"

王师傅眼眶里滚动着泪珠，虎着脸，对桂珍吼道："你想让这个兔崽子把咱们家毁了吗？！"

王师傅这话，是对桂珍说的，更是对其他儿子们说的。

打也打了，罚也罚了，但是王师傅知道，最重要的还是灵魂深处闹革命，对儿子进行思想教育。

不许撒谎——从小到大，王师傅都是这样教育儿子们的，而且，在王师傅的记忆里，自己的父母也是这样教育自己的；不许拿人家的东西——从小到大，桂珍都是这样教育儿子们的，而且，在桂珍的记忆里，自己的父母也是这样教育自己的。但是，小六子显然属于新形势下的新问题。解决新问题，必须运用新方法。桂珍敲

打了一句"谦虚使人进步,骄傲使人落后",挺有高度的。王师傅搜肠刮肚,憋出了一句"养子不教如养驴,养女不教如养猪",但是话一出口,王师傅就觉得这话不像是敲打小六子,倒像是埋汰自己。

环顾四周,王师傅一下子想到了一个人选,而且是一个合适的人选。

王师傅敲开了商老师的家门。商老师正穿着一件破背心在家里忙活什么呢。这时,王师傅突然发现商老师下乡下得已经不像一个知识分子了,黑瘦黑瘦的,眼镜腿儿也折了,用白胶布缠着,而且白胶布已经脏得灰了吧唧的了。这一瞬间,王师傅觉得商老师的形象不太像一个老师,倒像一个小队会计或者传授果树嫁接的什么人。

王师傅说明来意。商老师赶紧穿上一件外衣,系上扣子,而且连最上面的扣子都系上了,又扶了扶眼镜,沉吟片刻,讲了一个《狼来了》的故事:

"从前,有一个小孩子在山上放羊,突然狼来了——一条大灰狼。小孩子大声喊着狼来了,于是,山下正在干活的大人们拎着锄头就赶来了,把大灰狼赶跑了。第二天,小孩子又在山上放羊,闲着没事儿,就大声喊着狼来了狼来了。山下的大人们听见了,拎着锄头又来了,来了一看哪有什么狼呀。第三天,小孩子还在山上放羊,这时,大灰狼来了,而且是来了一群大灰狼。小孩子大声喊着狼来了啊狼来了,山下的大人们听见了,仍然低着头干活……"

"大人们为什么不来呢？"商老师像讲课一样，循循善诱。

"大人们没听见。"小六子马上回答道。

"大人们听见啦。"商老师肯定道。

"大人们听见了，为什么还不来呢？"小六子急切地问，"大人们不来，大灰狼是不是要吃小孩子啊？"

"这个……"商老师窘住了。

"商老师的意思是——不许你撒谎！"王师傅厉声打断了商老师和儿子的对话。小六子让父亲的声音吓得一哆嗦。最近父亲的说话和出手都比较有力量，小六子经常让他吓得一惊一乍的。

王师傅看到商老师在打点行装，就说怎么又要下乡啊。商老师说接受贫下中农再教育呗。王师傅说你忙吧，我就不耽误你时间了。商老师说哪里哪里，我还得谢谢孩子呢。王师傅不明白这话什么意思。商老师吞吞吐吐地说，不是因为孩子，我还回不来呢。

王师傅对商老师的故事比较失望，他琢磨着回家继续敲打儿子呢。他自然不会料到商老师的这个故事像钉子一样扎进了小六子的心里，他更不会料到商老师此次下乡竟然会有那么一个结果。

天还蒙蒙亮，王师傅就披衣下床，拎着一把扫帚，

蹑手蹑脚地走过老街，又穿过几条睡意蒙眬的大街，来到公社门口，"哗啦哗啦"地扫大街。

一大早，外面有点儿凉，但王师傅的心更凉。小棉袄没有了，生出这么一个废物。指望他变废为宝吧，却又惹出这么多的是非……王师傅使劲儿地扫着大街，也是使劲儿地扫着心里的晦气和悲凉。

一连十几天，王师傅都要灰头土脸地去公社汇报思想。他没有勇气和脸面去面对街坊邻居不咸不淡的问候和不冷不热的目光，所以每天他都早早地起床，早早地来到公社。王师傅先是把公社门口清扫一遍，如果时间还早，再把公社门口的大街清扫一遍。扫完了大街，上班的时间也到了，王师傅掸去衣服上的尘土，开始向于主任汇报。

"我昨晚上又把小六子揍了一顿。"每一次见面，王师傅都要汇报一下家里对小六子采取的革命行动。

于主任用手托着下巴，在办公桌后面一动不动。办公桌上堆满了报纸和杂志，于主任坐在里面，就像坐在一个纸制的掩体里。

"我用胶布把他的嘴封上了。"王师傅接着说。

"我昨晚上一宿没让他睡，他一打盹，我就把他踹醒……"看着于主任不表态，王师傅不知道再怎么说了。

"我琢磨着把小六子送到山东农村，过继给孩子他姑……"其实这只是王师傅一个计划，但是现在说出来，王师傅是基本上下定决心了。

"于主任，你就帮帮忙吧。于和王就差那么半横，咱们也算半个一家人啦。"王师傅几乎是在哀求了。为了全家人的幸福，他不知是不是该给于主任跪下了。

"你这么说，就是没拿我老于当外人啊。"于主任虎口攥着下巴，下巴之外的脸上浮现出一种复杂莫测的神情。

"我再也不让这个小兔崽子给你添麻烦啦。"王师傅拍着自己的胸口。

于主任"呼"地站起来，"啪"地一拍桌子，突然说："老王啊，你让我怎么说啊？！"

"王师傅啊，我这一次就算豁上啦！"于主任脸上跃动出一种完整的感动，怔怔地瞪着王师傅，然后一咬牙，凑近王师傅的耳朵，几乎是用牙齿说道，"'913'——解散啦！"

"⋯⋯"难道升级啦？王师傅觉得膝盖里凉飕飕的。

"林彪确实是个坏人，他阴谋造反，摔死啦。"因为受到惊吓，于主任的面孔都有点儿变形了，声音更是颤颤了，"中央文件还没传达到我这一层，现在这还是国家机密呢⋯⋯但是现在不能查啦，再查不就——真成了反革命吗？！"

王师傅蒙了，不知谁又要成了反革命。

"你可别怪我啊，我也气晕了，那一巴掌打得有点儿重啦。"于主任拉过王师傅的手，紧紧握着，脸上除了汗水就是懊悔。

"没事儿，没事儿，下雨天打孩子……"王师傅嘟囔道。他好像明白了，调查组解散了，小六子也就没事了。但是于主任的弯儿拐得急了点儿，王师傅一时跟不上趟儿。他恨不得请于主任打他一个耳光，让他清醒清醒。

"你家小六子啊……"于主任挑着大拇指，不断地在王师傅鼻子尖儿一带摁着，"老王啊——你怎么、你怎么就养了这么一个毛主席的好战士啊！"

老天开眼啊！王师傅这一放松，眼眶里一下子蓄满了泪水。于主任见状，搂着王师傅，一只手安慰地拍了拍他的肩头，又充满理解地按了按。这一拍一按，王师傅的泪珠就像树上熟透的果子一样噼里啪啦地掉了下来。他不知该感激林彪摔得及时，还是庆幸小六子梦得正确。王师傅的两片嘴唇抖动着，很长时间说不出话来了。

突然，王师傅攥紧了拳头，振臂一呼："毛主席万岁！"

六

因为是死胡同，又是细窄的土路，印象里从来就没有什么像样的车辆进入老街，三个轮子的没有，更不要说四个轮子的了，就连淘大粪的两轮马车都傲慢地停在街口。但是，今天一大早，老街却开来了一辆黢黑锃亮的小轿车——挂着部队车牌的上海牌小轿车。接着，让人意想不到的场面出现了——"上海牌"竟然开始倒车了。司机摇下玻璃，拧着头，几乎是把轿车一点一点地塞进了老街里、塞到王师傅家的门口，而且，车门一打开，车门不偏不倚地正好对着家门……那份阵势、那份准确，让老街的居民看得目瞪口呆如痴如醉。

"上海牌"把小六子接走了。

小六子被接到一家医院。不用挂号，不用排队，先是称体重量身高甚至还测量了头围，再是测视力看牙齿甚至还检查了视网膜，然后他又被穿着白大褂的医生脱得精精光光，量脉搏听心肺验血透视，再然后是心电图化验血色素血糖甚至是粪便和尿水……小六子就像一块极其贵重的物品，被一群"白大褂"前呼后拥轻拿轻放，折腾了几乎整整一天。

最后，小六子被领进一间大会议室。会议室摆放着一排桌子，桌子后面坐着一排严肃的"白大褂"，"白大褂"的后面是一面大墙，墙上画着蓝色的海浪、火红的太阳和太阳发出的金黄粗大的光芒……几个"白大褂"在阳光和海浪下面轮流发问：

——叫什么名字？几岁啦？

——家里都有几口人啊？爸爸对你好还是妈妈对你好？

——姑姑是奶奶的孩子还是姥姥的孩子呢?

——1加2等于几? 3加5等于几?

——世界革命的心脏在哪里?

——"老三篇"是哪三篇呢?

——西哈努克亲王是阿尔巴尼亚人吗?

——地球是圆的还是长条的?

——王连举是好人还是坏人?

——李向阳是《地雷战》还是《智取威虎山》里的人物?

……

让小六子不可思议的是,这些"白大褂"里有一半的人戴着眼镜,但问的问题却是非常非常的滑稽。当然了,小六子不知道他刚才进行的是精神测试,他也不知道在他进行精神测试之前进行的是最完整最全面的身体检查,他还不知道的是他已经顺利地通过了这场测试。当然了,他更不知道的是,就在这个时候,他家里正在进行着怎样的天翻地覆的变化。

就在小六子被接走的同时,于主任来了,手里捏着一本新的工作日记。

"别叫我主任了,叫我副主任吧。"一见面,一脸严肃的于主任对王师傅感慨地说。

"这个……"王师傅在于主任的脸上看不到平日的

笑呵呵，一下子窘住了，"是……小六子拖累你了？"

"不是，我离开公社，上调到区里了。组织上信任我，现在我是朝阳区革委会副主任了。"于主任说罢，不待王师傅说什么，就自言自语道，"我一定不辜负组织的信任和期望。"

"哦——于副主任。"王师傅校对了一下称呼。

如同石子入水，于副主任的脸上顿时荡漾开一圈笑意，只是这涟漪仅仅荡漾了两圈便谦虚地停止了。于副主任郑重地说："徐主任有一个想法，意思是把你家的房子调换一下，调到离南湖大院近一点儿的工人新村。"

王师傅惊异地张大嘴巴，他知道自己张大嘴巴的样子不怎么好看，但是一时半会儿又合不上嘴，于是赶紧抓过于副主任的手，使劲儿地摇撼着。这一摇，气顺了，王师傅激动地嗫嚅道："感谢啊，感谢组织的关心。"

工人新村是本市新落成的一个住宅小区，全部是五层楼，整齐得就像一方方新鲜芬芳的豆腐。在渤海，住房好不好，很重要的一个指标就是看"三表"——水表、电表和煤气表——是不是独自计费的。工人新村是新盖的住宅小区，不仅"三表"是自家的，厕所也是足不出户的水便，而且每一家在楼下还有一个储物的小仓库呢。王师傅车间里的一个老劳模，就分到了这样一间房子。在王师傅眼里，工人新村就是美丽而又遥远的月亮，看着美丽，但距离遥远，而且是远得没有距离的那种遥远。

但是于副主任的脸上却不见喜悦。非但不见喜悦，他心里正忧心如焚呢。他怎么能不焦急呢？工人新村不在朝阳区的地盘，那是南湖区的辖区喽。于副主任语重心长地说："老王啊，都说远亲不如近邻，咱们邻邻居居这么多年了，没红过脸儿，没拌过嘴，你说，你拍拍屁股就走，考不考虑我们这些老邻老居的感情啊？"

"可是，这不是徐主任的意见吗？"王师傅声音陡然提高了，声音高得连他自己都感到惊奇了，于是王师傅赶紧补充了一句，"咱可得一切行动听指挥啊。"

"是啊，步调一致才能得胜利嘛。"于副主任意味深长地说。

"我倒有一个主意——你就说小六子换了地方睡不着觉，所以你们家离不开咱们老街呗。"于副主任递给王师傅一根"恒大"。

王师傅没有接烟，也没有吱声——毕竟，"月亮"一下子触手可及了。

"前段时间，专案小组还去了一趟你的老家呢，见了你的几个弟弟……"于副主任突然拐了个弯儿，冒出这么一句话。

王师傅心里顿时忐忑起来，他一下子想起了五弟……他瞥了一眼于副主任，于副主任神态自若，反倒是自己内心扑通扑通乱跳。

"我们也考虑了你们家的实际困难。"于副主任把王师傅拽到厨房,指着商老师的屋子,一挥手,"从今天起,这间房子——还有这间厨房,都是你们家的了!"

"我怎么能占用人家的房子呢?人家还会回来呢。"王师傅让五弟弄得心绪烦乱,诚恳地说。王师傅知道商老师又下乡了,而且这一回还是两口子一起走的。

"哼,我看他是回不来了吧。"

王师傅心中一凛,他在一向和蔼可亲的于副主任脸上看到了一片肃杀之气,不禁脱口而出:"商老师出事了?"

"不是出事了,是暴露了!"于副主任神情变得坚毅果敢,"是被我们给挖出来的!"

从于副主任的口气看,性质已经产生变化。王师傅有点儿别扭,小声嘀咕道:"……怪可怜的,连个后代也没有。"

"王师傅,你可得站稳立场啊,这个商老师有个舅舅在台湾,他一直隐瞒着呢,他本人就是中统的地下组织成员……"即便是在亲切与友好的气氛里,于副主任的话也充满了威严,"不瞒你说,这是咱们'913专案小组'的工作收获啊。"

"啊,看不出来啊。"

"能看出来,还算是特务吗?"

王师傅心里有点儿酸了吧唧的,没个后人的商老师怎么一下子就成了特务了呢?背点儿米扛点儿面都直

喘,厨房里有个蟑螂都大呼小叫的……这么说,这是狡猾的特务在麻痹革命群众了!?

"王爱娇生活在我们朝阳区,这是我们向阳公社的光荣,更是我们朝阳区的财富。所以,王爱娇的困难就是我们朝阳区的困难,我们有义务、有责任帮助王爱娇。为此,我们班子刚刚开过一个碰头会,会议决定——"于副主任拍拍手里的工作日记。现在,他说话不仅代表公社,而且代表区里了。

于副主任竖起一根指头,宣布说:"区里决定,每一天补助王爱娇同学一个鸡蛋。"

于副主任依然竖起一根指头,宣布说:"区里决定,每个月补助王爱娇同学一斤白糖。"

于副主任竖起了两根指头,宣布说:"区里决定,每个月补助王爱娇同学两斤肉票。"

于副主任依然竖着两根指头,宣布说:"区里决定,每个月补助王爱娇同学两尺布票。"

……

不等于副主任说完,王师傅眼前瞬间浮动起一片繁荣昌盛的鸡鸭鱼肉。他知道于副主任舍不得离开小六子哩,再说了,我王喜贵哪能因为自己家出息了一个小六子就脱离群众忘恩负义呢?!王师傅"啪"地一拍大腿,毅然在"月亮"跟鸡蛋之间做出了取舍:"工人新村咱就不去了!"

于副主任如释重负，可是依然还有一点儿小小的担心："老王啊，我老于这可是违反纪律了，如果有人问你，你们家为什么不去工人新村呀，你怎么回答呢？"

"我们住在这里习惯了，就少给组织添麻烦吧……故土难离嘛。"王师傅在心里彻底告别了"月亮"，坚定地说，"再说了，这孩子换地方就睡不好觉，睡不好觉也就做不了梦，做不了梦也就完不成革命任务了。"

这一天，于副主任给王师傅一家带来了房子、鸡蛋、肉票和布票，也带来了全家人的辗转反侧和夜不成寐。王师傅一家兴奋得像大海的波涛，以往都是九点闭灯睡觉，而今天，一直到半夜十一点多，"海面"才渐渐趋于平复。

这时，突然传来了"笃笃笃"的敲门声。

王师傅好像刚刚睡着，不耐烦地喊了一声："谁啊。"

"是我啊，老王。"这是于副主任的声音。

一阵忙乱以后，于副主任带着一脸凝重和一身浓重的烟味，站在王家的屋子中央，并且正色道："刚开完会，我来传达一下会议精神……老王你负责召集一下。"于副主任讲话前，示意王师傅把门把窗都关上。大半夜的，门窗一关，屋子里的气氛顿时像地下会议一样神秘而又庄严。

所谓开会，就是于副主任讲话。于副主任清了清嗓

子，对王师傅说："我刚参加了省委的、一个特别会议，受上级的委派，前来传达会议的重要指示……咱们在这里站好。"说着，他用手在自己脚前比画了一下。

王师傅冲着儿子们招呼着："来来，排好队。"

"你也排队。"看见桂珍游离在外，王师傅示意道，然后自己也站到队伍里。王师傅站在第一个，然后是桂珍，接着老大老二直到小六子，一家人就像一个拥挤的降调。

于副主任看了看，把小六子从降调后面拉出来，然后把他推到王师傅的前面。这样，王家个头最矮的小六子站到第一位了。

于副主任满意地"嗯、嗯"了两声，目光海浪般起伏着掠过每一个人，然后低低地喊了一声："立——正！"

王家一排人往上一紧。于副主任点下头："稍息。"

"我们先学习一段最高指示。"于副主任拿出一本《毛主席语录》，捧在心口窝，低声而有力地背诵道，"毛主席教导我们说：'为了保证我们的党和国家不改变颜色，我们不仅需要正确的路线和政策，而且需要培养和造就千百万无产阶级革命事业的接班人。'"

"我受渤海省革命委员会的委派，前来宣布'四项纪律'！"于副主任把《毛主席语录》揣进兜里，表情更加凝重了。

王师傅赶紧找出一张纸和一截铅笔头，准备做会议记录。

"这'四项纪律',不准做文字记录,只能记在脑子里。"于副主任用食指扣扣太阳穴,严肃地制止道。

接着,于副主任用严肃得不能再严肃的语调,几乎是逐字逐句地宣布道:

——第一,王爱娇同学的梦已经被列为国家机密。包括已经做过的,也包括还没有做过的,王爱娇同学的所有梦都是国家机密;

——第二,王爱娇同学不得向任何人泄露他的梦;

——第三,不论是谁——包括王爱娇同学的父母和其他亲属,均不得打探王爱娇同学的梦;

——第四,不管什么时间——半夜还是早晨,不管什么天气——刮风还是下雨,只要王爱娇同学做梦了,就必须马上通报,同时穿戴整齐,准备接受有关领导的接见。

于副主任说完,屋子里有一段长长的寂静,最后还是于副主任长长地嘘口气,缓和了凝重的空气,凝视着小六子,说:"都表表态吧。"

王师傅用胳膊肘儿拐了拐小儿子。小六子不知道该说什么,就挠着头,想起了教室黑板上面的语录,大声说:"我一定好好学习,天天向上。"

毕竟是工人阶级,身为家长的王喜贵王师傅喉头滚了滚,当即大声表示:"我们全家要全力以赴地支持孩子多做梦，做大梦，做好梦。"

"哦，还有一件事。组织上决定，派区武装部的刘勤奋同志保护王爱娇同学的安全。"于主任凝重的脸色上有了点儿疲惫的笑意。

七

第二天，区武装部的刘勤奋同志来了。小六子一看，刘勤奋同志原来就是小刘叔叔啊。

小刘叔叔中等身材，不高不矮，不胖不瘦，常年穿着一身洗得发白的旧军装，领口露出蓝白条的海魂衫。小刘叔叔是小伙伴们心目中的英雄，他那一身功夫即便在全区也是大名鼎鼎。在各种大大小小的文艺演出上——小六子见多了，小刘叔叔随便找来一块砖头，用粉笔在上面写上"帝修反"三个字，然后左手持砖，右手高悬，"嗨"的一声，手上的砖头便被劈为两截……真正的功夫啊。

现在，一身功夫的小刘叔叔搬来了老街，而且就住到自己家斜对门的一间偏厦子里。偏厦子窄窄巴巴的，只能放下两张床，但是考虑到小刘叔叔尚未结婚，所以房子虽小，也是组织上的特殊关照了。

从此，不管刮风下雨，不论酷暑寒冬，小刘叔叔都要准时接送小六子上学和放学。每次工作时，小刘叔叔都要从兜里掏出一方叠得整整齐齐的袖标——袖标上面印着"值勤"两个字,然后用关针别到左臂的衣袖上。赶上马路上车多,小刘叔叔便会扬起左臂,同时把那只威震敌胆的右手搭在小六子的肩头……每当这时,小六子都会感到有一股幸福的电流,从肩头贯穿到脚尖儿,进而弥漫周身。每当这时候,小六子的全身便不由自主地绷直了,他仰着脑袋,挺着圆圆的胸脯,昂首阔步地穿过马路。

小刘叔叔说,这是他的革命工作。

既然小六子的事已经是市里甚至是省里的大事了,理所应当的,小六子的事情也是红卫小学的大事了。

小六子的事情,难住了班主任何老师。前一段时间,来了一个调查小组,专门找他调查和了解班里的王爱娇同学。何老师从调查小组的神情和语气里,猜测到王爱娇凶多吉少。开学不久,何老师对王爱娇印象一般,既没有什么好印象,也没有什么坏印象。但是,面对调查小组,何老师还是把小六子的日常表现进行了归纳和整理,并做了细致的汇报——什么破坏国家公物了用铅笔刀往书桌上乱划啦,什么自由散漫上课搞小动作了在下面摆弄玻璃蛋啦,什么劳动态度不端正第一次值日就迟到啦,什么学习成绩不好两次作业没有完成啦……何老师把小六子入学以来的所有毛病和缺点统统抖搂出来了。

但是,现在突然天翻地覆了。

因为就是昨天,市革委会主管文教的副书记在市教育局局长和区教育局局长的陪同下,亲自来到红卫小学,用跟上一次完全不同的表情和语气,了解王爱娇同学的学习情况。

副书记是新近从外地调来的,也姓王,所以开始何老师还怀疑王爱娇是副书记的孙子或外孙子呢。但是,几句话过后,何老师就知道王爱娇同学已经跟政治——而且是很大的政治挂上钩了。

副书记反复指出,首长非常关心王爱娇同学。至于首长是谁,副书记指出,这是组织秘密;至于首长为什么关心,副书记指出,这也是组织秘密;至于王爱娇同学为什么值得关心,副书记指出,这更是组织秘密,而且是连他这一级别的干部也不得打探的秘密。

何老师四十多岁了,因为自己媳妇的家庭出身问题,一直没有解决组织问题。何老师明白了,现在自己还能继续担任王爱娇同学的班主任,已经是组织上充分信任了。何老师当即表态,要在政治上关心王爱娇同学,学习上照顾王爱娇同学,生活上爱护王爱娇同学。

首先,何老师把小六子任命为班级的组织委员。因为小六子还不是红小兵,所以,何老师任命小六子为组织委员的同时,还得先给他系上红领巾。

其次，何老师在小六子的前后左右，安排了班里"德智体"全面发展的好学生。他们分别是班长、学习委员、劳动委员、生活委员和文艺委员——这几乎囊括了班级的所有学生干部。一个班级的所有班干部，如此密集地排坐在一起，这在红卫小学历史上是从来不曾有过的。它形成了教室里的"青藏高原"，而组织委员王爱娇同学就坐在这个高原的中心。

小六子自然不知道组织委员是干什么的。好在他可以不知道，因为这本来就是一项待遇——政治待遇。当然了，小六子享受的待遇不仅如此。小六子可以不必参加学校组织的"学工"和"学农"劳动。班级的大清扫，他也总是被分配干着最轻松的活儿。而每一次评比先进、模范、标兵和积极分子什么的——不论是班级、年级、学校还是全区、全市甚至全省，小六子总会把一卷子一卷子的奖状拿回家。于是，家里的一面墙很快就贴满了大大小小花花绿绿的奖状——王爱娇同学的奖状。

这期间，学校里传说小六子配上警卫员了——腰里别着枪呢，又说小六子是军区大院里一个司令的孙子——爷爷是一个老红军呢，又又说小六子马上就要被空军挑去当飞行员了——因为个头矮一点儿，先放在这里长一会儿。

突然一天，老街来了一辆轰轰隆隆的轧道车，车后是一群铺路工。街道上迅速弥漫起一股浓重的沥青味儿……两天的时间,人来车往,挖沟摊铺,昔日尘土飞扬、坑洼不平的老街变成了一条整齐平坦的柏油路,路的两边还铺设了排水沟,砌上了青石的道牙子。原来老街只有一盏低矮的路灯,而且经常成为调皮孩子弹弓的目标。现在,歪斜的木制路灯杆也换成了笔直的水泥杆,而且又多了一盏路灯——就在王师傅家的门口,灯泡的瓦数更是加大了许多。

街道是光明的,路面是平坦的。有关部门还在老街的路口竖立了一块路牌,画龙点睛,上面写着"向阳街"。

人心是肉长的,所以人们都知道为什么要修这条路。街坊邻居的老少爷们儿走在服服帖帖的柏油路上,心情像脚板子一样舒畅,内心都知道除了感谢革委会之外还应该感谢谁。

但是,路修好了,孩子却骤然减少了。有那么一段时间,向阳街上喧闹嬉戏的孩子明显稀少了。尤其是晚上,从前在街巷里串来串去的孩子们几乎没有了。每一家的大人都在让孩子早早地洗脚上床,然后在第二天早晨,眼巴巴地瞅着自己家的孩子,问——你昨晚上做梦了没有?

接二连三的好事,让王师傅幸福得晕头转向。

商老师的房子倒出来了。区里派来了两个班的民兵,不抽一支烟,不喝一碗水,把现在王师傅和原来商老师的房子统统粉刷了一遍，漆上了天蓝色的墙围子，并且在白墙与天蓝色的墙围子之间，刷上一道一指宽的笔直的红漆。至于门窗，该修的修，该补的补，锈蚀的活页也换上新的了，玻璃擦得跟消失了一样……王师傅本来还有点儿为没有后代的商老师难过呢，但是房子粉刷一新后，心情立马焕然一新，而且慢慢地就有了意气风发斗志昂扬的意思了。

最让人惊奇的是，家里竟然装了一部电话。老街上还没有一家有电话的呢，所以电话线是从远远的街口扯过来的。一般的电话机都是黑色的，而这部电话却是红色的，而且没有常见的数字拨号盘。更让人惊奇的是，不论什么时间，不论刮风下雨，只要拿起话筒，里面就有一个说普通话的男声问："请问，有什么情况吗？"

就在所有的生活全部一帆风顺高歌猛进的时候，家里却出了点儿小问题。

桂珍扯了几尺的确良，给小六子做了一套衣服——一件白衬衫和一条蓝裤子。多少年以来，这是小六子第一次拥有完全属于自己的一整套衣服。直到衣服做完了，桂珍发现自己又犯了一个错误，她又习惯性地把衣服做大了——衣服大得下摆及膝、裤脚触地。虽然这套衣服是专门为小六子做的，但是，客观上却形成了这样一种局面——这套衣服除了小六子之外，他的每一个哥哥穿着都比他合适，尤其是老大和老二，甚至有点儿跃跃欲试了。

为了统一思想统一认识，王师傅觉得有必要召开一个家庭生活会了。

为什么不过年不过节的要给小六子做一身新衣服呢？小六子为什么应该穿一套新衣服呢？哪怕这身衣服的大小长短应该从老大或者老二开始穿起而现在只能并且必须从小六子穿起呢？往大处讲，小六子肩负国家机密，照顾他就是照顾国家，保护他就是保护"文化大革命"的胜利成果；往小处说，小六子人小志气大，给家里带来了鸡蛋白糖肉票布票和宽敞的住房。你们问问自己的舌头，谁没吃小六子的鸡蛋啊？李铁梅同志说过，爹爹挑担有千斤重，铁梅你应该挑上八百斤。如果说你们兄弟六个人分担八百斤，你们自己掂量掂量，你们自己各分担了多少斤呢？！

王师傅讲得实在，讲得透彻，讲得眼圈发红，讲得踢球的四哥把平时自己都舍不得穿的一双半新的回力牌球鞋也贡献出来了。球鞋有点儿大，小六子在里面垫了三层鞋垫。于是，小六子就从头到脚有了一套属于自己的衣服了。

吃饭吃好饭，穿衣穿新衣，睡觉睡炕头，一夜之间，小六子的生活有了一个幸福的大跃进。虽然小六子不明白自己怎么成了国家机密，但是他知道小刘叔叔、商老师的房子、红色电话和新衣服什么的都与自己的梦密切相关。公社惊天动地的重视，父母空前绝后的关怀，学校前所未有的爱护，让小六子既喜气洋洋又忧心忡忡……做梦，而且做好梦，成了小六子最大的愿望和包袱。

其实，王师傅也看出小六子既屁颠又磨唧的样子，只是他不知道儿子在琢磨什么。再说了，已经到来和即将到来的喜事儿，让春风满面的王师傅也无暇顾及这些了。

现在，谁不知道王喜贵王师傅的家里有一部红色的二十四小时有人接听的电话啊，谁不知道王喜贵王师傅的家门口经常有小吉普或者上海轿车出入啊，谁不知道王喜贵王师傅的宝贝儿子经常去南湖大院啊，谁不知道王喜贵王师傅家里吃过荔枝吃过樱桃吃过芒果啊，谁闻不着王喜贵王师傅家的门缝里经常飘出肉香啊，谁看不到王喜贵王师傅的孩子们嘴上泛着油光走路也格外轻松格外有劲儿啊，谁看不见于主任——哦，现在他已经是区革委会的一把手了——几乎每一天都要登门拜访嘘寒问暖甚至掀开锅盖看看今天晚上做了什么饭菜啊。赶上个劳动节、儿童节和国庆节什么的节日，王喜贵王师傅家更是少不了公社、区里甚至市里的头头脑脑的慰问和爱护了……王喜贵王师傅家，已经成了这一带居民敬仰和神往的地方。

来的领导多了，王师傅记不清谁是谁了，但是他知道于副主任、于主任和于主任们是真心实意地对小六子好，哪一次来都要再三叮嘱"有困难尽管开口啊"，以至于王师傅觉得，自己再不开口说点儿困难什么的就有点儿骄傲自满和盲目乐观的意思了。王师傅掂量再三，吞吞吐吐地向组织提出了自己的困难：小六子大了，孩子他妈想为社会主义建设添砖加瓦了。

于是，第二天，一大早，桂珍换了一身干净衣服，去公社的朝霞服装厂上班了。

几乎每天早晨起床，王师傅都要琢磨上一会儿，这孩子到底像谁呢？自己怎么就养了这么一个儿子呢？

王师傅追溯起了自己的家世——父亲母亲爷爷奶奶太爷爷太奶奶，并且顺着这个主干像树枝一样上下左右地蔓延开来……树已经很粗了，王师傅的前辈里也没有冒出一个像小六子一样的怪人。王师傅这才想到自己身边还躺着一个"树干"呢，他跟桂珍是娃娃亲，又是一个村的，他了解桂珍了解得都忘了她姓什么了。于是，王师傅顺着桂珍家的"树干"也蔓延起来了，但是，很快王师傅就发现，两家的历史门当户对，清白得像镜子一样不分彼此，连一个疤儿都没有。

王师傅每一次的琢磨都无功而返。当然了，越是琢磨不明白，王师傅的内心越是春风荡漾。现在，瞅着集中了他和桂珍所有缺欠和短处并有所创造发挥的小六子，王师傅已经觉得相当顺眼了。

一天半夜起夜,王师傅望着熟睡的小儿子,竟然挪不动脚步了。他在小儿子熟悉的面孔上,逐渐并且终于发现了家族遗传的若干蛛丝马迹——小六子的耳垂儿像他四叔呢,小六子的鼻孔眼儿像他五爷呢,小六子的眉骨像他的二舅呢……在小六子身体的任何部位,王师傅都能读到他死去的和活着的亲人。这一瞬间,王师傅不禁百感交集潸然泪下,忍不住低伏身子,轻柔地啄了小六子一口——轻点儿,再轻一点儿,注意别用胡子扎着儿子,谁知道在宝贝儿子音乐一样柔和甜美的鼾声下面涌动着什么样的国际风云和神州变幻啊!

什么是奇迹呢?万里长城是奇迹,卫星遨游太空是奇迹,原子弹氢弹爆炸是奇迹,人工合成胰岛素是奇迹,南京长江大桥是奇迹,成昆铁路是奇迹,万吨远洋巨轮是奇迹,万吨水压机是奇迹,双水内冷汽轮发电机是奇迹,红旗渠是奇迹……祖国处处有奇迹,人民天天增干劲。其实王喜贵王师傅心里还有一个奇迹,只是这个奇迹是不能轻易说出口的——"谦虚使人进步,骄傲使人落后"嘛——那就是自己儿子小六子的梦啊!

什么是梦啊?看不见,摸不着,饿了不能充饥,冷了不能挡寒,做多了还影响第二天的革命工作呢。偏偏小六子的梦就不一样!自己儿子小六子的梦能换来房子,自己儿子小六子的梦能换到白糖,自己儿子小六子的梦能换到肉票,自己儿子小六子的梦能换到布票,自

己儿子小六子的梦能换来电话,自己儿子小六子的梦能换来所有邻居羡慕的目光……总之,小六子的梦不仅能充饥和挡寒,简直是——嘿,怎么说呢,王师傅没法形容儿子的梦了,小六子的梦简直就是一只不用喂食却永远下蛋的老母鸡。对了,小六子的梦还能每天换一个鸡蛋呢——你说,这不是奇迹是什么啊?!

小六子是奇迹的创造者,而自己就是创造者的父亲、老子、爸爸和他爹啊!闻着身上浓重的烟味和洗不掉的机油味,王师傅心里充满了进一步当家做主的骄傲和自豪。

王师傅决定"宜将剩勇追穷寇"了。

说干就干,王师傅亲自张罗了一顿饺子。两斤猪肉,一斤牛肉,只掺了一丁点儿的白菜——还是雪白的菜心儿。这样,就能保证每个馅儿都是圆滚滚的,每个丸儿都是油汪汪的。王师傅的意思是敞开肚子吃,想吃多少就吃多少,能吃多少就吃多少,而且是关门关窗地吃。

在老街上——现在说是向阳街了,老邻老居们处得亲切和睦。除了春节,谁家若是改善点儿生活比如包饺子什么的,饺子出锅后,总要先打上热乎乎的一碗或几碗,给平日相处不错的人家送去。这几乎是这里的一种习惯甚至风俗了。但是这一回,王师傅决定关门关窗、同时也是关上灯地悄悄地吃。王师傅不是一个抠门的人,王师傅也不是一个记仇的人,他有比吃饺子更重要的事情。

窗外的月光比较好地照着屋里,照着桌子上一盘盘刚出锅的饺子。饺子热气腾腾,与月光交相辉映。桂珍去门口打毛衣了,说是去放哨,但是王师傅知道她是想省下一口——女人家嘛。王师傅本想叮嘱几句什么,但是他很快发现这时候的语言是多余的了,因为,此时儿子们已经争先恐后风卷残云了,先是唇舌运动的吧唧吧唧声,后来便是此起彼伏遥相呼应的幸福"嗝声"。

第二天早晨,王师傅依次把儿子叫到自己屋里,分头询问。

王师傅先是问老大:"昨晚都做什么梦啦?"

老大说:"我做梦吃饺子了。"

王师傅问:"还有什么?"

老大想了想,说:"就是吃饺子啊,三鲜馅儿呢。"

王师傅问老二:"昨晚都做什么梦啦?"

老二说:"我做梦吃包子了。"

王师傅问:"还有什么?"

老二想了想,说:"就是吃包子啊,纯肉馅的,直流油儿。"

王师傅问老三:"昨晚都做什么梦啦?"

老三说:"我做梦了,但是没有吃饺子和包子。"

王师傅怀疑他们串通了,问:"还有什么?"

老三迟疑地说:"我吃的是锅贴,吃了三盘子,还给爸爸妈妈留了一盘呢。"

王师傅摇摇头,叹口气,问老四:"你呢?"

老四眨巴眨巴眼睛,说:"我没有做吃的梦。"

"嗯呐。"王师傅肯定道。

老四继续说:"我梦见我去动物园了,整个动物园就我一个人,坐木马,看猴子,看老虎吃小鸡。"

老五昨晚上把肚子吃坏了,一晚上反复拉稀,到现在肚子还"咕噜咕噜"直叫。王师傅不想再问下去了,但是老五却自觉地走了进来。

"我梦见台湾解放啦。"老五瞪大着眼睛,"蒋介石做了解放军的俘虏,押到了北京,头上戴着高帽子,胸前挂着大牌子,天天早晨给毛主席打水、抹桌子、擦皮鞋,然后就扛着拖布,去天安门广场打扫卫生,收拾瓜果皮核,进行爱国卫生运动……"

王师傅听不下去了,他知道小五子是学美术的,会构思和布局,而且撒谎的时候总是睁大眼睛,一眨也不眨。王师傅整不明白了,都是一个爹妈生的,差距怎么就这么大呢?!王师傅有点儿后悔昨晚那顿饺子了,有点儿贪心,有点儿冒进,用料也太猛。

轮到小六子了,不知怎么,王师傅竟然有点儿紧张了。

小六子站在门槛外面,倚着门框。他不敢进入这间原来属于商老师的屋子,他总觉得屋子里有大灰狼"沙啦沙啦"的声响——类似于舌头舔墙皮的声音。

"娇娇啊,昨晚你做什么梦啦?"王师傅话一出口,自己就暗自惊奇，怎么突然把小六子叫成娇娇了。

"我做梦也是吃的。"小六子的地包天儿嗫嚅着，"我梦见家里吃了一顿饺子以后，春节就没钱了，大年三十的晚上，别人家都在吃饺子和炸鱼，我们家却在吃饼子和咸菜……"

王师傅猛地眼睛一热，嗓子哽住了。

八

现在，小六子的睡眠是王家的头等大事了。

不论什么时间，只要来梦了，只要拿起电话，不用多长时间，向阳街就会传来小汽车清脆明快的刹车声，接着便是"嗡嗡嗡"的倒车声——不是上海轿车就是北京吉普，有一次还来了一辆乌黑锃亮的"红旗"呢。这时候，不论多晚，穿着整齐的小六子便会在家人和邻里目光的簇拥下，出现在门口。开车的司机——有时还是解放军战士呢，就会替小六子打开车门，搀扶着小六子登上小轿车。这种时候，不论是深夜还是凌晨，小刘叔叔都会戴上红袖标主动出勤，一边驱散围观的群众，一边协助小轿车驶出向阳街。小轿车拉着小六子，在深夜或是凌晨的大街上风驰电掣奋勇前进，从侧门进入南湖大院。

每一次小六子走后，王师傅既有点儿兴奋难耐，又

有点儿惴惴不安,而且这种喜忧参半的心情,随着小六子的长大日渐加剧了。

自从于主任宣布了"四项纪律"以后,断断续续地,小六子梦见了内蒙古的地震,梦见了大西南的卫星发射,梦见了新疆的核武器爆炸,梦见了长江的洪水和东南沿海的台风……但是,王师傅的心情却越来越沉重了。

在王师傅眼里,小六子原来的梦就是一条笔直的康庄大道,路面平坦,方向正确,但是,现在这条路却慢慢地劈叉儿了。这一年来,小六子好几回梦见大海上面飘白云、蓝天下面开鲜花什么的。更过分的是,他还好几次稀里糊涂地梦见大灰狼小绵羊什么的——这都怪商老师讲的那个破故事。王师傅发现小六子做梦的质量越来越不稳定了,一会儿成品,一会儿半成品,有时候甚至就是次品。好在主流还说得过去——瑕不掩瑜吧,尤其是在海城地震的前一天,小六子一举梦见了好多好多的房子倒塌了,地上流着很多很多的鲜血……果然,第二天就是海城地震了。

大海和大灰狼是有负领导关怀与厚爱的,蓝天和小绵羊是换不来布票肉票鸡蛋白糖什么的。所以,王师傅在一片比较莺歌燕舞的大好形势下,早已忧心忡忡甚至忧心如焚了,而且元旦刚过,王师傅的这种担忧便成为了现实。

那是星期一的晚上,街口突然停了一辆北京吉普,车上坐着两个军人，也不说话，只是严肃地坐着。一看车牌子，于主任和王师傅都知道这是接送小六子的车辆，所以这台不期而至的吉普车让他们一下子手足无措了。

将军儿啦，将军儿啦！王师傅心里叫苦不迭。

几年的接触，于主任已经跟李秘书积累了相当深厚的阶级情谊。他转弯抹角地打探李秘书，首长为什么要派车值班呢？有什么新动向吗？

李秘书透露说，首长去北京开了一天会，回来后，就布置这个任务了。

一月的渤海，北风呼啸，天寒地冻。从星期一开始，每到晚上，这台吉普车总要停在向阳街的街口。于主任知道主要矛盾在哪里，于是他亲自带领区街两级班子，给王师傅家送去了一个猪头、一床新棉被和两麻袋上好的大烟煤。于主任叮嘱王师傅，晚上让小六子烫烫脚，睡前别喝水以免半夜解手，火炕不能太热以免感冒……于主任毕竟是干部，看着猴急猴急的王师傅，他郑重叮嘱道，要学会外松内紧，不能给孩子太多压力，欲速则不达啊！

抓住了主要矛盾，也不忘次要矛盾。于主任安排小刘每天晚上给车上的战士送去暖水袋，而且每两个小时去换一次热水。

本来，于主任提干后，不论是工作需要，还是按照现在的级别，他都可以调换一处宽敞的房子。但是，因

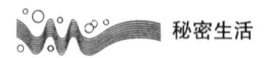

为小六子，于主任依旧坚守在向阳街挤挤巴巴的破房子里。这几天，于主任一只眼盯着小六子的动静，一只眼更加密切地关注着国家大事：《人民日报》发表毛泽东在1965年的两首诗词《水调歌头·重上井冈山》《念奴娇·鸟儿问答》，焦作至枝城铁路建成通车，两报一刊发表元旦社论《世上无难事，只要肯登攀》，山东胜利油田化工总厂炼油厂建成投产，故事片《决裂》上演，六名被释人员获准返回台湾，《人民文学》和《诗刊》重新出版……于主任恨不得一头拱进《人民日报》里，像锄地一样，把每一个字都翻过来看看。

他实在想不明白，到底有什么大事，使得徐主任派车过来值班呢。

自从北京吉普值班之后，于主任晚上也睡不着觉了。深夜，于主任烦乱地翻弄着像文件一样的报纸和像报纸一样的文件，昏昏沉沉地分析国内外局势。他把半导体捧在手里，不断地调拨着频道。一直到天色大亮，吉普车撤走了，于主任才敢放心地迷糊一会儿。

突然，一种奇特的音乐把他惊醒了，半导体里突然传来了哀乐声……于主任一下子傻掉了——敬爱的周总理与世长辞了！

于主任一看日历：星期四——1976年1月8日。

怎么小六子一点儿预兆也没有呢？！

虽然有于主任宣布的"四项纪律"，但是王师傅毕竟是小六子的父亲,他能够在日常举止的蛛丝马迹里琢磨和提炼出门道儿来。什么台风地震啦,什么卫星核爆啦,王师傅知道这些都不是首长最希望听到的事情——更不用说那些乱七八糟的大灰狼小绵羊什么的了……红色的电话机摆放在矮柜上面,已经很久没有动用了。这部给王家带来荣耀和自豪的电话,现在却秤砣一样压在王师傅心里。王师傅掐算过了,自己的宝贝儿子已经有十个月零十四天没有梦见伟大领袖了——这有点儿不像话了嘛。

王师傅又上火了,像前些年一样,又是头疼又是长针眼又是扁桃体发炎又是烂嘴角又是痔疮发作……不仅如此,这回眼睛竟然有点儿花了,而且经常耳鸣,就像有一只蚊子驻扎在耳朵里一样。

这天半夜,万籁俱寂,向阳街的人民在正常的睡眠里等待着日复一日年复一年的黎明。就在这时,酣睡中的小六子猛然"哇"地大哭起来。

九月,秋夜寂静而又清冷,小六子的哭声就像一根铁钉子划过玻璃,尖锐而又锋利。邻邻居居们很快就判断出这是王师傅家里的哭声,而且是小六子的哭声。这哭声就像一根"哧哧"燃烧的引信,谁也不知道它能引爆什么炸药……人们不由得支棱起耳朵,揪心地琢磨着炸弹的内容。

"哭什么?"王师傅闭着眼睛,问,"吓成这个

样子？"

"做了。"小六子在哭泣的间隙，吭哧了一句。

"什么样的？"王师傅趔起身子，警惕地问，"大的吗？"

"我能说吗？"小六子还没睁开眼，拖着哭腔嘟囔着，"不是有纪律嘛……是个大的。"

王师傅一下子从床上弹了起来，这是他盼望许久的喜讯啊。他一把抓过电话，嘴唇贴着话筒，几乎是大声吼道："快来车吧……是毛主席的梦哪！"

小六子似乎还没有从梦里醒来，脸色蜡黄，浑身软了吧唧的。哭声就是命令，小刘叔叔冲了进来，看见小六子不住地哆嗦，从身上脱下外衣，披在小六子身上，然后背起小六子就冲出家门来到街口……很快，小六子被拉到南湖大院，被带到了同样睡眼惺忪的徐主任面前。

徐主任把早已准备好的一杯热腾腾的红糖水，吹了吹拂动的热气，递给小六子。

喝下一口温热的糖水，一股甜蜜而温暖的感觉弥漫开来，小六子肿眼泡儿后面的眼睛也温润起来，脸蛋上也泛起了一层红晕。

"梦见天安门广场了，雄伟的天安门广场。"小六子大声汇报道，鼻子还有点儿齉齉，"毛主席正在开大会，人山人海的……开着开着，毛主席累了，就坐下来休息。"

徐主任脸上喜忧参半，专注地看着小六子。

"休息一会儿，就睡着了……睡觉的时候还打呼噜呢。"小六子歪着头回忆。徐主任和于主任一起重重地点下头。

"老人家辛苦了。"徐主任低声自语。

"但是，毛主席的呼噜声却越来越小，越来越小……"小六子的声音一下子低落了。

"怎么回事呢？"徐主任困惑地皱起了眉头。

"他……他突然不喘气啦！"小六子陡然提高了声音，惊恐地说，随即眼眶里跳出一颗清亮晶莹的硕大泪珠。泪珠顺着小六子柔软的脸蛋一个起伏，"啪嗒"一声落在地上。

房间里一片肃穆和沉寂。小六子"嘶"地抽泣了一下，显得格外响亮。

"住口！"徐主任身子一绷，高声断喝，声音甚至有点儿变调，"你是一个反革命！"

一个身影一晃，一个人忽然出现在小六子面前——小六子一看正是脸色铁青的丁主任。还没等他反应过来，一个脸蛋子已经准确地扇在小六子的脸上。

小六子顿时放声大哭，同时眼泪跟着就涌了出来。

泪眼蒙眬里，又一个细细的身影闪现在眼前。小六子一看，脸色煞白的李秘书站在自己跟前。李秘书抡圆了胳膊，搂头盖脸地劈了小六子一个完整的耳光，然后戳着小六子，用尖细的嗓音叫道："你就是一个反革命！"

小六子听见自己的脸皮"啪"地爆出一声,短促而又响亮。开始,小六子还没有觉出疼,只是感到脸蛋痒痒的,用手一摸,竟然是鲜血——从左耳里淌出一缕黏稠的鲜血,而且汩汩不止……跟着,整个左边脸蛋骤然肿胀起来,包子一样肿了起来,一直疼到牙齿的根儿里面去了。由于来势迅猛有力,这一巴掌竟然把小六子的哭声扇没了,但是眼泪却抑制不住地潺潺而下,就像一个关不住的小水龙头。小六子用地包天儿的下唇兜住嘴,就是不让哭声出来。

"打倒现行反革命!"于主任突然振臂高呼,在静谧的夜里显得立场格外鲜亮,紧接着,他又咬牙切齿地向徐主任表态,"这一次,我们一定要坚决镇压反革命分子王爱娇,彻底清算他的反革命罪行!"

说罢,意犹未尽的于主任又一次振臂高呼:"打倒现行反革命分子王爱娇!"

让小六子意想不到的场面出现了:于主任喊完口号,却没有人响应。只见于主任脸色一块一块地黄了起来,刚才还高擎的胳膊软软地瘫在半空,不知是放下呢,还是迎难而进。

徐主任没有表情地看着于主任,目光平静得像是在看着空气。过了一会儿,徐主任浓眉舒展,疲惫地站起身,一边捶捶腰,一边懒洋洋地说:"于志俭,你的表演该结束了吧。"

"首长，我……我可是……"于主任脸上的血色"哗"地一下子没了。

徐主任跟李秘书低语了一句，然后便朝门外走去。见此情景，于主任把求援的目光投向李秘书。李秘书马上板起脸，大声地重复着徐主任的话："你的表演该结束啦！"

"首长，我可是……可是在你的领导下工作的啊！"于主任一把拽住徐主任的衣襟，几乎喊了起来，话里已经裹上了哭腔。

"我这是引蛇出洞！"徐主任转过高大的身躯，指点着于主任，用重如泰山的语气总结道，"今天，你终于露出了狐狸尾巴。"

朝阳区革命委员会坐落在离小六子家不远的红旗大街，是一座五层高的红砖大楼，远近皆称之为大红楼。大红楼最为醒目的是它的门楼。门楼方正，有三五张乒乓球桌大小，高出地面一米多，正面可拾阶而上，左右有坡面车道，既可遮阳挡雨，又是天然的一个舞台。门楼的上面，一左一右支着两个灰色的高音大喇叭。大红楼的前面有一个小广场，既可集会，又能停车，于是区里的重大活动——群众大会、文艺演出和放映露天电影什么的，都在此地进行。

大红楼就是朝阳区的政治、文化中心。就在小六子

做梦的第二天,朝阳区革命委员会在大红楼门前举行群众集会。门前扯着一道白底黑字的横幅,上面写着"于志俭反革命集团批斗大会",而且"于志俭"的名字上面,还打了一个酣畅淋漓的红叉。

小六子站在门楼里,左边脸蛋肿胀着,像馒头一样暄乎乎的,耳垂下面还残留着未洗净的血渍。大概考虑到小六子尚未成年,大会只派了一个民兵押着他。民兵面似铁板,高大魁梧,穿着蓝色工作服,左口袋上印着"抓革命促生产",就像刚从宣传画里出来一样。

从前,小六子经常扮演特务和坏人的角色,所以今天的场面对他来说并不是特别难过的事情。只是,在这么多的大人和小伙伴们面前当上坏人,对他来说还是第一次。尤其是看到下面的脸部都紧绷绷的,加上只有他一个人待在门楼里,小六子不由得有点儿慌张,两条腿像面条一样地软塌塌的,有点儿站不直溜……小六子一慌,就不住地抽鼻子。在他的面前竖着一个话筒,话筒上包着红绸布,小六子抽鼻子的声音,一下子放大到整个广场,好像整个广场就是一个巨大的鼻孔,不住地发出吸溜吸溜的声音。这个声音与现场的气氛形成了强烈的反差,于是广场上传来了难以抑制的阵阵欢笑。

主持批斗大会的竟然是小刘叔叔。今天,小刘叔叔特地扎了一根军用皮带。小刘叔叔腰细,皮带扎得又紧,于是整个人便束成一个精神抖擞的"8"字。小刘叔叔发现场面有点儿混乱,把话筒往旁边一扭,大喝一声:"带上来!"于是,从楼里连推带搡地押上三个人。

三个人都是"喷气式",由两个警察一左一右押着,按头提臂。三个人的头上都戴着锥形纸帽,脖子上晃荡着一个牌子,牌子上写着每个人的名字。由于名字是倒着写的,人又在低头认罪,所以三个人一上台,台下的人们齐刷刷地歪起头,像一群高低不平的问号……小刘叔叔每念一个名字,"喷气式"都要被抓着抬起头来。

第一个,是市里什么干部,大下巴,小六子一看,是送给自己六个荔枝的那个人,小刘叔叔说他是反革命分子于志俭的死党;第二个,是区里的什么干部,麻子脸,小六子一看,是送给自己三个花瓣玻璃球的那个人,小刘叔叔说他是反革命分子于志俭的同党;第三个,小六子不认识,但是小刘叔叔说他就是反革命集团的头子于志俭。

这个叫做于志俭的人就站在小六子旁边,小六子看了一会儿,才突然发现这个人确实是大斌他爸,而且大斌他爸已经不像于主任啦。于主任的头发变戏法一样地没剩下几根了,头顶上打开的书本只剩下了零星的几页,肩头耷拉着,本来挺直的腰杆也一下子佝偻了,而且脸上还有几道墨迹,先前明亮的眼睛全部黯淡了,像一堆燃尽的煤灰。

最后一个点到了反动少年王爱娇。小六子还没有反

应过来,因为广播喇叭的声音太大了,大得已经听不见内容了。但是旁边的民兵心明眼亮,一把抓住他的肩头,把他像小鸡一样一下子提溜起来了。小六子矮小,又轻快,民兵一提溜,身子便悬在了半空……小六子害怕了,两腿一扑腾,广场上便传来了广大群众快乐的笑声。

开始轮番发言了,大喇叭震得耳朵生疼。明明都是跟报纸和广播上差不多的话,但是三个大人依然吓得颤颤巍巍浑身筛糠。倒是小六子,从台下的笑声里听出了跟街头玩耍游戏时差不多的声音,心里反倒轻快起来了。小六子个子矮,一偏头,正好看见低头认罪的于主任。于主任耷拉着脑袋,紧闭双眼,颧骨上还有一块发紫的血斑。小六子看着于主任的模样那么可怜,不由得想起这个人给自己家带来的许多好处。他探过头,小声说:"于叔叔,别生气啦,我做的梦都是真的……"

于主任低垂的头一点儿一点儿地抬了起来,"煤灰"一样的眼睛努力睁开了,并慢慢地闪动出一丝光亮。他使劲儿扭过头,对背后的两个警察高声喊道:"听见没有啊,这个小东西还在进行反革命活动呐……"

小刘叔叔振臂高呼:"于志俭不老实就让他灭亡!"

于是,广场上的人群参差不齐地跟着呼喊。小六子再看于主任时,他的头被摁得更低了,已经看不到脸孔了,光秃秃的脑壳上,飘荡着几根无依无靠的白发。

刚才还是艳阳高照,这会儿突然就阴云密布了。几乎顷刻之间，明晃晃的天变成了昏沉沉的天。就在这时候，发言突然停止了，小刘叔叔说上面有通知，要求全体干部和群众收听中央人民广播电台的重要广播。于是，就在大红楼门口，大喇叭"沙啦沙啦"地接通了电台广播，而且一开始响起来的竟然是沉重低回的另一种音乐——

哀乐！？

竟然是哀乐！！！

一瞬间，会场上所有的空气全部凝固了。

播音员用颤抖隐忍的声音播报着——

> 我党我军我国各族人民的敬爱的伟大领袖、国际无产阶级和被压迫人民的伟大导师、中国共产党中央委员会主席、中国共产党中央军事委员会主席、中国人民政治协商会议全国委员会名誉主席毛泽东同志，在患病后经过多方精心治疗，终因病情恶化，医治无效，于1976年9月9日零时十分在北京逝世。
>
> ……

先是一声轻微的哭泣，似针尖儿一样细小而又尖锐。只是这一声哭泣，分明是令大坝决堤的蚁穴，刚才还是众志成城坚如磐石的长堤一下子轰然崩溃了。已经听不清广播里说什么了，广场上的所有人像爆炸一样突然哭

喊起来了。老爷爷哭了,老奶奶也哭了,小孩子哭了,警察哭了,送荔枝的"大下巴"哭了,送玻璃球的"麻子脸"也哭了。"麻子脸"哭得像中风一样,浑身一抽一抽的,而且哭着哭着就坐到了地上,涕泪满面,双手不断地拍打着胸前的牌子……

这时候,天上下起了细密的小雨。雨声与哭声混合在一起,更加重了会场的沉重与悲凉。

小六子也流泪了。其实他昨天哭过了,但是今天看到这么多人一齐哭,自己的眼泪还是不由自主地流了出来。但是,他既没有哭声,脸上也没有哭相,而且心里也不怎么疼痛,所以他才能在一片哭号里听到另一种声音。

一个人在笑,发出"哧哧"的声音。先是低低地笑——那是一种在舌尖和牙齿间隙发出的尖细声音,后来开始哈哈大笑,透着阴森和怪异,在一片汹涌澎湃的哭号里逆水行舟。接着,这个人扑通一下跳下台阶,张开胳膊,往会场外面跑去,跑着跑着,还哧溜一下跌了一跤,甩掉了一只鞋子。这个人迅速地爬起来,光着脚丫子,向红旗大街继续奔跑,边跑边大喊大叫道:"我们胜利啦!"

这个人便是大斌他爸。

九

当天中午，李秘书用徐主任专用的红旗轿车，把小六子接进了南湖大院。

这是小六子第一次在白天，而且是从正门进入南湖大院。

这当然是小六子来过无数次的南湖大院，只不过从前都是从侧门进来的，而且无论进出，都是在深夜或者凌晨，所以小六子根本没有可能细看周围的环境。但是这一次，小六子却是大白天进来的，而且是从正门进来的。

大门像篮球场一样开阔。大门的两侧都有站岗的解放军战士。红旗轿车没有减速，战士却"啪"地一齐敬礼。进了大门，小六子发现大院里面像公园一样漂亮。这里到处都是绿色，树木比外面的又粗又高，外面看不到的各式各样的鲜花在这里百花齐放，而且没人采摘。

穿过无数的鲜花、绿地和大树，他们来到大院深处的一个小院。小院里有一座小洋楼，在树丛里露着尖尖的屋顶。进入小院，小六子发现这里比大院更幽静了——树更高更粗，而且很多都是庄严的松树，散发着一股沉甸甸的气味。小院里的人更少，走路的时候都是轻手轻脚的，没有一点儿声音。

徐爷爷站在门口的台阶上迎接小六子,表情依然比较严肃,但嘴角的"八"字微微翘着,眯缝的目光更加眯缝了。

徐主任的办公室比教室还大,正中间,放着好大的一块红色地毯,靠窗的地方有一座巨大的写字台,写字台上摆放着一排电话,其中一部还是跟自己家一样的红色电话机呢。除了电话之外,写字台上便是文件,一筐一筐的文件,整整齐齐地码放在桌头。所有的文件上,无一例外地印着"机密"或者"绝密"的红字。文件的旁边,还有一个粗大的笔筒,里面插着几支削好的红蓝铅笔。在写字台的后面,是一面宽阔的大墙。墙上并排挂着两张大幅地图,一幅是中国地图,另一幅是世界地图。徐主任坐在两个地图中间,既胸怀了祖国又放眼了世界。

徐主任一扬手,李秘书就退下去了。小六子知道,李秘书就是徐主任的影子。因为徐主任比李秘书更加高大魁梧,所以李秘书还只是徐主任影子的一部分。刚才见到李秘书时,小六子就觉得身上有什么地方别扭,想了一会儿,才知道是耳朵——左边的耳朵有点儿疼。昨天,李秘书打了他一个耳光,而且还打出了血。这个耳光打得既深入又彻底,一直到现在,耳朵还有点儿隐隐作痛。现在,看见李秘书了,耳朵就一跳一跳地格外疼。

徐主任穿着一件普通的白短袖衬衣,腿上是一条绿色的肥大军裤，脚上是一双老人常穿的黑色圆口布鞋。短短一天的时间，小六子突然觉得徐主任好像老了许多，走路不像先前那样大步流星了，坐下来还"呼哧呼哧"地直喘，很累的样子。

窗外传来了家雀叽叽喳喳的叫声。

"今天，我要给你开一个平反大会。"徐爷爷郑重地说。

小六子不说话，两只手插在裤兜里，拨弄着裤兜缝隙里的一个瓜子壳儿。

"我有错误，我向你道歉。"徐主任挺直身体，接着弯下高大宽厚的身子，竟然向小六子鞠了一个躬。

小六子的下唇紧紧地兜着上唇，还是不说话。

"好吧，你也打我一个小脸蛋儿吧。"徐爷爷蹲下来，把脸凑近小六子。

小六子倔强地摇摇头。

徐主任一把抓过小六子的手，在他胡子拉碴的脸上"啪"地拍打了一下。

小六子惊讶地看着徐爷爷。

"好，我就喜欢你这样爱憎分明的小鬼。"徐主任大声地表扬小六子，接着，捧过两套衣服，递给小六子。

两套衣服，叠得四四方方，上面的一套是白色的睡衣；下面的一套竟然是草绿色的军装。

这套军装比大人们穿的小了许多，也没有红五星和

红领章,但是,这却是真正的解放军军装,而且是四个兜的干部军装。上衣、裤子、帽子、皮带……上衣的扣子上还有五角星的标志,并且标志里还有"八一"两个字呢。还有一双崭新的解放鞋,散发着新鲜胶皮的美好气味。

小六子兴奋得眼睛发亮,但是却摇着头说:"妈妈说,不能拿别人的东西。"

"你不想当解放军吗?"

小六子马上点了下头。

"《三大纪律八项注意》的第一句是什么?"

"'第一,一切行动听指挥,步调一致……'"小六子一边说一边回忆着歌曲,他明白徐爷爷的意思了。

"对喽,现在,你就要用解放军的标准来要求自己,你能做到吗?"

"能!"小六子响亮地回答,接着疑问道,"但是,解放军叔叔怎么能没有革命武器呢?"

徐爷爷在屋子里搜寻了一圈,目光停留在写字台上。他从插着红蓝铅笔的笔筒里抽出一个东西,一伸手,摊在小六子眼前:"这就是你的武器!"

这是一把小匕首,短短的,只有圆珠笔的长短。刀身闪闪发亮,刀把缠着红色的丝线。奇怪的是,这把匕首的刀尖和刀刃都是圆钝钝的。但是,这毕竟是一把匕首啊。

小六子欣喜地摆弄着这把小匕首，问："那么，我什么时候，才能成为解放军叔叔呢？"

"等你长到这么高吧。"徐爷爷在小六子头顶上挥舞了一下。

小六子仰头看看，那是一个很遥远的高度。

"叫我徐爷爷。"徐主任脸上笑眯眯的，嘴上却故作严肃。小六子知道，这是大人们喜欢小孩子的表情。

小六子乐了，怯怯地叫了一声："徐爷爷。"

"嗳——"徐爷爷长长地应了一声。

"好，现在，你就听我的指挥。"徐爷爷声音洪亮。

"是！"小六子大声回答。

"我叫你做什么，你就做什么，你能做到吗？"

"能！"

"最近形势紧张，你就在爷爷这里住上几天，跟爷爷待在一起，同吃、同住、同劳动。"徐爷爷把手搭在小六子的肩头，"还记得'四项纪律'吗？"

"记得。"小六子回答道。

"我考考你——'四项纪律'的第一条是什么？"

"王爱娇同学的梦已经被列为国家机密。"小六子干巴溜脆地回答。

"好！"徐爷爷赞赏了一声，"现在，我再给你加上一条——你的梦，不能对任何人说，只能对我一个人讲。"

小六子说:"是!"

"我命令你,现在开始休息!"

小六子一脸茫然,他不会休息,也不知怎么休息。

"你先睡一会儿吧。"徐爷爷吩咐道。

"天没黑,怎么睡呀?"小六子嘀咕道。

徐爷爷笑了笑,把他领进一间屋子。还没等小六子看清屋子的模样呢,徐爷爷便"哗啦"一下拉上窗帘,于是黑夜一下子来了。

"这样可以了吧。"黑暗里,传来了徐爷爷亲切的声音。

"这是我的卧室,你先在这里休息。如果有什么紧急事宜,你就按一下这个红钮。"徐爷爷拽开床头的台灯,指着床边的一个机关。徐爷爷说的机关是一个黑身红头的按钮。按钮的头儿红红的,圆圆的,泛着油光。

黑暗里,小六子躺在陌生而又松软的床上,既兴奋又紧张。小六子摩挲着红钮,摸着摸着,有点儿害怕,又有点儿想家……小六子摸了一会儿,不知怎么就摸响了红钮,屋里屋外,顿时响起了刺耳的警报声。

门"咚"的一声推开了,徐爷爷一颠一颠地跑了进来,边跑边问:"做了吗?做什么梦了?"

天热,开着窗,院子里响起了此起彼伏的家雀和知了的合奏,晚上,还会出现蛐蛐儿美妙的歌唱。

南湖大院驻扎着一个加强连，都是一些龙腾虎跃的年轻战士，专门负责大院的警卫工作。小院是大院的重点，配备一个整天摩拳擦掌的警卫排，专门负责小院的警卫工作，保卫首长的安全。为了保障小六子的睡眠质量，徐爷爷一声令下，让警卫排捍卫小六子的睡眠。于是，战士们用长长的竹竿在院子里挥舞着，驱赶着树上的家雀和知了。院子里有两棵高大茂密的银杏树，有两只或者三只知了，深入在高高的树梢里，扯着嗓子鸣叫，再长的竹竿子也够它不着。用弹弓打，又看不清，于是几个灵巧的战士就爬到树上，一边摇晃着树杈，一边用竹竿和弹弓轰赶这几个残余而又顽固的"敌人"。更有几个来自农村的战士，心灵手巧地扎起了几个稻草人，并且给稻草人套上衣裤戴上帽子，安置在小院的东西南北中，增加着捍卫睡眠的兵力和声势。到了晚上，战士们打着手电拎着铁锹，三下五除二，一个夜战，就把蛐蛐们消灭在黑夜的摇篮里了。

小六子看明白了，这个城市的最厉害的地方是大院，大院最厉害的地方是小院，小院里最厉害的人就是眼前这个徐爷爷，而最厉害的徐爷爷，最喜欢的就是自己。

徐爷爷的办公室和卧室都在小院里。徐爷爷把小六子领到他自己的卧室。按照徐爷爷的吩咐，小六子就在徐爷爷的卧室里休息，而且在休息时，必须换上睡衣。徐爷爷说，穿着睡衣，睡觉舒服。

徐爷爷的卧室宽宽敞敞,一张大床更是宽敞得打滚都掉不下来,被子和枕头都是军绿色的,洗得干干净净,叠得四四方方,散发着轻松愉快的气味。

只是小六子怎么躺着也不舒服。尤其是身上穿着睡衣,真丝的,滑溜溜的,弄得身子痒痒的。于是小六子在休息时,都要穿着自己感到更舒服的军服。徐爷爷发现了,又说了一遍,穿着睡衣,睡觉舒服,于是小六子只好把睡衣套在身上了。

外面的声音没有了,屋里的声音也没有了,连滴答滴答的闹钟也拿走了。小六子坐了一会儿,又站了一会儿,怕惹得徐爷爷不高兴,就强迫自己躺在床上。一会儿四仰八叉地躺着,一会儿屁股朝天趴着,不断变换着各种姿势,最后小六子终于确定了最接近他平日睡眠的姿势——侧身蜷曲着,两手合抱着松软的枕头。

小六子抱着枕头,突然觉得手被什么硌了一下。小六子把手伸进枕头里面,马上就触摸到了一件坚硬冰凉的东西。小六子掀开枕头,只见枕头下面赫然有一把手枪。

手枪黑黢黢的,沉甸甸的,枪身上泛着贼贼的油光。小六子玩过"弹弓枪"和"链子枪","学军"时甚至摸过没上子弹的长枪,但是如此近距离地触摸手枪,这还是第一次……不过,小六子马上又发现了比手枪更可怕的东西。

手枪的旁边还放着一本厚厚的书。这本书用牛皮纸包着封面，上面写着"金光大道"四个大字——碰巧这是小六子全部认识的四个字。小六子掀开书的一角，发现里面的字竟然是竖着排列的，而且还是小六子不太认识的繁体字。小六子翻开书，马上发现了里面有好多好多的图画。小六子才看了一页图画，心跳便骤然加快了，所有的血液呼地一下子升了起来。他一下子扔下书，用枕头把书和手枪压上……小六子不害怕枪，他怕的是书里的图画。

过了一会儿，小六子觉得自己的心跳已经平静了，就把手又一次伸进枕头下面，慢慢地把那本书掏了出来。

这本书的纸面已经发黄了，书角翻卷着，隔着几页就有一张图画。图画里都是男女男女的，在带着飞檐的房子里露胸光腚，或是搂抱打滚或是缠绕亲嘴，或是做着更加奇怪惊险的危险动作……字是繁体字，小六子看不懂书里在说什么，但是小六子知道这是大人们的书。因为小六子在睡得迷迷糊糊的时候，看见过爸妈做过其中一两个不太惊险的动作。

小六子睡不着觉，又不敢不睡，只好闭上眼睛。但是闭上双眼，眼皮上就出现了书里男女各式各样的动作……他觉得自己像小偷一样，仄着身子，蹑手蹑脚地溜进图画里。小六子知道自己不该溜进去，但是又有点儿身不由己，而且，每当这时，小鸡鸡便不知不觉地翘起来，并且硬硬地支棱着，像特务手里的一把无声手枪。

第二天,徐爷爷给小六子换了一个专门的房间。

徐爷爷说,现在,这就是你的房间了。于是,小六子就在小院里有了一个属于自己的房间。小六子的房间就在徐爷爷的办公室旁边,紧挨着他的卧室。

小院里的一切都那么高级和特殊。小六子房间里还有一个单独的卫生间。卫生间里有一个洁白的坐便器。坐便比自己家的饭碗还要干净,拉完屎,压一下钮,"哗啦"一声,屎屁屁顺着碗底的洞儿,旋着快乐的浪花,没了。

小六子背靠着门框,贴着头皮,用指甲偷偷在门框上划了一个记号。他不知道自己长到什么高度,才能"一颗红星头上戴,革命红旗挂两边"。

徐爷爷叉着腰,亲自指挥几个战士布置了房间。除了墙上的一扇窗户和地上的地板,四个墙面,包括天花板,都贴满了从画报上剪下来的各式各样的彩色或黑白的图片——毛主席在窑洞前面掰着指头讲课,知识青年扎根农村,虎头山上谈《水浒》,周恩来到机场迎接尼克松,中国成功地爆炸了第一颗原子弹,石油工人"批林批孔",南京长江大桥全面建成通车,乔冠华率团出席联大,金训华抢救公共财产,于庆阳烈士生命不息冲锋不止……改天换地之后的房间,就像一个革命的万花筒。当然,最多的还是"样板戏"的剧照。

床头柜上,有一盏绿色的台灯。还有一面镜子,镜子的上方印着一行最高指示。床头柜的上方,贴着一张课程表一样的作息表。这是徐爷爷亲手制作的。作息表上详细地标明了从周一到周日,每一天吃饭和起居的时间安排。小六子看了看,作息表里既没有体育课,也没有图画课,更没有语文算术什么的。整个一张表格,除了吃饭就是睡觉,而且除了晚上早早地上床睡觉之外,每天中午还要午睡。徐爷爷说必须午睡。

床头柜上,还有一个比徐爷爷那里更大更新的红色按钮。

小六子当然知道那是干什么用的。

小六子吃得好,住得好,穿得好,但是,自从来到小院以后,小六子却什么梦也没做。

不仅大梦不做,小梦也不做,甚至连大灰狼小绵羊什么的梦也不做了。

好饭不怕晚,好饭不怕晚。徐爷爷满怀信心地安慰小六子。

小六子有点儿想家了。想家的时候,徐爷爷就带着小六子看戏。

徐爷爷喜欢看戏,只看革命样板戏。徐爷爷说啦,

看戏也是革命工作。《红灯记》《智取威虎山》《沙家浜》《海港》《奇袭白虎团》《红色娘子军》……每一次看戏，小六子都要从头到脚地穿着军装，腰里别着那把小匕首，跟在徐爷爷的身后，浑身上下充满了自豪与骄傲。

有一次看《白毛女》，小六子提出要到台上看一看，因为他一直想知道白毛女阿姨生活的山洞里面是什么样子的。徐爷爷摸了一下小六子的头，说了一声去吧，于是小六子就去了。小六子就坐在大幕旁边，听着大春和黄世仁的喘气声，看完了《白毛女》。当然，小六子发现在舞台下面看到的恐怖可怕的山洞，在这里却只是一些木头、钉子和涂满油彩的帆布。

在这一段时间里，小六子几乎去遍了渤海市所有的剧场礼堂俱乐部，看遍了所有的样板戏，而且是想怎么看就怎么看，想多近看就多近地看。小六子陪徐爷爷看戏，一定是坐在前面几排，而且前后左右总是空着许多座位。每当这时候，小六子就想，要是这些空座位上坐的是爸爸妈妈哥哥该多好啊，有时候，小六子也会想起老街上的那些小伙伴们……当然了，演出的铃声一响，灯光渐暗，"革命工作"马上开始时，小六子就什么也不想了。

"只有休息好，才能工作好。"徐爷爷说。

每当徐爷爷这样说的时候，小六子就特别悲伤。小六子知道自己的工作是什么。他穿着公家的军服，吃着公家的大鱼大肉，享受着"哗啦"一下的坐便器……却始终完成不了自己的任务。

不过，徐爷爷已经不再问小六子做没做梦了。白天就是开会，除了开会就是伏在桌子上阅读文件。徐爷爷整天硬着脸，几乎没有什么表情，只有看戏时，徐爷爷的脸上才会有一点儿变化，嘴角稍微上挑——"八"字跷着脚儿，接近笑的意思。但是有一次，好像是看《白毛女》，借着舞台的反光，小六子发现徐爷爷眯缝的眼里竟闪动着晶莹的泪珠。

小六子又想家了，想得睡不着觉。

徐爷爷说，那就回去转一圈吧，于是小六子在李秘书的陪同下，回家了。

李秘书跟于主任不一样。于主任到自己家，抽烟、喝水、盘腿上炕，就跟在自己家一样。可李秘书一到自己家，就跟进了厕所一样，夹紧着鼻子，缩着身子，而且只用半个屁股坐着，喝水的时候只用嘴唇碰了碰杯口，还不住地检查水杯是不是干净。

更让小六子不自在的是，因为李秘书在场，父亲说话也跟开会一样了。

李秘书用开会的语气说："感谢王喜贵同志，养育了这样一个红色接班人。"

王师傅像表决心似的说："感谢组织的关怀。"

李秘书又说:"王爱娇同学遵守组织纪律,表现很好,首长很满意。"

王师傅又说:"感谢组织的关怀。"

"我也很满意。"李秘书补充了一句。小六子发现,李秘书说话的语气像徐爷爷一样。

王师傅说:"我们家长啊、一定啊、要求儿子好好休息,多做梦啊,做好梦,这个——做大梦。"

"……怎么还能做大梦呢?"小六子禁不住嘟囔一句。小六子觉得父亲变样了,变得说话慢慢吞吞的,耳朵好像也有点儿背,额头上的皱纹更长更深了。

"嗯——"王师傅这才意识到老人家已经逝世了,表情一下子尴尬起来,咳嗽了一声,说,"啊——大梦还会有的,啊。"王师傅一边讲话,一边不住地"啊啊"着,像是在斟字酌句,又像是在模仿领导干部的讲话。

小六子不想听他们说话。借口上厕所,小六子一溜烟儿跑出了家门。

小伙伴们早就聚集在自己家门口,扒门扒窗地窥视小六子家的情况。一见小六子出来,小伙伴们一下子聚拢上来。小六子和他身上的军装像吸铁石一样,迅速成了中心和焦点。那情景,就像小六子是一个刚从前沿阵地上下来的战斗英雄。

拽衣领的,拉袖口的,摸扣子的,更多的人还是抢着看他腰里别的小匕首,并不断地感叹和赞美小匕首的精巧……现在，小六子才知道自己真正想念的就是这条老街和老街上的小伙伴们啊。

小伙伴还纷纷向"战斗英雄"汇报老街最近发生的事情：

——大斌的爸爸"我们胜利啦"。批斗大会后，大斌他爸就疯了，送进了精神病医院了，住在一间墙壁和床头都包着毯子的病房里了，一见到小孩子就又搂又抱，挥着拳头高喊"我们胜利啦"。

——大斌"独立大队"了。受爸爸的牵连，大斌已经不是小伙伴的头头了，而且，班长也给撸了。于是，往日前呼后拥的大斌一下子就成"独立大队"了。要是哪个小伙伴跟他说一句话，以往牛哄哄的大斌就会一下子笑容满面，而且是特别别扭的笑容满面。

——商老师"自绝于人民"了。商老师不会游泳，却一步一步地走进了农场的水库里。奇怪的是，商老师下水前，把衣服、鞋子和眼镜都放在岸上了。衣服叠得板板正正，眼镜放在叠得板板正正的衣服上，两只鞋子并排放着，并且冲着上岸的方向……这是最让人弄不明白的事情了。

——小刘叔叔"手抄本"了。从来都是批斗人的小刘叔叔竟被抓起来了，罪名是传看一本流氓小说《少女之心》。最让人气愤的是，不论警察怎么劝说和专政，他都置"坦白从宽，抗拒从严"的政策于不顾，拒不招

认是谁把这本小说传给他的。

……

小六子听着听着,就听不下去了,因为他的下腹隐隐发胀了。小六子捂着肚子,问:"比不比?"

"比!"小伙伴们挽胳膊撸袖子地响应小六子的号召。

虽然是玩了多少年的老游戏,但是小伙伴们依然兴高采烈,每个人都齐刷刷地掏出小鸡鸡,贴上墙根……这时小六子突然发现,已经"独立大队"的大斌孤孤零零甚至是可怜兮兮地站在街道的另一头。

"来呀,大斌。"小六子喊道。

大斌像是听到了发令枪,一个百米冲刺加入了阵营,喜气洋洋地站在小六子旁边。

小鸡鸡已经严阵以待,小六子正在等待大斌的铁哨一声令下呢,但是他却发现所有的眼珠子,包括兴高采烈的大斌——他胸前的哨子不见了,都在眼巴巴地瞅着自己呢。小六子憋得难受了,便高喊了一声:"开战!"

小六子瞟了一眼,发现大斌的小鸡鸡比自己的又肥又大……小六子心里一下子酸了吧唧起来。好在仅仅酸了一点儿就不酸啦,因为小六子发现小伙伴们在撒尿的过程中,全部一心两用,歪斜着脑袋,无比羡慕地巴望着自己身上的草绿色军装呢。

墙上的尿线像海浪一样起伏汹涌,每一个浪头都在哆哆嗦嗦地勇攀高峰……但是，只有小六子的峰线节节攀升越来越高，像一把闪闪发亮的红缨枪。

很快，小六子发现自己滋了个第一名。多少年来，这是小六子第一次滋得比小伙伴们都高。

小六子有点儿不敢相信自己的眼睛。他又看了一遍，确信自己的确是第一名。他尤其注意到，大斌的尿线软了吧唧地耷拉着，不仅水平低，"排水量"也不足。

抖落最后一滴答尿水，小六子恋恋不舍地收起小鸡鸡。这泡尿滋得他心满意足扬眉吐气。他知道这不仅是自己小鸡鸡的胜利，也是军装的胜利，也是小匕首的胜利。小六子拨开衣服上的无数羡慕的双手，径直跑回家里，翻出了很多年以前他从大斌那里赢来的"大中华"，又加上一个他最为喜爱的大花瓣玻璃球，然后一溜小跑地找到大斌。在小伙伴惊奇的目光里，小六子得意地把"大中华"和"大花瓣"赏给了大斌。

大斌捧着"大中华"和"大花瓣"，眼里一下子涌动出几颗泪珠，泪珠打着转儿，摇摇欲坠了……大斌咬着嘴唇，凑近小六子的耳朵，低声说：

"告诉你，我爸爸算是工伤呢！"

"什么是工伤呢？"小六子问。

"工伤，就是好人受的伤呗。"大斌认真地说。

从家里回来的当天晚上，外面就开始下雨了。雨下

得非常突然,打在脸上一麻一麻的。雨珠在地上跳动着,一些不太坚强的树叶子被秋风扫落了,半黄半绿地在地上残喘。

晚饭后,李秘书带着一位年轻的阿姨,来到了徐爷爷的办公室。阿姨的刘海湿漉漉的,两条小辫子在肩头一跳一跳的,身上飘着一股清爽好闻的香皂味。

徐爷爷亲自为阿姨倒了杯茶水,问小六子:"认识不认识这位阿姨啊?"

小六子摇摇头,但是觉得阿姨长得跟演员一样好看。

"一会儿你就认识啦。"徐爷爷神秘地说。

李秘书在茶几上摆放着一盘苹果、一盘橘子、一碟瓜子和几瓶橘子汽水。徐爷爷说,明天是国庆二十七周年纪念日,我们今天就算搞一个小型的文艺活动了,纪念纪念。

阿姨轻盈地走进另一间屋子。一会儿出来时,就跟变戏法一样,阿姨一下子变成了喜儿啦——两只大眼睛又黑又亮,脸上化上了红红的脸蛋,上身红衣服,下身绿裤子,脚下是红色的芭蕾舞鞋,小辫子也变成了长长的大麻花辫子,辫梢儿上甩着鲜艳的红头绳……小六子一下子认出来了,这个阿姨就是演喜儿的那个阿姨呀。

"这回认识了吧。"徐爷爷说,"叫杨阿姨。"

"杨阿姨好。"小六子立即说。

"嗳——"杨阿姨高兴地答应着。

徐爷爷吩咐道："好，你们握下手吧。"

杨阿姨不仅握手了，握手时还用嘴唇亲了一下小六子的前额。一股比父亲比于主任比徐爷爷比所有人都好闻一万倍的香味笼罩着小六子，而且前额上还产生了一方湿润润的感觉。

"真乖！"杨阿姨夸奖道，"怪不得首长说你是革命的红小鬼呢。"

"不许叫我首长。"徐爷爷说，"我们是革命同志，你就叫我曰懋同志嘛。"

"首长，我能问你一个问题吗？"杨阿姨说话声音比唱歌还要好听。

"好啊。"

"问了，你可不准批评我啊。"杨阿姨继续"唱"道。

"不抓辫子，不打棍子。"徐爷爷连声说。

"首长，你的名字好怪啊。"

"怎么怪呢？"

"'曰'和'日'有什么区别呢？"

大概还没人这样问过，徐爷爷耐心细致地讲解道："这区别可大啦。首先，是读音不一样；其次，是意思不同。这个'曰'嘛，就是古代人说话的意思喽；这个'日'嘛……"徐爷爷瞥了一眼杨阿姨，突然笑了，而且越来越笑，最后变成了仰天大笑并且声震寰宇。

杨阿姨的红脸蛋更红了，两脚用力一踩地，剜了徐

爷爷一眼,还觉得不解气,又用胳膊肘儿拐了徐爷爷一下,瞥了小六子一眼,继续问道:"那么,你的名字里的'懋'是什么意思呢?"

"懋嘛,就是勉励的意思嘛。"徐爷爷不生气,大度地说。

"那么,它到底念miáo还是máo呢?"

"念mào嘛……哎呀,不读书就是不行啊。"说着,徐爷爷一把擒过杨阿姨的手,一手攥着,另一只手在她的手心上一笔一画地写字。徐爷爷的两只大手就是老鹰的两张翅膀,杨阿姨的小手就是一只小白兔。

徐爷爷写完字,攥着"小白兔",问:"这回明白啦?"

十一

窗外的雨越下越大了,打在玻璃上"嘭嘭"直响,像是给这个缺少音乐的小型文艺活动伴奏呢。

杨阿姨演小常宝,杨阿姨演李铁梅,杨阿姨演阿庆嫂……杨阿姨又能唱又会跳,虽然穿着喜儿的红衣服绿裤子,但是换一个表情就是一个人物。当然,杨阿姨演得最多的还是喜儿。因为徐爷爷喜欢看《白毛女》,小六子已经记不清自己跟着他看了多少遍《白毛女》了,但是在办公室里看戏,这还是第一次。

徐爷爷让杨阿姨唱什么杨阿姨就唱什么,让杨阿姨跳什么杨阿姨就跳什么。小六子看得出来，徐爷爷最喜欢看杨阿姨的戏，而且只有看见杨阿姨，他的脸上才有稳定持续的笑容，甚至还会用手掌打着拍子。

今天，徐爷爷看得高兴，于是请杨阿姨到他的写字台上跳舞。写字台又高又大，但是杨阿姨只轻轻地一跃，便燕子一样飞上了写字台。红色的舞鞋在厚实的写字台上跳跃着，灵巧地躲避着一筐一筐的红头文件，脚尖与桌面发出"噗噗噗"的沉闷声响。当然没有雪花，外面下着越来越急的雨，杨阿姨在雨声里，摇着一根红头绳，一边"北风那个吹，雪花那个飘"，一边踮着脚尖，斜着脖颈，翩翩起舞。

李秘书比徐爷爷还高兴呢，高举双手，用力地打着节拍，并且在嗓子里低低地伴唱。

杨阿姨的胳膊一撩一撩的，两腿"啪"地一字劈开，脸上一会儿热泪盈眶一会儿仇恨满腔。杨阿姨的上衣又短又小，不一会儿，后背便洇湿了一大片，隐隐凸现出里面小衣服一横两竖的背带，同时屋子里荡漾起杨阿姨身上好闻的香味。让小六子紧张不安的是，杨阿姨的红衣服下面不时闪电一样露出一截雪白的肚皮，而且，就在这闪电的间隙，小六子还瞥见了阿姨的肚皮上竟然也长着一个肚脐眼儿。更要命的是，在杨阿姨跳舞的时候，她胸口的两只小白兔也跟着跳动，快一下、慢一下，或蹦蹦跳跳，或溜溜达达……小六子看得既胆战心惊又荡气回肠。小六子觉得杨阿姨是这个世界里最漂亮的阿姨，而在这个最漂亮的阿姨面前，自己却像一个偷偷摸摸闻着香味的小流氓。

杨阿姨跳了一会儿，说累了。徐爷爷提议他跟杨阿姨、李秘书来一段《沙家浜》。

于是，他们三个人唱起了一段《沙家浜》里阿庆嫂与胡传魁、刁德一的三重唱。虽然只有小六子一个观众，但是他们唱得却非常认真有板有眼。

说是三重唱，其实就是徐爷爷跟杨阿姨两个人在唱。徐爷爷嗓子一粗就唱胡传魁，嗓子一细又唱刁德一。李秘书站在徐爷爷旁边，徐爷爷唱胡传魁时，他就学着刁德一的样子，歪头斜肩；徐爷爷唱刁德一时，他就学着胡传魁的模样，挺胸腆肚……让小六子开心的是，杨阿姨穿着喜儿的衣服却唱着阿庆嫂的歌儿，徐爷爷长着胡传魁的样子却唱着刁德一的调儿。

"下面有请王爱娇小朋友表演一个节目！"徐爷爷有了新的提议，于是杨阿姨和李秘书一齐鼓起掌来。

小六子站了起来，心里还没有完全从小流氓的自责和享受里挣脱出来，眨巴着肿眼泡儿，不知该表演什么。表演什么呢？什么呢？

小六子的脑子里几乎同时响起了《我爱北京天安门》《我是公社小社员》《我在马路边捡到一分钱》等几首歌曲的熟悉旋律……这时，外面"哗啦哗啦"的雨声更响了,小六子一下子想到了"大雨哗哗下,北京来电话"的儿歌。于是,他立正站直,又拽了拽身上的军装,两臂下垂,十指并拢,认认真真地朗诵起来了……就在他一字一句地朗诵到第二句的"北京来电话"时,徐爷爷桌子上的电话机突然响了,而且还是那部平时不声不响的红色话机。

徐爷爷脸色一沉,屋子里的气氛一下子就严峻了。徐爷爷用跟他年龄不相称的灵巧动作,一个箭步跨到办公桌旁,把手罩在电话柄上,然后向下一抓,缓缓地提起了话筒。

电话一响,小六子早就知趣地停止了背诵。人们盯着徐爷爷和徐爷爷手里的话筒。话筒的那边一定是比徐爷爷更大的领导干部,所以徐爷爷攥着话筒,不断地说着"是""明白"和"知道了"。

放下电话,徐爷爷盯着红色电话沉思了一会儿,然后低声吩咐李秘书:"准备一下,明天去北京。"

说罢,徐爷爷转过头,用两只布满血丝的眼珠,古里古怪地盯着小六子。

当天晚上,徐爷爷打破作息时间,毅然决定让小六子提前上床。

徐爷爷板着脸,从办公室的这头儿踱到那头儿,再从办公室的那头儿踱到这头儿。小六子都不敢看徐爷爷的眼睛了。每当碰见徐爷爷的眼光，小六子就浑身难受起来。徐爷爷布满血丝的目光里充满了无限盼望，有时甚至就是一种可怜巴巴的期待。

就在这天晚上，小六子终于做梦了。

这是小六子来到小院以后做的第一个梦，也是他在这一个多月来做的第一个梦。

只是这个梦怪怪的。以前的梦像泥鳅一样滑溜溜的，往身体外面钻，今天这个梦也是像泥鳅一样滑溜溜的，却是朝身体里面钻，往心眼儿里面钻，往骨头缝儿里钻……天黑黢黢的，也不知道是几点钟，小六子没有开灯，一伸手，狠狠地按响了红色的按钮。

只听见旁边的房间"扑通"一声，顷刻，一个巨大的黑影便一纵一纵地跑了进来。黑影"啪"地一下子打开灯。灯光里，只见徐爷爷光着脚丫子，披着一件蓝白条的大浴袍，中间的带子还没系，露出雪白的肚皮和肚皮下面白色的大裤衩子……徐爷爷也不说话，一屁股坐到床边，两眼直定定地瞅着小六子。

突然的灯光刺得小六子睁不开眼睛，他眯缝着眼："……做梦啦。"

徐爷爷重重地点下头，说："说！"

小六子觉得徐爷爷的样子有点儿吓人，身子往床里边缩了缩，嘟囔道："梦见……馒头了。"

"什么？！"徐爷爷瞪大了眼睛。

是的，是馒头，雪白雪白的大馒头……小六子的脑袋里忽忽悠悠地飘动起一个大大的馒头。雪白的馒头，比春节蒸得馒头更大更圆，带着强烈的香气和弹性，而且馒头的尖儿上还镶了一个红红的大枣……只是，只是这个馒头竟然长在杨阿姨的身上。

"还有……杨阿姨。"小六子揉了揉惺忪的睡眼，继续说道，"还梦见一个人，跟阿姨在一起。"

"谁？"

"……"小六子的下嘴唇动了动，没说出一个完整的名字。

徐爷爷盯着小六子，胸脯一挺，威严地指出："爷爷跟你杨阿姨在一起，属于革命工作。"

"不是……不是你，是我。我梦见我跟杨阿姨在一起了。"小六子垂下头，喃喃地说，"我……还梦见杨阿姨亲了我一口。"

这时，小六子感觉自己的裤裆出现问题了。

小六子还想继续讲下去，但是徐爷爷已经站起来了，系上大浴袍的带子，在地板上"吧唧吧唧"地来回踱步。小六子还想讲杨阿姨是如何抱着他，而他又是如何扎在杨阿姨怀里，并且杨阿姨还解开身上小衣服用大枣一样红红的奶头喂他，最后他慌张地发现自己的小鸡鸡周围忽然冒出一摊黄色的糨糊——这是从哪里来的呢——而黄色的糨糊又让他有一种莫名其妙的舒服……但是小六

子看到，徐爷爷已经没有兴趣听他的梦了。

"现在形势这么复杂，你怎么做这些乌七八糟的梦？！"徐爷爷皱着眉头，几乎是在斥责他了。

这是徐爷爷第一次对自己发火。小六子羞愧地耷拉着头。他使劲儿夹着腿，他感到短裤里面黏糊糊的。

"爷爷对你好不好？"徐爷爷走近小六子，抚摩着他的头。

小六子点下头，使劲儿地夹着腿。

"你梦没梦见爷爷？"

小六子抬起头，迟缓地摇摇头。

徐爷爷的目光布满了焦虑。这是小六子非常熟悉的目光，他在父亲的眼睛里也看到过这种焦虑。小六子鼻子一酸，不由得垂下头……徐爷爷拍了拍小六子的肩膀，还轻轻地捏了捏他的肩头，安慰道："没关系，你还小，慢慢来嘛。"

说着，徐爷爷从大浴袍的口袋里掏出一叠东西——是五张照片。徐爷爷像摆扑克牌一样，一张一张地把照片摆在小六子面前，问："你看看，仔细看看，梦没梦见过这些人？"

五张照片，五位爷爷。爷爷们有的面带微笑，慈祥和蔼，有的双目圆睁，庄严肃穆。五个人里面，有两个穿中山装的，梳着大背头；有两个穿军装的，戴着军帽；另一个穿着一件白衬衣，留着小平头……小六子觉得这里面有二到三位爷爷特别面熟呢，好像是在徐爷爷桌子上的《人民画报》里见过的，也好像是在《解放军画报》里见过的，但是小六子不记得自己梦见过他们，于是便摇摇头。

"再仔细看看，你要是梦见他们了，爷爷就领你去北京，看天安门，吃北京烤鸭。"徐爷爷拍拍小六子的肩头，鼓励道。

小六子又琢磨了一会儿，失望地摇摇头。

徐爷爷吁了一口气，挺失望地咂吧了一下嘴，然后说："北京来电话，明天我要去北京开会，后天就回来。你这两天哪儿也不能去，就在房间里休息……你还有什么要求吗？"

"……我又想家啦。"小六子低声说。

"还记得'四项纪律'吗？"徐爷爷轻声问。

小六子点点头。

"做了什么梦，任何人也不能说啊。"徐爷爷沉吟一下，一字一句地叮嘱道，"但是，不许做那些乌七八糟的梦……别忘了，你的梦可是国家机密啊！"

徐爷爷悻悻地收起照片，准备回去了。

"爷爷，你不做梦吗？"小六子觉得徐爷爷已经不怪罪他了，他知道徐爷爷是最喜欢他做梦的人，这句话他早想着问徐爷爷了。

"爷爷年龄大啦，睡觉的时间都少了，不做梦了。"

"那么小的时候,爷爷做不做梦呢?"

"嗯……"

徐爷爷没有回答,脸上硬硬地没有表情,然后转过身,朝门口走去,沉重的身体压在地板上发出"吱嘎吱嘎"的声音,在深夜里格外清晰响亮。

走到门口,徐爷爷回过身,说:"从北京回来,我就安排你回家吧。"

十二

一只小鸟倏地飞进屋里,一起一落,就匍匐在地,两只翅膀一边支撑着一边扑腾着……小六子一下子来了兴致。他赶紧把窗户关上——关门打狗嘛,然后小心地凑近,看准时机,一个卧倒把小鸟扑在手里。

这是一只小麻雀,褐色的羽背,毛茸茸的前胸,瞪着浑圆透亮的眼睛,愣着紧张兮兮的头颈。

小麻雀的到来,使得小六子的生活一下子生动起来了。他在院子里折来柳枝,编了一个鸟笼子,把小麻雀放在里面。没想到麻雀气性大,待在笼子里不吃不喝的。于是小六子又想了一个办法。他在徐爷爷的桌子上找到一根红头绳——就是杨阿姨跳"北风吹"的那根。小六子把麻雀放在鸟笼子的外面,用红头绳拴着麻雀的一条腿,这样就不怕麻雀飞走了。

徐爷爷走了，带着李秘书走的。小院更安静了，偶尔传来麻雀叽叽喳喳的叫声，就是这里最响亮的声音了。现在，小六子除了吃饭、睡觉，就是跟小麻雀玩。就在徐爷爷去北京的这天晚上，小六子开始做梦了，而且是连续几天天天做梦，并且都是一些能抓住的梦。

现在，哪怕是大白天，一闭上眼睛，那些阿姨就三三两两地跳进小六子的梦里……小六子不仅梦到了白毛女杨阿姨，还梦到了吴清华孙阿姨、李铁梅赵阿姨、小常宝郑阿姨、阿庆嫂孙阿姨、方海珍刘阿姨、柯湘张阿姨……他不是王大春，却从山洞里救出了杨阿姨；他不是洪常青，却能够跟孙阿姨手拉手地跳舞；他也不是李玉和，却可以抚摸赵阿姨乌黑油亮的大辫子……这些阿姨穿梭在小六子的梦里，或者一个人，或者成群结队，或者西皮二黄地唱，或者伸胳膊踢腿地跳，每一个阿姨都搂着一只毛茸茸的小白兔，小六子则拿着自己的小家雀，让小白兔跟小家雀一起玩。小白兔和小家雀在一起又蹦又跳，并做出一些惊险的动作，就像徐爷爷那本书里的姿势……每当这种时候，小六子下面的小鸡鸡就不由自主地翘立起来，而且，又一次流出了黄色的糨糊。

可怕的糨糊啊——这已经是第二次了。现在，小六子已经掌握了——这股黄色的糨糊，就是从小鸡鸡里流出来的，闻一下，还有一股猛烈的豆腥味儿，不好闻。

小六子不明白这是什么东西，但是他知道这不是什

么好玩意儿。更让他难过的是,这股可怕的糨糊,不仅让他尽做这些乌七八糟的梦,而且,这些乌七八糟的梦竟然让他觉得浑身暖洋洋地舒服。

不要脸地舒服。

过了国庆节,天气凉得更厉害了。白天,小六子在院子里抓虫子喂麻雀;晚上,听着秋风吹着树叶子"哗啦哗啦"地响动,闭着眼睛做梦。

李秘书回来了,而且在他的前面、后面和旁边都没有徐爷爷。李秘书一出现,小六子就觉得身子不舒服了,想一想,是左边的耳朵又开始疼了。

"你的徐爷爷回不来啦。"李秘书一屁股坐在徐爷爷的座位上,身子一仰,把两条腿搭在桌子上,五根指头在桌子上灵巧地敲动着。

小六子知道,如果在学校,这家伙就属于坐姿不端正;小六子还知道,如果这时候徐爷爷推门进来,这家伙一定会屁滚尿流。想象着李秘书屁滚尿流的样子,小六子心里一下子高兴起来了,再说了,徐爷爷不回来,他就可以不汇报那些让人害臊的梦了。

"徐爷爷怎么回不来了呢?"

"你说'大雨哗哗下,北京来电话',结果电话就来了……你看,你的徐爷爷让你给害了,回不来啦!"李秘书抱怨道。

"……"小六子沉痛地低下头。

"难过有什么用,你得想点儿办法啊。"李秘书开导道。

"徐爷爷不回来,我怎么办呢?"小六子担忧地问。

李秘书的五根指头灵活地敲动着桌面,用徐爷爷的腔调,说:"我可以考虑让你回家啊。"

"那我现在可以回去啦?"小六子马上高兴了。

"但是,在你回去之前,必须配合组织做一件事情。"李秘书侧着脸,脸上一下子严肃起来,薄薄的单眼皮像刀片一样闪动着,"你老实交代,你这两天都做什么梦啦?"

小六子的脸蛋"唰"地一下子红了,红得他自己都感觉出火辣辣的热了,心跳也突然加快了,他想起了杨阿姨和裤裆里黏黏糊糊的糨糊……但是小六子镇定地摇摇头,心里说,这是国家机密呢。

"那么,我问你,你说的'大雨哗哗下,北京来电话'的下面是什么?"李秘书问道。

"下面是'叫我去当兵,我还没长大'啊。"

"没有啦?"李秘书脖颈支棱着。

"没有啦。"

"不许撒谎!"李秘书身子一挺,"咚"地拍了一下桌子。

李秘书这一拍,小六子的左耳朵跟着就倏地疼了一下。小六子觉得李秘书就是电影里的坏副官和坏翻译。

"谁撒谎谁就是汉奸走狗!"小六子大声骂着。

"……这么简单吗?"李秘书嘀咕着,迟疑地旋开钢笔,把小六子说的话记在工作日记上。

小六子来到自己的房间。

小六子脱下徐爷爷给他的小军装,找出自己来时穿的那套旧衣服和旧胶鞋。这时,小六子已经觉得有什么地方不对劲了,但是又不知道哪里出了岔头儿……直到小六子抬起头,他被镜子里的那个人吓了一跳。

这个人,这个人还是原来的王爱娇吗?!

小六子发现镜子里的人物已经变样了,依然是肿眼泡儿和地包天儿,但是原来平凡的脸上现在有了许多"敌情":不知何时,嘴角滋出了几缕细密的胡子,脸蛋上也拱出了两个粉红色的小疙瘩,周边又埋伏着几个更小的疙瘩。小六子紧张地研究着脸上突如其来的小疙瘩。他隐隐地知道这类似于一座小山,翻过这座小山,男人就可以用另一种表情和腔调说话啦。只是,没有哪一个男子汉喜欢这些小疙瘩,也没有哪个老爷们乐意翻过这些"小山",所以哥哥们总是对着小镜子拼命地又挤又捏这些小疙瘩,弄得脸上高低不平坎坷崎岖。

小六子的目光向下移动,突然觉得胸前的乳头也变大了,变硬了,像两颗深陷的牙齿。接着,更让小六子惊恐的东西出现了:下面的小鸡鸡周围,竟然也冒出了一层毛茸茸的胡子……小六子紧张得浑身僵硬，小鸡鸡像惊慌失措的小耗子，吓得几乎缩回身体里面了。

面对着突如其来的身体变化，小六子觉得自己让什么东西给长大了，措手不及地给长大了，并且是错误地给长大了。

心脏"怦怦"地跳着，像有一只拳头不断地捶他擂他。小六子慌张地四下环顾，发现墙壁四周的英雄人物都在盯着自己，或是怒目谴责，或是睥睨藐视。他在李玉和和李铁梅的背后看到了王连举，他在杨子荣和小常宝的背后看到了栾平，他在郭建光和阿庆嫂的背后看到了刁德一，他在洪常青和吴清华的背后看到了南霸天……他吓得赶紧闭上眼睛。就在这时候，他又在这些英雄人物的背后发现了那个叫王爱娇的自己。

小六子非常清楚是什么东西让他跟叛徒王连举、坏人刁德一、土匪栾平、恶霸南霸天之流的坏人站到了一起。他知道自己应该干什么了。他一只手拿起小匕首，另一只手拽着紧缩一团的小鸡鸡，迟疑了一下，然后轻轻地切了下去。

钝钝的刀刃让小鸡鸡痒痒的。他没觉得疼，反倒有一丝奇特的舒适感。这是他这几天才熟悉的一种感觉。但是这种感觉一出现，他的心里即刻涌起了铺天盖地的自责和羞愧。小六子马上攥紧刀把，加大力量，狠狠地朝小鸡鸡割下去。一阵锋利而又细长的疼痛，一下子抓

住了他。他疼得几乎要大叫起来了。这时,他看到一股细密的鲜血倏地泅散出来,花朵一样开放在白色的小鸡鸡上……他的头一下子晕了起来,手里的力量一松,小匕首差一点儿脱落,但是,凭着一股惯性,小六子依旧握着刀柄,仍然保持着切割的动作,来来回回,像是用橡皮轻轻地擦拭着一个错别字。

小六子把睡衣和军装叠好了,捧在手里,交给了李秘书。这时候,小六子发现李秘书已经笑脸相迎了。

李秘书弯着腰,眼皮像刀片一样闪动了一下,亲热地抚摸着小六子的脑壳:"叔叔最后问你一遍,'大雨哗哗下,北京来电话'的后面是什么?"

"'叫我去当兵,我还没长大'啊!"小六子重复了一遍。这不都是坏人的招数吗?先是来硬的——拍桌子瞪眼,后是来软的——糖衣炮弹什么的。

李秘书的表情有点儿失望,但是依然不屈不挠:"那么,怎么才能长大呢?长大以后呢?……嘿,你一定跟叔叔藏心眼儿了,对不对?"

对啊,为什么不跟敌人藏心眼儿呢?!这个念头一动,小六子立即想起了父亲的教育——"不许撒谎"。但是,我现在面对的是汉奸走狗卖国贼啊……小六子主意已定,只是表面上装出不情愿的样子,心里却在快速地编写下面的几句话。

李秘书哈下腰,脸上浮现出即将胜利的惬意。

小六子凑近他的耳朵,说:"那么,我告诉你,你可不能告诉任何人,连徐爷爷也不能说啊。"

"你放心吧,我才不跟那个老家伙说呢。"

"那么,我们拉钩上吊吧!"小六子跷出了小拇指。李秘书也伸过小拇指,用力地钩着小六子,主动表示道:"叔叔的嘴带锁呢,可严实啦。"

这时,小六子已经把下面的句子编完了。他对着李秘书柿子饼一样的耳朵,一字一句地恨不得咬一口地说:"要想快长大,自己打嘴巴,一二三四五,什么都不怕。"

李秘书听罢,脖子一梗,怀疑地盯着小六子。

小六子的肿眼泡儿跟他的薄眼皮儿对视着,两个人的眼睛都一眨也不眨,像两个对峙的枪口。小六子在心里不断地提醒自己:"别慌,要机智勇敢,考验你的时候到了……"

终于,李秘书身子一懈,移开目光,又一次摸出工作日记,把小六子刚说的话记了下来。

写完了,李秘书又蹙着眉头审视了一遍,突然问:"是左手,还是右手呢?"

"……"小六子迷惑地看着李秘书。

李秘书摊开两只手,轻声问:"是用左手打呢,还是用右手打?"

"用右手。"小六子想了一下,进一步肯定说,"右

手！"

右手比左手打人更狠,小六子知道。

李秘书指着那套小六子穿过的军装和睡衣,讨好地说:"你不是喜欢吗,就带走这套衣服吧。"

"妈妈说,不能拿别人的东西。"小六子摇摇头。

"没关系,拿走吧。"

"不。"小六子坚决地说,"妈妈说,不能拿别人的东西。"

李秘书撇撇嘴,随手把衣服上面的小匕首插在满是红蓝铅笔的笔筒里。

匕首的刀尖朝上,闪闪发亮。小六子注意到,闪亮的刀尖上有一个鲜红的血点。

走出小院,走出大院,绿色渐渐稀薄了,天空一下子辽阔起来。小六子蹦蹦跳跳地走出了南湖大院,来到了人民广场。他的手里提着那个鸟笼子,里面是同样蹦蹦跳跳的麻雀。

秋天的萧瑟凉意和繁杂的生活气息扑面而来,看着广场上的行人,望着远处的树梢和烟囱,小六子竟有一种久别重逢的兴奋。更让他兴奋的是,想象着那个李秘书自己打自己耳光的样子,而且还是用右手,一下一下地——"呱唧、呱唧、呱唧"。

笼子里是小麻雀又抓又挠的,叽叽喳喳地叫个不停。

小六子掏出麻雀，把这个小伙伴拢在手心，脸对脸看了一会儿。他正想解开麻雀腿上的绳子，不料麻雀身子一纵，带着红头绳，"扑啦"一下子飞走了。小六子正在搜寻麻雀的踪影呢，小麻雀又"嗖"地一下回来了，而且就落在小六子的脚边，歪着小脑袋，一边警惕地斜视小六子，一边一啄一啄地捣弄脚上的绳结。那是死结，小六子正想帮忙解开，小麻雀又"呼"地一下飞了起来，腿上的红头绳在小六子的眼前一荡，翅膀一夹，几下子就消失在广场的上空了。

小六子的鼻子有点儿发酸。他伸出食指，紧压着右边的鼻孔，深深地吸了一口气，然后仰头冲天，奋力一擤，一股浓稠的灰腥鼻涕如同子弹一样射出了鼻孔，划着清晰的弧线，"吧嗒"一声落在广场上。

突然，传来了敲锣打鼓和呼喊口号的声音。小六子浑身一激灵，立即梗起脖子四下观望。他看到一队灰蓝的游行队伍正朝着广场蠕动。队伍的前面是一条红色的横幅、几面红旗和一排敲锣打鼓的。接着，小六子连续发现几队游行队伍也陆陆续续朝广场会聚了。锣鼓声越来越密，口号声越来越响，小六子周围的人民像潮水一样涨了起来……小六子想了想，确信自己昨晚除了梦见杨阿姨孙阿姨赵阿姨什么的再没有梦到什么国家机密——不论大的或者小的。他有点儿惶惑，又有点儿怅然，惶惑和怅然的后面还有那么一丁点儿的庆幸。他原地站着，被人撞得东倒西歪趔趔趄趄。他不知道自己该干什么，但是他觉得自己有点儿想家了，而且想家的念头一出现，马上就不可抑制地茁壮成长进而汹涌澎湃了……于是小六子逆着游行队伍，向广场外面走去。游行的人们不断地从他的面前经过，锣鼓的喧嚣里不断夹杂着打倒什么和庆祝什么的口号声。

广场就像一个巨大的漩涡，带着强烈的吸力，所有的人流都在往这里汇集。好像全城的人民都来到了广场，小六子需要使劲儿地往外面挤了。挤着挤着，小六子就来劲儿了，身上的力量也好像被人群勾引出来了。他几乎就是在人海里游泳了，而且是逆流而上。他缩着脖子，蜷着身子，用歪斜的脑袋和缩紧的肩头冲锋陷阵啦。

朝着游行队伍相反的方向，从腰和腰中间、从胳膊和胳膊中间、从腿和腿中间、从胯骨和胯骨中间、从屁股和屁股中间、从工作服和工作服中间、从口号和口号中间、从鼓点和鼓点中间、从汗渍和泪水甚至鼻涕甚至狐臭甚至屁啦嗝啦吐沫星子啦什么的中间，又是拱又是钻，又是掀又是扒，又是推又是顶，又是滚又是爬，有时低声下气苦苦哀求，有时高声大喊据理力争……终于，小六子像从水里跳出来的皮球，扑通一下从大爷大娘大叔大婶大哥大姐的海洋里面挤了出来。他大口大口地呼吸着外面的新鲜空气，胸口呼扇呼扇得像是在拉手风琴。他已经狼狈不堪了——满脸脏兮兮的汗水，颧骨上还带着一块擦伤，头发乱乱的，左脚的鞋子也挤丢了，扣子掉了两颗，口袋也撕开了一道口子，而且，小鸡鸡上的刀口，让汗水杀得有点儿丝丝拉拉地疼。

小六子跺了跺脚，疼痛顿时减轻了，于是他索性单腿蹦跳起来。右腿着地，左腿丢荡在半空，斜着肩膀，两条胳膊像翅膀一样快活地扇动，轻松愉快的心情一下子回来了，向着家的方向，小六子觉得自己已经身不由己地飞翔起来啦。

这天晚上，也许是第二天凌晨，回到家的小六子即将完成他少年时代的最后一个梦。在这个梦里，王爱娇同学将第一次梦见自己变成了一头红舌绿眼、尖牙利爪的大灰狼。

英　雄

一

退休工人老高，溜溜达达，就来到了人民广场。

人民广场原名斯大林广场，是为了纪念苏联红军解放大连而修建的。广场的标志是一座苏军烈士纪念塔，纪念塔正面，耸立着一座巨大的苏军战士铜像，铜像有两层楼高，头戴钢盔，身披斗篷，手握苏式冲锋枪。纪念塔坐北朝南，身后是一片宽敞的空地，生长着一排庄严的龙柏。此地夏天可以纳凉，冬天又能晒太阳，于是这里便成了周边老人们的休闲场所。

老高看到一群老人，至少分为两到三派，像一锅老汤一样在激烈地争论着什么。老高在沸腾的老汤的边沿儿听了一会儿，品出了其中有许多胡说八道的成分：第一野战军是解放军最大的野战军，司令由朱老总亲自担任；第四野战军的司令是林彪，林彪是元帅，政委是罗瑞卿元帅；另一个人坚持说罗瑞卿不是元帅，是大将，当时毛主席察觉到林彪有分裂野心，派公安部长罗瑞卿来监视他；林彪在东北战场七战七捷，但是关键时刻却放走了一部分国民党军逃往台湾；第五野战军的司令是贺龙……双方争执不下，谁也说服不了谁，不仅声音越来越高，而且面红耳赤，已经开始不稀得看对方了。

僵持之下，争议的双方把目光转向周边，看见老高怔怔地望着他们，又是一个生脸儿，便一齐指向老高："我们就让这位老哥评评理吧！"

老高平素就喜欢军事，上周才看完厚厚的《八一军史》，今天看见他们把革命历史糟蹋得不成样子，早就想开口收拾他们了。他慢条斯理地说："你们说得不准确，解放军按照序列排列，是1949年初的事情。西北野战军整编为第一野战军，彭德怀为司令员兼政治委员，下辖两个兵团。中原野战军整编为第二野战军，司令员是刘伯承，政治委员是邓小平，下辖三个兵团。华北野战军整编为第三野战军，陈毅为司令员兼政治委员，下辖四个兵团。东北野战军整编为第四野战军，司令员是林彪，政治委员是罗荣桓，下辖四个兵团。"

老高指着刚才说四野政委是罗瑞卿的人，有点儿调侃地说："四野的政委姓罗，但是你只说对了三分之一，是罗荣桓。罗瑞卿当公安部长，号称毛主席的大警卫员，那是解放以后的事情。"

针对东北战场七战七捷的说法，老高驳斥道："这位老哥，一定是把东北战场和华北战场搞混啦。东北是

辽沈战役,围长春打锦州,关门打狗;华北是淮海战役,七战七捷是华北的事儿。"

针对把贺龙当作第一野战军副司令员的说法,老高指出:"在设立四大野战军的同时,中央军委还把全国划为西北、东北、华北、华东和中原这五大军区,贺龙是西北军区的司令员。"

针对把聂荣臻当作第三野战军政委的说法,老高更正道:"聂荣臻是华北军区的司令员。"

周围静悄悄的,被老高批评的人面露羞愧,而跟老高保持一致的人则喜形于色。老高脸上不动声色,心里却泛起一阵麻酥酥的欢喜。

天上传来了飞机的轰鸣声。广场离机场不远,这一带的上空是飞机降落时的空中走廊,每天都有各种飞机经过。有几个老人抬头张望,说这是波音757,日本全日空的;又有人说这是空中客车300型,中国北方航空的。老高没有抬头,他不是干部,他没坐过飞机,但是他感觉刚才他的讲话就像飞机一样,轰轰隆隆地掠过了这些老同志的头顶。

按下葫芦又起了瓢,老高这边安静了,远处几个人又争吵起来了。因为波音和空客的争论,有人指责美国就是霸权,仗着胳膊粗,到处欺负人;有人替美国辩护,这世界治安这么乱,总得有人牵个头儿管管。老美的武器先进呐,导弹贼准,指哪儿打哪儿,误差不超过一个巴掌……宣传美国导弹的老头,外衣里面穿着一件宽松的T恤,T恤的前胸印着一面飘动的美国国旗。

让老高气愤的是,"星条旗"的话,竟引来不少附和与赞许。

"老美厉害,那抗美援朝时,不是也让我们给收拾了?!"老高声音洪亮,底气十足。

"那都是老黄历啦,现在老美比当时厉害多喽。""星条旗"不服。

"那中国比当时不也厉害多了吗?"老高看着对方就像个叛徒,好在《八一军史》里不乏对付叛徒的内容。

"1950年,美国的工农业总产值达到1507亿美元,我记得不错的话,我们新中国的1950年的工农业总产值也就574亿元人民币,换算成美元,连人家的小拇指还不如啊!当时,美军一个军有各种火炮1400多门,而我们一个军只有200门,这个数字,才是美军一个师装备的一半儿,而且大部分还是在抗日战争和解放战争中缴获的老家伙。我们是小米加步枪,人家是飞机和大炮,但是结果怎么样呢?经过五次战役,我们把敌人从鸭绿江边赶回到三八线附近,迫使美国于1953年7月27日在板门店签订《朝鲜停战协定》……我敢说,别看老美厉害,又是F-14又是航母的,要是真的干上一仗,我们也不会输给它!"

老高的话有根有据,明显地唤起了众人的爱国热情。

老高刚讲完，眼前几乎同时出现了两只敬烟的手，老高迟疑了一下，拿过了其中一支不带过滤嘴儿的。老高刚把烟含在嘴里，同时又有几只打火机啪啪啪地为他点火。

得人心者得天下啊，老高在心里感叹道。老高注意到，"星条旗"用外衣掩了掩里面的美国国旗。

"你贵姓啊？"刚才给老高递过滤嘴烟的人问道。

"免贵姓高。"

"你也住在周围？才搬来的？以前没见你来啊。"那人亲热地问。

老高嗯了一声，算是认可。其实老高住在离广场挺远的沙河口区。

"老高，你以前是做什么工作的？"

"我是一名工人。"老高说。

"这是我以前的名片。"那人递过一张名片，名片的上部印着"大连民康副食品集团工会主席牛殿福"，名字之前的公司和职务被画了一笔。

"哦，还是主席呐。"

"退下来啦，退下来啦。"老牛扬扬手，问道，"你以前是做什么工作的？"

"我是一名普通工人。"

"普通工人？工人能知道这么多啊？！"老牛不相信。

工人就不能知道这么多了？老高愤愤地想，反击的话在口腔里打了个转儿，又生生地咽回肚里，毕竟，老高今天辉煌了一把。

"你今天讲得真棒。"老牛夸奖道。

"当兵的人嘛,当然知道这些了。"老高淡淡地说。

老牛还想说什么,老高赶忙说:"天不早了,咱们明天再唠吧。"

二

老高喜欢上了人民广场。老高开始熟悉周围这些人了。

来广场的老人各种各样,有老得颤颤巍巍的,也有老得结结实实的;有老得磨磨叽叽的,也有老得利利索索的;有越老越佝偻的,也有越老越精神的。谈天说地的,养狗遛鸟的,打拳健身的,抬杠发呆的,打扑克下棋的,听广播聊天的……有属鼠属牛属虎属兔属龙属蛇的,有属马属羊属猴属鸡属狗属猪的,也有忘了自己属什么的,还有死活也不告诉你属什么的。

老高发现,这些老人虽然经常争吵抬杠,但是在离退休之前却非等闲之辈。牛殿福就不用说了,老刘是家具公司的常务副厂长,老张是一所中学的教务主任、物理老师,老赵是区政府的一个处长,就连"星条旗"老蒋好像也是宣传部的一个科长……而且,这些人还有一个特点,那就是除了自己的专业之外,每个人都有自己

的特长。

只要讲起体育,基本上就是刘副厂长的事儿了,从甲A最新一轮的积分和排名,到国际乒联关于接发球的最新规定甚至贝哥辣妹的婚姻现状,反正谈论到体育的事儿,主讲的一定是老刘,有什么争议,仲裁的也一定是老刘;讲起健康,基本上就是老张的事儿了,老张是教育工作者,讲物理课怎么样,别人不知道,但讲起医学来,那一定是精深的,尤其是老年病的预防和治疗,治疗冠心病的偏方啦,怎么降低血脂啦,黑木耳降低血黏度啦,发言权必定在他手里,别人讲了,他也能挑出毛病;讲起国际时事,基本就是老赵的事儿了,从美国总统选举到北约东扩,从《核不扩散条约》到印巴克什米尔争端,再说了,巴勒斯坦建国这么复杂的事儿,老赵也基本能讲明白,反正各种媒体的国际时事那一栏你就可以不看了,老赵讲得比那些明白多了……总之,时事政治、天文地理、文体娱乐,在这里都能找到权威的代言人。

同时,老高也发现了自己的位置。

这块位置不大,但是既硝烟弥漫又风光无限,这是一块独特的充满魅力的阵地,老高不知道怎么命名和称呼这一块阵地,反正涉及三大战役、抗美援朝什么的,自己已经、并且开始说了算啦。

其实，老高建筑这块阵地，已经有些年头了。多少年前，笨重的剪板机把他的食指压掉了，老高丧失了在一线工作的能力。因为是工伤，加之他还不到退休的年龄，老高便来到了工会，来到了工会下属的图书室当资料员。这在老高看来，基本上是因祸得福了。在老高心中，戴着白套袖的资料员是厂子里最好的工种，甚至超过了港商一样的厂长。他在图书室一干就是八年，一直到他要退休的那一年，他满以为自己可以再续聘一年两年的，但是，又一个工人把自己的食指外加很少一部分的中指压掉了，于是新的资料员来了，老高恋恋不舍地回家了。

在资料室的五年是老高人生最难忘的五年。他有机会找到那个时代允许他找到的一切与战争有关的书籍，刘知侠的《铁道游击队》，刘流的《烈火金刚》，曲波的《林海雪原》，《地道战》《地雷战》《南征北战》《平原游击队》和《奇袭》……他看了并且反反复复地看了所有与战争有关的书籍与电影，慢慢地，战争方面的书籍与电影渐渐多起来了，一战、二战、越战、沙漠风暴，三大战役、抗美援朝、珍宝岛自卫反击战和对越自卫反击战……老高的视野更广阔啦，可就在这时，战争戛然而止——老高退休的时间到了。

都说平淡是真，可平淡的退休生活显得格外寂寞，老伴儿去世以后，连个吵架拌嘴的对象也没有了，日子进一步寂寞，感冒发烧都成了生活的亮点与热点。儿子

搬走了,每月才回来看望他一次。日子不仅寂寞,简直就是无聊了。

一个偶然的机会,老高发现了一处可以大饱眼福的地方——图书馆。这里离老高家不远,溜溜达达就去了,一天只需要一块钱,就可以从上午九点,看到晚上五点。从一战的凡尔登战役到二战的D日作战,从仁川登陆到波斯湾上空的"沙漠风暴",从麦克马洪线到珍宝岛战斗,从林彪刘伯承许世友到巴顿隆美尔古德里安,老高的面前弥漫起无数的战争硝烟,年迈的老高仿佛看见自己松弛的皮肤又恢复了年轻的弹性,小腿蓄满了青春的力量,一跃冲出平庸寂寞的生活,来到了辽沈战役的塔山,渡过枪林弹雨的长江,踏着正步通过天安门广场,在上甘岭猫耳洞里就着雪水吃着炒面,潜伏在零下三十度的珍宝岛,摧枯拉朽地攻克谅山,唱着军歌,守卫伟大祖国的海岛边疆,与自己崇仰的古往今来的英雄们并肩战斗血洒疆场。

如果说图书馆是老高发现的一条小河的话,那么广场便是这条小河的入海口啦。现在,每天去广场,已经成了他生活里最重要和最兴奋的事情。

从《大连日报》的第一版开始,先粗粗地梳一遍,先国际后国内再本地,知道天下没什么大事儿以后,再回过头来,一点一滴地往下看,看完以后,再从最后一版开始,一行一行往回扫,咀嚼一番,看看有无遗漏的滋味。每天如此,像是认识一位新朋友,然后握手话别,再等待下一位朋友。有时朋友讲了些有意思的事情,于是今天就过得有点儿滋味,更多的时候,朋友也讲不出什么有滋味的事情,于是日子过得就更没劲了。

早晨,老高照例买了一份《大连日报》,从第一版开始一点儿一点儿地往下看。报眼的位置上发了一则公告,大致的内容是"为迎接建国五十周年大庆,应我市百位人大代表的请求,并听取社会各界的意见,经外交部和文物管理部门批准,人民广场苏军烈士纪念塔将从4月中旬开始,完好无损地迁至旅顺口区,与旅顺现有的苏军烈士陵园、友谊塔、胜利塔共同组成完整统一的纪念系列……"。署名的是市委、市人大、市政府和市政协的四个办公厅。头题是一则新闻,标题是"下岗职工成'洋专家' 沉淀设备做成大生意",讲的是大连制笔总厂用闲置设备在古巴设厂,派下岗工人去当专家的故事,还加了编后话,此外还有市长会见美日客人什么的……

老高看着看着,觉得今天这位朋友暗示了他一点儿什么,而他又没弄明白,于是心里疙疙瘩瘩起来,于是老高把报纸又一点一滴地看了一遍,猛然一下,他找到了原因。按照以往的习惯,看完报纸的下一个目的地就该去广场了,但是现在,老高当机立断地更改了计划。

不出所料，第二天，老高一到广场，渴望的目光迅速聚集到老高身上。

"哎，老高，你昨天怎么没来啊？"老牛像老哥们儿一样打着招呼。

"昨天身体不太舒服……"老高支吾道。

"怎么不舒服？"健康专家老张马上说，"咱们这个年龄，健康可马虎不得啊。"

"我们早就盼着你来了，这两天可出了不少事儿啊。"旁边的几个老人七嘴八舌地开始提问了，果然，纪念塔迁移的消息早已成了这里谈论的焦点和重心，更有几个为若干细节和情节抬杠的老人，纷纷要求老高仲裁和评理。

"先讲讲当时的国际形势吧。"这一切显然尽在自己的射程之中，老高掩饰着内心的窃喜，现在，他就是一把渴望突突的机枪，因为昨天他在图书馆里已经装满了子弹。

老高像一个成竹在胸的老猎人，慢慢地扣动了扳机："1945年，德国法西斯战败，根据雅尔塔会议的精神，苏联马上从欧洲战场抽调大批兵力和装备到远东地区，在伯力——也就是现在黑龙江对面一个城市，成立了远东苏军总司令部，共约100万兵力。而小日本呢，因为在太平洋战场连吃败仗，就把他的陆军主力关东军约75万，外加20多万的伪军，号称100万兵力，摆在东北腹地，准备跟苏军决一死战。8月9日,苏军兵分三路,在咱们抗日联军和八路军的配合下,仅用一周时间,就一举拿下了关东军。8月15日,小日本宣布无条件投降,至此,东北境内的日军基本被歼灭,日军有8万多人被击毙,60万人投降,苏军也有3万多人的伤亡……"

"你是不是学国际关系的啊?"区政府的老赵问,"怎么国际问题也这么明白。"

"实不相瞒,我老高自小就喜欢打仗的故事,最羡慕的就是肩头上扛颗星儿……"老高长叹一口气,算是对自己没有当上将军的嘲讽,"所以啊,凡是跟打仗有关的事儿,我不敢说过目不忘吧,也记住个八九不离十。"

"再讲讲当时的大连形势。苏军是8月22日进驻大连的。8月22日上午,苏军分别在旅顺土城子机场和大连周水子机场着陆,当天,日军驻旅顺的守备司令就向苏军投降了。第二天,苏军的坦克就开进了大连。"

昨天才看的资料,日期和数字什么的都在老高的脑海里活蹦乱跳,以至于老高都觉得自己有点儿显摆了。老高停顿了一下,指了指纪念塔:"我再唠唠这座纪念塔。"

"从1945年8月22日开始,一直到1955年5月26日,苏军在咱们大连总共待了十年。这十年分为前五年和后五年,前五年是军管,后五年是驻防,性质不一样。但是不管怎么说,苏军跟咱们一直是友好的,尤其是前五年,当时咱们还没建国,大连地区一直由苏军控制着。

苏军奉行'铁皮西瓜政策',谁知道这是什么意思?"老高不想看到自己一个人在显摆,就有意调动一下听众的情绪。

"是不是特圆滑,两头谁也不得罪?"老牛胆虚虚地跟上一句。

"'铁皮西瓜政策'的意思啊,就是外边越青越好,里边越红越好。"老高宽容地冲老牛笑笑,用手比画一个西瓜形状,"所以说,大连虽然是苏军军管的,但实际上却是共产党领导的特殊解放区。陈毅元帅就说过,淮海战役的胜利离不开山东的小推车和大连的大炮弹……咱们大连人和苏军相处了十年,挺有感情的,为了纪念苏军解放大连和中苏两国的友谊,大连地区先后修建了4座纪念塔,最有名的,就是眼前这座。1953年4月动工,1955年5月,在最后一批苏军撤离回国前举行了落成典礼。以后,每年清明节,咱们政府都来敬献花圈,缅怀那些牺牲在咱们国土上的苏军战士。"

老高讲完了,见周围人没有什么反应,便轻咳了两声,以示结束——以前他们厂长就这样。

"老高讲得这么好,咱们鼓掌表示感谢!"老牛大着嗓子说,于是周围人轰地鼓起了掌。

还是老牛够意思,老高心头一热。老高知道,老牛和周围人的掌声是真诚的。老高给别人鼓了大半辈子的掌,所以知道掌声的成色。

英　雄

"我有个提议。"老牛振臂一呼,"咱们和这个大铜像在一起这么长时间了,怎么说也有点儿感情,我有个提议,咱们这群老哥们儿,本着自愿的原则,每人出资一块钱,到对过儿的鲜花世界买一束花,献给苏军烈士,怎么样啊?"

不一会儿,一个红红绿绿的花篮摆在纪念塔的底下。这些拎着马扎子拄着拐杖夹着报纸牵着小狗的老人们,对着巨大的铜像,鞠躬,行礼。

三

早晨,老高在被窝儿里惊奇地发现,一直蔫不啦叽的若有若无的根部,竟然胀胀了。老高以为是尿憋的,就到厕所撒尿,撅了半天也没撒出尿来。这时老高心里轰的一声,一股欣喜,逆着尿路来到心窝,随即荡漾起一股豪气。

小家伙没使用的时候,是准备做男人的时候;小家伙不好使的时候,是做完男人的时候。一直以来,老高以为这个小家伙不行了,自己做完男人了,再也抬不起头了。没想到,丢失的东西竟然回来了,老高有种失而复得的窃喜。老高清楚,这一切都是广场带给他的,都是阵地带给他的,都是阵地上的故事带给他的。你说人活着为什么啊?当然要活富贵,可是更要活精神啊。老

高喜欢人民广场，甚至喜欢前往广场的感觉，喜欢走在路上的心情。现在，只要不是大雨瓢泼冰雪交加，老高就踩着钟点来到广场。时间太早了不行，那样显得不稳重，时间太晚了也不好，那样有点儿翘尾巴。再说了，老高几乎每天都能感受到来自广场的关怀。

老高的眼前，放着一把崭新的马扎，皮面的，散发着深沉的光泽。

"这是我给你做的。"老刘不愧是家具公司的领导，马扎做得结实大方。

"老高，这是我老伴儿包的海蛎子包子，你带回去尝尝。"老张对老高亲热地说。

"赶快给我们讲两个故事吧。"老牛催着他。

"讲什么呢？"老高心想，好多好多的故事和许多许多的英雄竞相翻腾，争先恐后地向他的嗓子眼儿发起了冲锋。

"你不是当过兵吗？你就讲讲自己经历过的故事呗。"

老高说自己当过兵，完全是为了增加故事的可信度，随着地位的提高，现在的老高无论如何也不能否认自己扛过枪啊。非但如此，为了配合自己的故事，老高还去军人服务社买来簇新的军装，即使是夏天，老高身上的白衬衣也系着风纪扣。老高觉得只有这样才算地道，才算情景交融。

"以前可不怎么让讲。虽然胜败乃兵家常事，但这毕竟是我军历史上的一段滑铁卢,所以今天讲这个故事,也算缅怀那些战士吧。"老高刚看完一本书,名字是《远东朝鲜战争》,解放军文艺出版社出版,上下两册,其中第七章写到了志愿军第六十军一八〇师近八千指战员,在第五次战役的第二阶段里所遭受的重大伤亡。这可是老高闻所未闻的事情,他早就惦记着讲一讲了。

"你说,咱们是不是朋友?"老牛把老高拽到一边儿,低声问。

"那还用说。"老高赶忙说。

"那我有一件事儿求你,你得答应我。"老牛声音更低了。

"什么事儿?"

"你先答应我。"

"我不知道什么事儿,怎么答应你。"

"你不答应我,我就不说。"老牛坚持道。

看着老牛的倔劲来了,老高无可奈何地点点头。

"我已经退下来六年了,差两个月满六年,但是集团的老干办啦工会啦,逢年过节什么的还记得我。人家对我有情有义,我应不应该给人家做点儿贡献?"

"对,应该做贡献。"老高肯定说。

"我想请你去给他们讲一讲。"老牛亮出底牌。

"讲什么?"

"就讲你平日讲的那些故事啊。"

"不行！"老高斩钉截铁。

"怎么不行？！"还没容老牛反驳，老张一下子闪了出来，"你们讲的话，我都听见了。这事儿你们得捎带上我。我也早寻思这件事儿了，现在的学生不像话，老高你也得去我们学校，给我的学生讲一讲，怎么样？"

"我哪行啊，我这是在咱们老哥们眼前吹吹牛，怎么能出去显摆？不行不行。"老高急得语无伦次。

"可是你都答应我了啊。"老牛不依不饶。

"这就是你的不对了。"老张到底是教育工作者，一下子回到了老师的语气，"现在社会是进步了，国家入关了申奥成功了足球出线了，咱们的城市也长高了变绿了漂亮了，但是问题也来了，向钱看的、包二奶的、桑拿按摩、红包黑哨、公务员脂肪肝、上下班夜总会、假哨假药、沙尘暴注水肉……你说，我们这些老同志能无动于衷吗？！你说，我们就没有责任尽尽自己的义务吗？！你说，你不答应我们行吗？！"

于是，老高忙起来了。

五一国际劳动节、六一国际儿童节、七一党的生日、七月七日抗战纪念日、八一建军节、九月三日抗战胜利纪念日、九一八事变纪念日、十一国庆节、十月十日的辛亥革命纪念日、一二·九运动纪念日……隔三差五的节庆假日和排着队的周末,就像一个个飞速转动的车轮,载着老高和老高肚子里的故事,穿梭在不同的人群和不同的会场。

在老高的听众里,有外表悠闲内心寂寞的离退休老人,有拎着青菜打着毛衣的下岗妇女,有被成绩和排名双重揉搓着的学生,有幼儿园天真烂漫无法无天的孩子,有物业公司长着青春痘的年轻保安,甚至老高还给警察讲过一次呢。老高想不到故事会有这么大的魅力,竟然吸引了这么多的人来到他的周围,有拉家常的,有认同学的,有攀老乡的,有找战友的,至于要求合影签名的人就更多了。讲故事也给他增添了许多乐趣,比如有一次在小学讲演,几个营养过剩的胖小子就提出了一些奇特的问题:你在朝鲜吃过韩国料理吗?你们出国还用签证吗?是旅游签证还是商务签证?

当然还有别扭的事儿。

老高一开始讲故事,就跟物质利益遭遇上了。邀请单位若是献个花啦献个红领巾或是送个工作日记什么的,三推两搡,老高都能勉强接受。老高不能接受的是,每一次讲故事对方都要表示表示,有时送一件毛衣,有时送一条围脖,有的赠送两斤龙井,有的给一套茶具,有的干脆就是一个信封——里面塞着人民币或是商场的代购券,而且诚恳地表示财政可以列支符合国家政策。

老高警告自己,这可不是给你老高的,人家是给战

斗英雄的,是暂时寄存在你这里的。这一百块钱是给解放军战士的,这副手套是给志愿军英雄的……你老高要是花了这份钱收了这份礼物,你可就是一个骗子啦,就是一个跟厂长一样或者差不多的骗子啦。

老高把钱物统统塞进床下的纸箱子里。这时,老高还只是觉得别扭,并没有认识到这些东西的危害。直到后来,老高的血压越来越高,他才突然明白,这些货币啊物品啦什么的就是炸弹,迟早一天,这些炸弹非把他和他的阵地炸飞不可。

从现在开始,老高每天早晨都在琢磨一个问题:讲什么?如果这个问题琢磨好了,就继续琢磨下一个问题:怎么讲?

有了纪念塔迁移的成功准备,老高更自觉地关注有关他的阵地的动态。一旦有相关的新闻或是纪念日什么的,老高马上去图书馆准备资料。老高有压力了,老高不能打无把握之仗了,他现在看报,不仅是兴趣,同时更是工作需要,所以老高除了关注《大连日报》之外,有意扩大视野,还关注一下其他的媒体比如《南方周末》《环球时报》《半岛晨报》《大连晚报》和《晨报》什么的。

老高发现图书馆是个好地方。这地方能给他提供源源不断的弹药。他的故事越来越多了,多得他必须讲,一定要讲,不讲不行,不讲就难受。讲得越多越舒服,越舒服就越想讲,要想讲好就得不断给自己充电,要充电就得不断学习,不断学习的结果就是不断地讲。

——国民党有几大王牌主力?

——知道林彪为什么不去朝鲜吗?

——王近山为什么叫王疯子?

——毛主席为什么让毛岸英去朝鲜?

——中国的万岁军是怎么回事?

——什么是"礼拜攻势"?

——麦克阿瑟叼着的烟斗是什么做的?

——李奇微的脖子上为什么总吊着两颗美式甜瓜形手雷?

嘿,故事往往就这样开始啦!

隐隐地,他感到自己在进行着一桩伟大的事情。直到有一天,《晨报》上登出了一则报道,题目是《霜叶红于二月花》,副标题是"一个老英雄的晚年生活",写了退伍战士老高如何利用节假日,牺牲自己的休息时间,克服多种疾病,深入厂矿、学校等基层,进行爱国主义的传统教育。

稿件的署名是本报通讯员江帆。在老牛的排查下,很快就探明这篇稿件竟然是老蒋写的。"星条旗"老蒋经过爱国主义熏陶,早已是"我的中国心"了。老蒋以前就是搞宣传的,只此一举,奠定了老蒋在宣传口的地位。

秘密生活

开始,老高看这篇稿子,心里忐忑不安。他不知道自己牺牲了什么时间,他更不知道自己如果不牺牲时间,他还怎么生活。同时,他也不知道自己有了哪些疾病,而且怎么就给克服了。再说了,小家伙的复苏能算是战胜疾病吗……反正,老高看这篇稿件,觉得有一半儿谎话,就像报纸上曾经写过的他们的今天锐意进取明天鞠躬尽瘁的厂长。可是,老高却偏偏恨不起来,非但恨不起来,而且对老蒋有点儿感激。老高知道不能表现出这种感激,他是上了报纸的老英雄,尽管他知道自己不是一个英雄,但是他也不能给真正的英雄丢脸嘛。

他把这种感激换成了动力。他决心照老蒋写的去做。

"老高,我就感觉你不是普通群众,怎么样,我看人不走眼吧。"老牛得意地说。

老高没有承认,也没有否认,但是,就在这未置可否之间,他感到自己的心轻轻一跳,人生上到一种特别层次了。

"怎么,老高,你还是一个人生活?"牛主席问。老牛的老伴儿去年去世了,老牛今年就找了一个小他五岁的媳妇。

"一个人怎么啦?一个人好啊,来来去去无牵无挂。"老高豪迈地打着哈哈。

"你记不记得那个崔主任?"老牛的眼里透着亲

切和狡黠,"上次去杏花居民委讲传统,那个居委会主任……"

老高眼前一下子出现那个低眉顺眼、端茶递水的居委会主任,身上还散发着好闻的香皂味儿。

"你觉得崔主任这人怎么样?"

"什么怎么样啊?"老高心里咯噔一下。

"你少跟我装糊涂。"老牛和老高熟了,说话既随便,又透着亲切。

"那个主任去年老伴儿死了,你也看了,人不错。咱们这里孤老棒子的有七八个,我看你跟她最合适。"

"一个人生活惯了。"老高觉得自己的心跳加快了。

"别瞎扯了。"老牛亲热地拍着老高的肩膀,"我们都是参加革命这么多年的老人了,革了一辈子的命,在自己晚年的问题上,可得带头树立社会新风、破除封建意识啊。再说了,老伴儿,老伴儿,老来有个伴儿嘛。"

老高觉得老牛讲得真不错,这么难以启齿的话题,让他这么一说,意境格外开阔。

"就这么说定了啊。"老牛高兴地说,"回头我就给你安排安排。"

四

明明忙得挺充实,可老高却越来越不自在,而且睡

眠质量急转直下。

老高开始做梦了,梦到自己站在讲台上。讲台上竖着麦克风,开始是一个麦克风,后来又加了一个,接着又加了一个……猛然之间,讲台上布满了麦克风,讲着讲着,老高却发现自己被厂长绑了起来,厂长是用麦克风的电线绑的,老高越是要挣脱,被绑得越紧……老高吓醒了,额头汗拉拉的,发现两只手正紧紧地抱着枕头,他知道又是在做梦,既觉得万分侥幸,又有无限后怕。

老高想起了他们的厂长。

对厂长来说,开会就是讲话,就是他一个人讲话。厂长讲话的时候声音很大,讲假话的时候声音格外嘹亮,而且用麦克风放大放响。厂长在使用麦克风之前,总是先用嗓子根儿嗯嗯两声,然后用食指叩一下话筒,每当这个时候,老高知道自己可以迷糊一会儿了,因为厂长一讲就是几小时。厂长开会,最让人害怕的就是他突然不讲话了。这种时候,就是厂长发现会场纪律出问题了,问题大多是下面有人睡觉有人打毛衣有人开小会有人打扑克升级锄大地什么的。没有人相信厂长讲的话,因为他的话除了标点符号之外,都是假的。厂长出国就像他早年下车间一样,厂长坐飞机就像酒后上厕所一样,厂长吃鱼翅就像人民吃粉条一样,厂长洗桑拿就像孩子饭前便后洗手一样,厂长拿秘书小吴和打字员小刘既像自己闺女又不像自己闺女……但是,听厂长讲话就是上班，就是出勤，就是干活，就是工作，就是当家做主。厂长在上面讲，下面便有人偷偷地写信。关于厂长的检举信揭发信上告信什么的从来就没中断过，但是每一次厂长都能逢凶化吉，逢凶化吉后的厂长每一次都要开会，开更大的会，而且工厂改制后，厂长成了董事长兼总经理，讲话的口气更大了。

老高在厂长那里得到了一个启示，讲话一定要讲真话，而且一定要把自己说进去。你一定要在故事里，即便你不是故事里的主角，你也得在故事边儿上转悠转悠。

老高讲故事，但老高从来不鼓吹自己，非但不鼓吹自己，老高还总说自己胆小、怕死、想家、第一次上前线吓得直尿裤子了什么的。在故事的结尾，老高经常说，我是农民出身，又没有多少文化，胆子小，又有点儿怕死，所以工作了那么多年，也没有什么出息，我讲英雄的故事，与大家共勉……每当老高说自己因为胆小因为怯懦因为怕死而在军队没有什么发展时，他都能在听众的目光里看到理解和赞许。

老高至今不明白，怎么讲着讲着，就把自己也讲进去了，结果自己还成了英雄，还是个老英雄。他知道自己不是英雄，不仅不是英雄，而且连个英雄的毛儿也不是……老高觉得事情有点儿失控了，就像坐在呼啸而快活的过山车上。

秘密生活

其实老高一直向往这种失控的幸福生活,可以说,直到现在,老高才活出点儿人生的感觉来。可是,这种感觉刚一出现,另一种滋味就来了,而且这种滋味来势凶猛,盘踞不去,并且不断地吞噬和蚕食姗姗来迟的幸福感觉。

他开始整宿整宿地睡不好,血压也高了起来。

老高咨询过老张,老张说高血压分为原发性和继发性两类,原发性是指发病原因不明,继发性则是因全身性疾病引起,最多见的是肾脏疾病、内分泌疾病引起的。我们常见的高血压,一般就是原发性高血压。病人在日常生活中应该注意限盐补碘,多鱼补钙,戒烟戒酒什么的。老高觉得老张怎么跟自己一样,一张嘴就是一套一套的,于是就跟老张说,咱们是老哥们儿你就唠点儿干的说。老张这才说要注意休息别着急上火,尤其是有什么心事不能憋在肚子里什么的。

百病皆由心生,老高懂得这个道理。老高不断地纳闷,我有什么心事啊,我都成英雄了,高兴才是啊。

这种不安随着老高知名度的提高而日益增加,被捆起来的次数也越来越多,有一次,老高梦见自己竟然和厂长一起站在讲台上,面对台下黑压压的人民,老高讲一句,厂长说一句,两个人就像配合默契的相声演员……老高想不通,自己怎么和厂长同流合污了呢。厂长满嘴谎话,亏损说成赢利,斗争说成团结,从香港回来刚下飞机就被双规，双规之后就是逮捕，逮捕之后就是起诉，起诉之后就是宣判，受贿120万人民币，另外有240万元的货币和财产不能说明来历，作风糜烂，办公室的秘书和打字员，医务室的护士和收银员，或被骚扰或被调戏或者干脆被厂长发展成自己的三宫六院——我老高怎么会和这种人同流合污甚至同台讲话呢？！

老高在床下还有一堆心思呢。

夜晚，他把床下面的钱物一件一件地拿出来。鄂尔多斯牌羊绒衫、三枪牌内衣、无品牌的手套、米凯拉牌围脖、大地牌护耳、天福茗茶、水晶牌水具、友谊牌相册、英雄牌钢笔、2002年修订版《新华词典》、人民文学出版社的《鲁迅全集》、太阳牌护眼台灯、红塔山牌香烟、金六福牌白酒、王中皇牌压力锅、六必居甜酱八宝菜、金龙鱼牌第二代食用调和油、康宝牌卵磷脂、单立人牌刀具、飞利浦牌三头剃须刀、雷达牌杀虫气雾剂、李施德林漱口水、吉列男士豪情须后润肤露、花王清新香皂、红嫂牌衣领净、奥普浴霸、巴斯克林香浴盐……此外，人民币3750元，新世纪商城的代购券500元，第二百货大楼的代购券300元，力士美健身中心次数卡一张。

老高隐约感觉到，问题出在这些物质上。

老高在《晨报》的一版上看到一则消息，一个七十五岁的退伍老兵，在本市最偏僻最穷困的大和尚山乡生活，身边无妻，膝下无子，一个人孤孤单单的，又身患多种疾病，几年前，老人带着简单的生活用品上了山，独自在深山里植树造林，看山护苗，日积月累，默默地呵护起一片又一片的绿荫，文章的题目就是《退伍老兵独守绿色阵地》……老高当时就受不了啦，心里呼啦一下子酸了，眼眶跟着就热了起来，老高挤了挤眼睛，想把悲伤咽回去，可是他马上看见一滴清亮亮的水珠吧嗒一下洇在报纸上。老高觉得自己就是那个老兵，那个在深山里植树育林的孤独老兵，那个无依无靠身心俱疲的老兵，那个独守阵地不下火线的老兵……老高泄口气，眼眶一松，泪水倾泻而下，而且身体跟着颤抖起来，心里淤积的痛苦和憋屈都随着这场泪雨顺流而出。

手里的报纸让泪水浸得沉甸甸的，但心情却莫名其妙地轻活起来，老高把报纸一收，径直回到家里，拿着前前后后收到的3750元人民币直奔邮局，按照报纸上的地址，寄到了大和尚山乡李家隈子村。在寄信人附言一栏，老高郑重地署上了"石兵"的名字。石兵石兵，就是士兵嘛。

几天以后，老高在《晨报》的跟踪报道里，看到题目是《寻找一个老兵》的文章，说的是有个叫石兵的人，捐出自己的积蓄，无私赞助退伍老兵的英雄事迹，《晨报》甚至把老高在邮寄时填写的汇款单都登在了报纸上。老高第一次觉得自己的字写得不好，不好看。

老高心里说不出地愉快。他开始留心注意周围一些默默无闻的英雄，或者一些被称为弱势群体的人。他发现干休所和敬老院是这些人的聚集地。老高准备了一个小本子，把自己的收入一笔一笔地记下来，再把有困难的人的名字记录下来，再把困难分门别类，根据每个人的具体情况分发钱物，比如送钱给老熊就不合适，这位同志是个酒鬼，兜里有点儿钱就要去喝酒，就是说不如给老熊点儿实物。再比如送手套给老吴就不合适，老吴一只胳膊，另一只扔在朝鲜了，你送给他手套什么的就不合适。

老高跟干休所、敬老院都打了招呼，声明他是受人之托，来为老同志们做点儿事情，对方唯一的要求就是替他保密。干休所和敬老院的老人们追问得紧了，老高就说，对方是个老板，完成了原始积累，现在就是想积德行善。面对怀疑的目光，老高一再坚持，自己是一个跑腿儿的，既没有这个财力，也缺少这个思想境界，再说了，他这个跑腿儿的，还拿老板一份工资呢。看着老高骑着破旧的自行车，穿着不要说中产，就是离小康也尚有距离的装束，老同志们不由得不信。

干休所和敬老院多坐落在城市的郊区，安静闲适。每隔一两周，老高就骑着自行车，来到干休所或是敬老院，按照事先的计划，把这一周得到的礼物或是钱，分发到他认为需要的老人手里，然后再陪他们唠唠嗑。慢

慢地，在老人垂暮的外表下面的那些活蹦乱跳的故事，都流到老高的肚子里了。

他把日记本放在上衣口袋里，上衣口袋里有一个硬邦邦的小本，老高觉得心里踏实，心情舒畅。没补碘，也没补钙，老高的血压早就吧嗒一声下来了，浑身轻溜溜的，小腿一给劲儿，自行车噌地一下就蹿出去了，心情好得就像下坡时欢乐的车轮，早些日子的那种幸福感觉，全回来啦。

老高和崔桂云在友好广场的肯德基快餐店见了面。刚见面，老高就知道自己整错了，出现在他面前的不是那个低眉顺眼、端茶递水的主任，而是这个浓眉胖脸、粗声大气的主任。

下午，肯德基里面空空荡荡，散坐着几对嬉笑私语的学生。老高买了两听可乐，他本想找个角落坐下，却发现崔桂云已经大大方方地坐在靠窗的位子上。落地的大玻璃上，有着一幅肯德基创始人的和蔼剪影。

两个人一时无话，场面尴尬。老高左顾右看，一心琢磨着怎么撤退。

"你看，咱们俩的衣服差不多哩。"还是崔桂云打破了僵局。老高这才发现他和崔桂云都穿着大格子衣服。

老高赶快笑了笑，既是认可她的话，也是化解一下尴尬的气氛。

"你的手,是打仗时受的伤吗?"崔桂云一眼就看见了老高伤残的食指。

"不是,是在车间干活时,不小心弄的。"

"要是在战场上,可就耽误事儿了。"

"误什么事儿啊?"老高一时没反应过来。

"不能扣扳机了啊。"崔桂云用食指勾了勾,做了一个扣动扳机的动作。

"那是,那是。"老高在心里骂自己,真笨,可转念一想,留个坏印象也挺好。

"你属什么的?"

"六十六啦。"老高回答。他觉得自己也该问问对方属什么的,还不待他开口,崔桂云主动说:"你六十六,属牛,我今年六十五,属鼠。"

"你身体挺好的。"

"嗯,马马虎虎吧。"

"我身体也挺好的,也没什么忌口的。"

崔桂云笑吟吟地看着老高,突然站了起来,一闪身,来到老高身边,低声说:"举起手来。"

老高一哆嗦,可乐洒了出来。

"举起手来。"崔桂云依然笑吟吟的,但口气里却带着一丝命令。

老高觉得膝盖倏地凉了,他不由自主地举起了双手,同时颤颤巍巍地想站起来。

"哎哟,大英雄,让你举手也不是让你投降。"崔桂云揶揄道,变戏法一样从手里拽出一卷皮尺,一探身,唰地给老高量起了胸围,边量边说,"我给你量量胸围,我们街道有个编织班,天冷了,给你打一件毛衣……看你这心跳的。"

崔桂云近在咫尺,老高先是闻到了一股浓烈的蒜味,继而又在蒜味里闻到一股樟脑丸的味道。老高闻不得蒜味,只好屏住呼吸,扭过头,同时高举双手,尽量平息着剧烈的心跳。

窗外,人们在市场经济里紧张而忙碌。老高猛地发现隔着一层玻璃,站着一位与真人相仿的老头塑像。老头面带微笑,白胡子,一身白西服,还打着领结。老高知道这是肯德基炸鸡的创始人,好像还是个退役的美军上校。

老高马上放下了双手,他不能向美军、哪怕是一个退役的美军投降。

五

这几天,老高的心里总是疙疙瘩瘩的,崔桂云的"举起手来"一直在脑海里回荡,夹杂其间的还有那股蒜味……这让老高充满了不祥之感。

还有更让老高不安的。老高已经是广场上的明星了,但是他又面临新的困境。他不知道敌人是谁,但是他却清楚地感到脚下的阵地在松动和摇晃。

"老高,来一个吧。"一有空闲时间,老高就会听见这样的请求,看见热切的目光。

"来一个就来一个。今天咱们讲讲四平战役?"

"这个你讲过了。"老张提示道。

"那么,讲讲塔山阻击战?"

"这个你也讲过了。"老刘提醒着。

"那么,就讲一讲铁原反击战期间发生的一段真实故事吧。"

"是不是第六十军一八〇师的事?"老赵的语气里竟有一丝责怪,"这个也讲过了。"

当然了,老牛啦老张啦老刘啦老赵啦甚至老蒋啦,都还是挺尊重自己的,但是老高自己清楚,现在他就是一个空荡荡的水桶,外表硬邦邦的,可里面一点儿水也没有。在同志们期待和渴望的目光里,老高内心充满了愧疚和不安。谦虚使人进步骄傲使人落后、逆水行舟不进则退、兔子和乌龟赛跑的故事,老高的脑海里闪过了无数名言警句和寓言故事,老高责备自己放松学习了,他批评自己骄傲翘尾巴了,他认为跟崔桂云的见面简直就是腐化与堕落,就跟《霓虹灯下的哨兵》里那个忘本的排长差不多。

他已经三天没去广场了。无风无雨,也没有沙尘暴,

这是风清日丽的三天,这是挑不出毛病的三天。老高天天泡在图书馆里。图书馆里新开辟了一处音像资料馆,老高发现这里的影片海了去啦。面对纷纭复杂的国际局势,老高有意识想充实一下国际军事方面的知识。老高戴着耳机,自己一个人面对着屏幕,从《列宁格勒保卫战》《巴顿将军》到《空中堡垒》《海底蛟龙》《大洋霸主》,顿顿饱餐。老高还看了一部《第二次世界大战实录》的大型专题片,其中有一节的名字叫《暗杀希特勒》,看着看着,老高的灵感忽忽悠悠就上来了,他知道明天可以去广场了。

"知道麦克阿瑟是谁吗?"

有人点头,有人摇头,但老高这么一说,周围人都知道故事来了,马上围拢上来。

"知道麦克阿瑟是谁,不难。"老高要打消刚才点头的几个人的傲气,就冲着他们问,"那你们知道麦克阿瑟是怎么死的吗?"

周围的白头发灰头发和没头发的,基本都在摇头了。

"是我们,打死了麦克阿瑟!"老高压低声音,那感觉就是在倒卖文物似的。

"我们在朝鲜战争的时候,志愿军曾经秘密地搞了一次特别行动。那一年冬天特别冷,在外面解手,尿还没有落地,就冻成棍儿啦,有的小年轻儿的冻得直哭啊,那时的冬天,不像现在的冬天,让厄尔尼诺整的,一年到头也下不了几场雪……"老高有意东拉西扯,周围人都受不了啦。多少年前,老高看过一本由什么朝阳区群众文化馆集体创作的《怎么讲革命故事》,从中学到不少窍门,知道倒叙悬念疑问句什么的,也知道敌人的官儿越大,故事就越有魅力,同志们就越想听,自己讲起来也就越来劲儿。

老高压低声音,整个感觉就是在超低空飞行和轰炸:"这是秘密,绝对的秘密。我们所有的参加者,都要求五十年之内不得向任何人透露这次行动的每一个细节。因为今年超过五十年了,所以我呀,也就讲一讲。"

"特别行动小组的成员都是百里挑一的,每个人都是一长一短两支枪——最新的美式卡宾枪和左轮手枪。行动前,小组的每个人都发了一张麦克阿瑟的照片,要求天天看反复看,吃饭看睡觉看,然后把照片撕毁,把这个老家伙的形象牢记在心头,埋在心底。"

"麦克阿瑟根本瞧不起李承晚的部队,他的警卫清一色的都是美国宪兵,其中很多人还都是二战的老兵。我们化装成李承晚的部队,穿插到敌人的后方,然后再向后转,冒充上前线的样子,在麦克阿瑟指挥部附近的一个要道口潜伏下来。"

一架飞机在头顶轰鸣着掠过,没有一个人抬头张望。老高估计这架飞机可不小。

"美国的将军,乘坐的吉普车前面都有标志,好认。这老小子胆子也忒大了,身为最高指挥官——陆军五星上将啊,出门也就是三台车,前面一台吉普车开道,后面一台重吉普,车顶架了一挺机枪,装了一个班,就像《奇袭》里的那台车差不多。我们潜伏时,分了三个小组,两个小组负责前后掩护,一个小组专门实施突袭。我们在那儿潜伏了两天两夜啊,这老小子终于出来,我们美坏了,一个突袭,一排手榴弹,前后不用五分钟,就把这个车队报销了,小组里有个专门摄影的,马上拍照,然后迅速撤离。"

"我们算计着,这回可立大功啦——全军通报嘉奖,说不好毛主席还能接见咱呢。"

"毛主席接见了吗?"老蒋专注地问。

"你说呢。"老高顿了一顿。

有人递过一瓶矿泉水,老高看也没看,接过来,咕咚灌了一口:"唉,没被批评就不错啦。"

"为什么?立这么大的功,怎么能……"老刘疑惑道。

"是不是走漏了风声、暴露了身份……"老张猜测着。

"是不是没有打死,或者敌人装死……"老赵着急了。

"你们说的都不对。"老高用启发的目光巡视着周围,"小组的人都是神枪手,一枪,只需一枪,就可以致命。"

"这么大的历史事件,我们怎么从来没听说过?"一个陌生的中年人,胖脸,寸头,满脸的不信。

老高又抿了一口矿泉水:"是打死了,但是不是麦克阿瑟。现在有假烟假酒假哨什么,那时也有假麦克阿瑟,兵不厌诈啊。我们打死的是个假的,一个伪装的麦克阿瑟!"

周围安静极了,老蒋的哈喇子都淌下来了,亮晶晶地,在他胸口一带飘荡。

一个人策划,一个人指挥,一个人冲锋……这是老高一个人完成的战斗,既没有任何的流血和伤亡,又充满着曲折和光荣。一分耕耘一分收获啊,老高在心里感叹着。他觉得讲这样的故事可比讲辽沈战役啦上甘岭啦什么的更来劲儿,而且他发现老蒋已经拿笔在手心上记着什么了。

估计又是一篇,老高想,于是提高声音说:"咱们看外国人,高鼻子蓝眼珠,长得都差不多啊。敌人狡猾着呐,为保证安全,麦克阿瑟有九个替身,我们伏击的仅仅是其中一个。我们这次行动,明显不是一次简单的遭遇战。敌人警觉了,以后麦克阿瑟离开司令部,不是乘飞机就是坐坦克。鉴于这种情况,志司取消了这次行动小组。志司同时要求,对这次活动严格保密,五十年

之内不许说。"

"什么是志司?"那个留着寸头的中年人没听清楚,侧着脸问。

周围人们的脸上一律显现出怜悯和关爱的神情。老牛一字一句,用少儿节目的腔调回答道:"志司啊,就是中国人民志愿军的司、令、部!"

"你还认不认我这个朋友?"老牛脸上有点儿夸张的委屈。

老高微微点点头。

"你现在有名了,但咱们还是老朋友,所以有句话,我还得说说。"老牛亲热地责怪起了老高,"你怎么不理人家了?"

"谁是人家?"

"崔主任啊!"

老高既没法说"举起手来"的事情,更没法说蒜味和牙齿上的菜叶,就吭吭哧哧地说:"我怎么能配上人家?"

"有你这句话,这事儿差不多就成啦,崔桂云还说她配不上你呢……我等着吃猪头吧。"老牛一脸欢快,说着塞给老高一个塑料袋儿,"这是崔桂云送给你的背心,她约你下个礼拜天在老地方见面。"

老高怕老牛批评自己骄傲,于是就蛮不情愿地拿过背心。

"这可是我最后一次当你们的通讯员了啊!"老牛开心地说。

晚上,老高翻开日记本,他很轻易地发现这里不乏需要背心的同志。他知道不能把这件背心送给别人,当然,他自己也不能留下这件背心,就像他不能留下床底下的任何财物一样,况且,老高又在背心上闻到了熟悉的蒜味。

下个礼拜天,老高决定把背心退给崔桂云,崔桂云同志。

六

一个留着寸头的中年人,胖脸笑吟吟的,身边还跟了两个扎着皮带的战士。老高看着他脸熟,但一时又想不起来,隐约觉得这个人听过他的讲演。

"我姓贺,贺龙的贺。"姓贺的依然笑吟吟的,"有个人,想见见你。"

"谁呀?"老高问。

"和你一样,一个老兵,对你讲的故事挺感兴趣。"

"多少人听?"

"这个我就说不准了。"

"哦,我安排一下,找个时间。他想听哪一段,我

也准备一下。"是不是又要讲麦克阿瑟啊，老高想。最近麦克阿瑟的故事特别受欢迎，就像适销对路的抢手商品，以至于很多人专门来到广场，目的就是要看一看老英雄的模样。

"不用准备了，他今天就想见你。"姓贺的说话时不动声色。

"今天？今天恐怕没时间。我下午还要和小学生一起参加植树活动呢。"老高想了想日记本上的日程，"后天我倒有时间……"

"别客气了，他也是你的战友。"姓贺的脸上依然笑吟吟的，看不出实际心情，说罢，连拉带扯地把老李推上了一辆军车。

军车是一台进口的大吉普，老高坐在后排，两个战士一左一右保卫着他。车子朝东疾驶，进入了滨海疗养区，人越来越少，树越来越密。车子不知转了多少个弯儿，停在东海头的一处深宅大院，院门口有两个站岗的军人，头戴钢盔，荷枪实弹，看见老高他们乘坐的大吉普，挺起胸脯，啪地一个立正。老李注意到，院门口立着一个牌子，上面写着"军事重地 闲人免进"。老高隐约觉得这应该是一处干休所或疗养院什么的，只是这一处大院显得格外神秘和庄重。

姓贺的走在前面，两个战士跟在老高后面，正好把他夹在中间。老高没见过这阵势，有点儿紧张。他心里给自己打气,不管是多大的干部,你一定要发挥好啊。

突然,姓贺的站住了,腰板一振,一个立正:"首长,人带来了。"

老高发觉自己站在一间大屋子的门口。

这显然是一间办公室,宽敞气派,举架高阔,主墙面上并排挂着两张巨大的地图,一张是中国地图,另一张是世界地图,地图的前面,摆放着一张两头沉式的写字台,写字台的前面,是两排式样老旧的黑皮沙发。沙发摆放得像两列士兵,随时听候写字台的讲话。老高注意到,朝南的窗口,背冲着门口,立着一个人,听见姓贺的报告,缓缓地回过身来。

这显然就是首长了,一个精瘦的老人,白衬衣,绿军裤,衬衣的风纪扣系着,手里半拎半挂着一根拐杖,站在猩红的地板上,就像一把无声手枪。

姓贺的人轻轻掩上门,无声退下。

"你,就是那个英雄啊?"首长的拐杖点了点地板。

来者不善,老高暗自思忖。

"你给我讲讲铁原阻击战吧。"首长淡淡地说,然后转过身。

窗户又高又大,阳光刺目地射过来。首长站在阳光里,腰板直直的。

老高讲过无数次的铁原阻击战,一张嘴,故事自己就出来了。

"1951年5月16日,朝鲜战场上,中国人民志愿军第五次战役取得了如期的结果,但是,在战役结束向北转移时,志愿军却遭到了美军经过周密组织的反击,这是美军自朝鲜战争爆发以来进行的最大规模的全线反击,志愿军第十九兵团六十三军奉命在铁原阻击敌人——"

首长转过身,打断老高的话:"兵团首长是谁?"

"兵团司令杨得志,政委李志民。"

"军长是谁?"首长继续问。

"军长傅崇碧。"

"一八〇师的师首长是谁啊?"

"师长郑其贵,副师长段龙章,代理政委兼政治部主任吴成德——"

首长抬起手,又一次阻止了老高的讲述。即便在如此刺目的阳光里,老高依然感觉首长冰冷的目光:"你是怎么知道这段历史的?"

"我……"老高一下噎住了。

"你是哪一年入伍的?"

"在哪里入伍的?"

"你部队的番号是多少?"

"你在部队任何职?"

"你的团长是谁?"

"你的营长是谁?"

"你的连长是谁?"

"你怎么知道一八〇师的历史的?"

"五六三团几乎打光了,你怎么知道这段历史的?"

"你是逃兵,还是叛徒?"

首长的问话就像射击。他可不像毛头小子一样一梭子一梭子地扫来扫去,他是老兵,他的每一句问话都是点射,精确无误地击中老高的心窝。首长的拐杖在地板上啪地一敲,最后的一颗子弹是:

"你是一个骗子!"

首长与阳光融为一体,老高不敢正视,他只能感到首长在巨大的阳光里一字一句地说话,"现在是三百六十行,行行有骗子啊。"

老高勾着头,不敢抬眼。老高几乎看见自己倒在地板上。光洁的地板倒映着首长高大的身影,雕塑一样岿然不动。

首长目光就是两支锋利的锥子,紧紧地盯着老高,"你整天讲来讲去,有什么好处吧?"

老高觉得血压一点儿一点儿地涌了上来,膝盖又一次倏地凉了,他感到自己随时都可能摔倒。

"开始就是讲着玩儿,什么报酬也没有。后来讲得多了,有时给一百,有时给二百,不过给实物的多些……"

"这,就是你冒充英雄的真正原因?!"首长站住了,问。

"你都到哪里去行骗啦?"首长背着手,在地板上踱来踱去,目光如同枪口,始终不离开老高,"都骗了多少钱啊?"

老高觉得自己正一点儿一点儿地陷落下去,他告诉自己千万不要摔倒。即使摔倒了也要赶快爬起来,英雄没有不摔跤的,摔倒了就要爬起来,拍打着身上的尘土,勇敢地面对生活。

他突然想起了一个东西,他连忙掏出胸前的小本:"我有个工作日记,包括讲故事的收入……我都写在上面了。"

首长拿过小本,看也不看,啪地扔到桌子上,然后首长把手伸向口袋,这一瞬间老高仿佛看到首长抽出了一把手枪,并且抬起枪,漆黑的枪口指着自己……其实,首长摸出的是花镜,普通的花镜,然后戴上了。

老高的工作日记是按照每周的活动来记录的。首长倒着翻,翻到的最后一页,那里是老高最近一周工作的记录。

周一,晴。去六一托儿所,讲战斗英雄杨根思的故事。这是第一次讲杨的故事,效果一般。

所长赠送一束鲜花和一副皮手套,花和手

套都送鞋匠老齐。老齐是抗美援朝的战士，因为被俘过，待遇不好。他给我讲过第五次战役。

周二，晴。去育文小学讲抗美援朝故事。

学校赠送足部按摩器一台（新世纪商城卖290元，家乐福卖258元，估计价值在230～290之间），另送红领巾一条。按摩器赠送第七干休所的宋贵家。老宋1942年参军，只有一只胳臂，他跟我讲过孟良崮战役和郓城沙土集战役。红领巾留下，以后去学校讲演用。

周三，晴。给星海新苑物业公司讲传统，送信封一个，信封里面有二百元钱。钱寄瓦房店的韩礼文。韩是退伍老兵，一个人生活，得了癌症，上周的晚报呼吁爱心捐助。

周四，晴，风。参加《晨报》的读者见面会。报社送羊毛衫一件和豆油一桶。羊毛衫和豆油赠送给第九干休所的丛显俊，老丛参加过辽沈战役，是炮兵，耳朵背，讲过打锦州和朱瑞。朱是什么人？

周五，雨。去图书馆查资料。麦克阿瑟也是个抗日英雄。

周六，晴。今天在广场讲麦克阿瑟的故事，效果极好。

……

"我回来啦,爷爷。"门嗵的一声撞开了,一个孩子跳了进来,背在后背的书包一蹦一蹦的。

"小嘎子!"首长喝呼一声,脸依旧板着,但目光却马上柔和起来。

小嘎子一头大汗,手里还拎着一个脏兮兮的小足球,看见老高,愣了一下,站住了。

小嘎子肩头一甩,放下肩包,呼啦一下拉开拉链,把背包里的东西哗啦倒了出来。背包里有铅笔盒、课本、蜡笔、巧克力、游戏机什么的,小嘎子从里面翻弄出一个大本子,来到老高身边,拧着眉头问:"我叫你叔叔呢,还是叫你爷爷?"

老高赶紧说:"叔叔,叔叔。"小嘎子亮出小本,双手高举:"叔叔,请你给我签个名儿。"

老高一时蒙了,瞅瞅首长,不知该不该接这个本子。

首长气得直攥拐杖:"噢,现在你是名人了啊?"

小嘎子看出老高的窘态,转过身,冲着首长就是一句:"我要签字!"

"签吧签吧。"首长耷拉下眼皮。

老高拿过本,打开,正欲提笔,小嘎子尖叫一声:"等等!"

小嘎子找到没有写字的一页,压了压,递给老高。

老高哈着腰,问:"小朋友,叫什么名字啊?"

"我大名是王志超,小名叫小嘎子,爷爷起的。"

小嘎子回答得嘎巴溜脆,大眼睛黑白分明,眨巴眨巴地望着老高。

老高顿了顿,一笔一画地在洁白的纸上写下了"祝王志超小朋友学习进步,天天向上",然后递给了小嘎子。

小嘎子拿过来,看看,然后说:"你还没写自己的名字呢。"

老高瞥了一眼,见首长没有反应,才迟疑地写上自己的名字。

小嘎子得意地说:"我是我们班第一个有你签名的。"

"来,我看看。"首长伸出手,要过小嘎子的本子。首长戴上花镜,看了看老高的签名,没有说话,又往前翻翻,不知看见了谁的签名,恼怒地拍打本子:"啊,怎么还有这样人的签名?!"

小嘎子一跳,一把抢过本子,喊了声"叔叔再见",跑出屋子。

七

首长拄着拐杖,一边翻弄着老李的日记本,一边缓缓地在屋子里踱来踱去,圆口布鞋在地板上发出细微的沙沙声。

"看不出,你挺忙的啊,比我还忙啊。"首长摘下花镜,用眼镜腿儿敲敲日记本,"我凭什么相信你写的

是真话?"

"俺没有一句假话。"

"没有一句假话?"首长瞪起了怀疑的目光,"我问你,上周五,你干什么去啦?"

"上周五……下雨,我去图书馆了。"老高回忆道。

"去图书馆了?你只去图书馆了?你没有去肯德基?"首长步步紧逼。

"……"老高心里翻江倒海,他想起了崔桂云的"举起手来"。

首长意味深长地说:"不要以为我们没掌握你的行踪。"

"我没有撒谎,我这里要是有一句假话,你就让军事法庭审判我。"老高倔倔地说。

"哼,你一个退休工人,凭什么上军事法庭啊?!"首长揶揄道。

老高啊老高,你还臭美什么啊,你的一举一动,都被人家捏在手里了……想到这些,老高百感交集,紧张、委屈、惶恐和哀怨淤积在心头。老高不由得热血激荡,猛然之间竟有一种豁出去的心情。

"你可以不信任我,但你不能侮辱我。我这大半辈子,就崇拜英雄,喜欢听打仗的故事,看英雄的书,看英雄的电影电视,看英雄的 VCD 和 DVD,后来,看得多了,就开始讲……讲着讲着,我也不知道自己怎么就成了英雄。我知道我不是英雄,我也不配做英雄,我今年都六十多岁了,我觉得能让我讲这些英雄故事,我这一辈子,就挺知足了。"老高浑身颤抖,喉头发紧,眼眶发热,但他死死地含着,不让眼泪滴答出来。

老高使劲儿低着头,哽咽着说:"我再也不讲了,不讲了,永远不讲了……"

"啊?你还来劲儿啦!"首长一猫腰,用与他年龄不相称的敏捷动作,几步蹿到老高面前,瞅了瞅老高快要落泪的脸庞,突然拔起声音,"《三大纪律八项注意》的第一条是什么?"

"……"

"你说讲就讲,你说不讲就不讲了?!你天天讲英雄,装英雄,你脑子里还有一点儿纪律吗?!"一双黑布鞋和一截拐杖伫立在老李跟前。

"仰起头来!"首长的语气短促而有力。

老高慢慢抬起头,泪水在睫毛上摇摇欲坠。

"现在,我命令你!"首长大喝,"仰起头来,像英雄一样站着,站直溜了;像英雄一样说话,大声说话;像英雄一样讲述我们流血牺牲的故事、讲述我们伟大光荣的历史……听到了吗?"

老高泪眼婆娑地看着首长,首长在他的泪眼里显得既朦胧又高大。

"听好了,我给你约法三章。"首长伸出食指,干

瘦的食指,"第一,要尊重历史。不许编造历史,不论出于什么目的,都不能编造历史!"

"听到了吗?"

老高使劲儿点点头。

首长伸出中指,干瘦的中指:"第二,严于自律。不许利用自己的影响,利用自己的特殊身份,以权谋私。听到了没有?!"

老高又使劲儿点点头。

首长伸出了无名指,老高惊异地发现首长的无名指竟然少了一截,老高下意识地摸摸自己的残缺的食指。

首长接着说:"第三,要不断学习。面对新的复杂的国际局势,要及时更新观念,研究新问题,注意新动向,听懂了没有?"

老高还是使劲儿点点头。

"说话!"首长命令道。

"是。"

"我听不到,大声点儿!"

"保证完成任务!"这时老高的泪水已经顺着一脸的褶皱,如禁锢了一个寒冬的春水,满面横流。

"有时间到我这里坐坐,我欢迎你。"首长深沉地看着老高,目光里充满了慈爱。首长伸出两只手,重重地拍拍他的肩头,捏捏老高的肩膀。老高感到了首长的手劲儿,心里顿时涌起了一波一波的暖意。

"你可以走了。"首长挺起胸脯,平地一个雷:"立、正!"

老高身体绷直,往上一紧。

接着又是一个雷:"向后、转!"

随着首长的口令,老高脚掌用劲儿,唰地一个向后转。他正等着齐步走的命令呢,这时却听到了短促而低哑的声音——向后转。

老高迟迟疑疑地转回来。

首长抬起胳臂,老高还以为这是告别,但是首长的手一翻,冲老高招招手,示意老高过来。

老高向前迈了一步,首长又招招手。老高又向前迈一步,首长继续招招手。老高愁了,他再前进一步,就要撞着首长了。首长看出老高的窘态,肩膀一倾,伏下身来。

首长警觉地看看门口,低声问:"我问你,你讲的刺杀麦克阿瑟的故事,真的是你……编的?"

老高点点头,又张嘴报告了一句:"是。"

"唔——?"首长疑目,梗起脖子。

"我没有什么新故事,就瞎诌了这么一个,以后,我……再也不乱讲了。"老高的嗓子干哑起来。

"改革开放需要一个稳定的国际环境,经济建设也需要一个稳定的国际环境。"首长用拐杖把儿顶了顶老高的胸膛,语重而心长,"如果给中美关系带来什么负

面影响，你能承担这个责任吗？"

"我再也不敢讲了。首长放心，这个故事，我以后保证不讲了。"

"不过，从战术上讲，这确是一步高招儿……擒贼先擒王嘛。"首长眯起眼，咬着牙齿说，"他们不是也炸过我们的司令部嘛。"

听不到命令，老高不知道是走是留。近在咫尺，老高发现自己竟然比首长还要高出一小截。

"嗯，还有一件事儿。"首长的目光柔和起来，像是看着调皮小嘎子，"我要告诉你，崔桂云同志的丈夫，去世的丈夫，可是真正的战斗英雄，在朝鲜战场身负重伤……那可是一个好兵啊。"

"报告首长，我再也不跟崔桂云同志来往了，我保证……"老高的鼻下隐隐地飘起一股蒜味，他本能地抽紧鼻子，他猛然想起了礼拜天还有一个约会。

"那是你们的事情喽，我又不是老封建。"首长突然笑了。

这是老高第一次看见首长哈哈大笑。

汉　奸

一

1945年,大连是日本的殖民地,叫关东州。

距离大连东北方向一百多公里处,有一座毗邻黄海的小镇,叫城子疃。

以镇中大街为界,北边是伪满洲国,南边是关东州。城子疃既是一处建岗设卡的所谓边境口岸,又是一处位置重要的水陆交通枢纽,从金城铁路(金州——城子疃)和丹普公路(丹东——普兰店)运来的物资,常年堆聚在城子疃码头。码头不大,能停泊三十至五十吨的帆船数十艘,常年输出大豆、包米和盐。马拉人扛,日本人慢慢地把码头上一山一山的物资搬到帆船上,运到大连,再倒腾到大轮船上,运回他们的祖国。小小的城子疃码头如同一个锋利的针头,深深地扎进东北的肌肉里,吸吮着黑土地里的精华和养分。

一支隶属于关东州警备司令部的守备队就驻扎在镇东的码头旁边。

秘密生活

清晨，上任不久的城子疃守备队队长田中敬治来到了镇中大街。

田中中等身材，白皙的面孔上架着一副茶色近视眼镜，穿着一身上白下灰的粗布和服，脚下踏着一双从老家带来的木屐，显得休闲而又亲和。大街是青石路面，木屐在上面发出有节奏的嘎噔声响，显出一股卓尔不群的清脆。在他身后的不远处，是两个士兵和翻译崔长德。田中示意他们离自己远点儿，他觉得自己今天的心情和装束，不该跟刺刀、军服什么的混在一起。

如果把城子疃比做一个人，那么横贯全镇的镇中大街就是城子疃的脊梁了。镇中大街的两旁，是一些饭店绸庄当铺杂货店和临时的地摊什么的。今天是1945年2月25日，阴历正月十三，星期天，距正月十五元宵节还有两天，大街上人头攒动，商贩的吆喝声和孩子的哭闹声混杂在一起，使得平日冷冷清清的镇中大街，似乎有了点儿繁荣太平的意思。田中上任不久就发现，这个小镇就像一个久病卧床的病人，只有在节假日和赶集的日子里，脸上才有点儿血色，浑身上下也显出些许的活力。眼前的景象，让这位城子疃的最高长官十分欣然和舒服。

可是很快，他就觉得不对劲了。田中的出现，就像一块烧红的烙铁塞进冰水里，刚才还是熙熙攘攘的大街瞬间开始凝固，喧嚣热闹的街市一下子冷却下来……田中周围的人都在避让和躲闪，不远处的人则站在原地，

身体蜷缩在臃肿的冬装里,默默地注视着一身和服、笑容满面的田中。

田中从周围人的眼里看到了敬畏和冷漠,这一点他心知肚明,但是他的脸上依然保持住微笑。他冲着周围的人,不断地用汉语打着招呼,说着你好你们好,甚至,他还学着本地人打招呼的样子说,你吃了吗……田中有着一般日本人不具备的语言优势,他能说一口相当不错的汉语。

待他来到大街尽头的茶馆,已经全然没有了起初的心情。茶馆的掌柜亲热地招呼田中,又亲自端茶倒水,都没有拂去他心头淡淡的不快。茶馆里生着炉子,他闻到了一股刺鼻的煤烟味儿。田中不习惯这股味道,便缓缓地站起身,来到窗口,推开窗户,面色沉郁地望着外面重新热闹起来的街市。

就在这时,田中看到了一个让他感兴趣的东西。

茶馆对面是一家药铺。药铺的门口挂着一幅宽大的楹联。田中看不清,身子往外面探探,还是看不清,往上扶了扶眼镜,依旧看不清。田中一转身,嘎噔嘎噔下了楼,来到了药铺门口。

楹联刻在厚重的木版上,上联是"共济同舟只求人少病",下联是"相和仁术不虑药生尘"。楹联是草书写就的,黑底绿字,因为风吹雨打,油漆有些剥落。田中努力辨认着,虽然有的笔画已经不太清晰了,但是他

仍然觉得这些字写得欢畅洒脱。

"太君,您要是喜欢,咱跟药铺打个招呼,拿走就是了。"紧随其后的翻译崔长德说。

田中没有理会,仍旧上下欣赏着,瞪大眼睛看着作者的落款,问:"这是李什么?"

崔长德瞟了一眼,说:"这是李徵。"

"这个李徵是哪一年代的人?"

"什么哪个年代的,写字的人还活着呢,就在镇上。"崔长德赶忙说。

"哦。"田中转过头,惊喜地看着他。

"这个李徵,以前是个教书的,是城子疃最有学问的人啦。"

田中啪地一拍崔长德的肩膀:"走,带我去拜访拜访这位李徵先生。"

二

崔长德把田中引领到李家门前。

这是北方常见的一座四合院,只是这家的大门有些特别。门头比一般的院门要高大和厚重许多,油漆斑驳的门板上有着成排的鸡蛋大小的门钉,中央还有一对锈蚀的兽面门环,其中一个铁环已脱落,门框的横木上隐约可见花瓣形的门簪。门枕石上雕着两头威武的狮子,只是左边的雄狮足下的绣球少了半边，右边母狮凸出的眼球没了。左右门框上贴着一副对联，上联是"岁寒三友骨如铁"，下联是"眉寿百年德是金"。从这副对联褪色的程度，便知道这不是今年的新联。但是眼前这副跟药铺的相比，一看就是一个人的手笔，只不过眼前的这副写得更随意，也更生动。

崔长德用拳头咚咚咚地擂响大门。

过了一会儿，大门吱吱嘎嘎地开了，一个六十多岁的女人探出半个身子。女人面色灰黄，扎着整整齐齐的髻，穿着一件打着补丁的右开襟半大棉袄。女人似乎眼神不好，小心翼翼地把扶着门框，手里还攥着一条围裙。

"我是崔长德。"崔长德大声道。

女人的双眼急速地眨巴了两下，围裙掉在地上。

崔长德侧过身，正准备介绍田中。田中一伸手，把他拨弄到旁边，然后弯腰捡起围裙，放到女人的手里，温和地说："我是田中敬治，敬仰李先生的书法，特来贵府拜访。"

女人侧过脸，田中看到她的右眼里有一层灰白的云翳。

"请等一下。"女人摸摸索索地退了回去，随手把大门虚掩上。

崔长德抬腿就要进门，田中又拨弄了他一下。田中没有说话，但脸上的意思却十分明显。

"这是李徵的老婆子。"崔长德尴尬地说,"是个膘子,脑子有毛病,眼睛也不好使。"膘子是本地人对精神病人的一种贬称。

"哦,看不出来嘛。"

"一阵一阵的,半膘儿。"

墙角残留着污浊的雪迹。大街对过蹲着两个晒太阳的老人,缩头缩脑地看着他们两个人。

隔了一会儿,女人出来了,低垂着眼睛说:"李先生吃过药,刚躺下,他睡前吩咐过,不得打扰他。"

崔长德一听,鼻子一哼,正想发作……田中趋前一步,哈哈腰,温和地说:"那么,请你转告李徵先生,明天这个时候,我再来拜访他。"

第二天上午,田中依旧穿着和服,只身一人来到了李家门口。

田中意外地发现崔长德站在李家门口。崔长德笑着说:"这个李徵不太好说话,我怕太君……嘿嘿。"

"崔,你真是一个好人。"田中赞赏道。

"这个李徵,驴得很,要不您先回去歇着,我把他带到守备队……"

"不。"田中一口回绝,并且兴奋地搓着手,"来中国之前,我就有一个愿望,要结识一位中国的书法家,没想到,在小小的城子疃……哈。"

"是啊，是啊，这个李徵就是一个大书法家，奉天和大连的好多商铺都有他的题字儿呢。"崔长德附和着。

崔长德当当当地敲门，过了一会儿，没有回应。崔长德又一次敲门，又过了一会儿，大门吱嘎一声响了，一点儿一点儿地开了一道小缝儿，里面是女人灰白的眼神。女人的脸上没有表情，直直地看着前方，很快地说："李先生病了，今天不能会客。"说罢，径自关上了大门，并在里面咣当一声插上门闩。

田中的脸一下子红了，冲着斑驳的门板，怔住了。这时，崔长德高声骂道："李徵你别有眼不识泰山……"

田中赶忙伸出手，制止了他。其实，田中注意到昨天女人对崔长德的反应，所以今天只身前来。可崔长德继续骂着："这个李徵，太不老实了，又臭又硬……"

田中板起脸，对崔长德严厉地说："不许这么说，我是客人，他是主人，客随主便嘛。"

田中环顾四下，街头有几个老头蹲在墙根儿唠嗑，不远处，大街中央有一只干瘦的鸡在没精打采地溜达。

田中不生气，他非但不生气，他甚至还有点儿窃喜呢。我要让全城子瞳的老百姓都知道，我田中敬治为了拜访一个中国的读书人，一个本地最有学问的先生，像你们敬仰的诸葛亮一样，开始"三顾茅庐"啦。

第三天，冬日阴郁模糊，但田中的心情依然不错。

因为今天是正月十五元宵节,他的手里多了一件东西。这是一包用油纸包裹的礼物——远近闻名的共庆园炸元宵。在去李家之前,田中已经对自己说了,如果今天还是见不到李徵,那他明天还去。

田中用拇指跟食指捏起门环,一下一下地叩门。

过了好一会儿,门里面依然寂静无声,以至于田中开始怀疑李家今天是不是没人了。这时,门后面传来了扑通扑通的脚步声,吱嘎一声,大门豁然敞开,一个身影站在大开的门里。门洞里暗暗的,尽头隐约可见彩色的影壁。田中定了定神,才把这个瘦长的身形从幽暗的门洞里分离出来。田中站在台阶下面,向上仰视。他看到了一双细长的眼睛,那里既没有热情,也没有惊讶。

"我就是李徵。"幽暗的门洞里传来了这样一句话,像是从地下透出的声音。

田中看不清李徵的嘴动,却感到了对方的戒心。田中点头致意:"我是田中敬治,敬仰李先生的书法,今日特地前来拜访。"

瘦长的身形一动不动,从门洞里传来了不急不缓的声音:"自古民不与官争、不与兵斗。我不过是一介闭门养病的老朽,何劳足下反复登门?"

李徵直直地堵在门口,并没有请他进屋的意思。这时,田中看到了一张灰黄干燥的长脸,双颊深陷,两颧高耸,两鬓灰白,留着本地人少见的分头,脸上布满皱纹,却没有任何表情,身材高大,略微驼背,穿着一件洗得发白的蓝色长袍,两只手拢在袖筒里,直直地俯视着台阶下面的田中。

终于见到诸葛亮了,却没有预期的那么喜悦,倒是有一点儿淡淡的怅惘,田中坦然地拍拍身上的和服,说:"我现在不是兵,也不是官,我既没有带兵器,也没有带随从。我只是想和一个中国读书人交流交流,你让我站在门口,这不是礼仪之邦的待客之道吧。"

踌躇了一下,李徵侧了侧身,做出了请进的意思。

一进门是一面砖瓦影壁,琉璃贴面,用兽纹和植物花卉做的装饰……这些都是田中喜欢的中国民俗。田中的脚趾在白袜子里欢快地翘动。虽然身为帝国军人,但是田中从来就不喜欢与那些五大三粗的武夫为伍,他向来推崇中国人的那句"劳心者治人,劳力者治于人"的古训。比如今天,他就是通过自己的德行而不是皮靴和刺刀,进入这座院子里的。他的心里涌动一股温情,只是这股温情只维持了七八步的距离。

田中没有想到,从前门和影壁看,这应该是一座大户人家的四合院,而现在他看到的场景竟是如此地局促和寒碜。显然,李家只保留了这座大四合院的正门和前院的两间厢房,更大的内院则属于了他人。屋檐下垂挂着细长的冰溜子,像一排闪亮的刺刀。窗户下面堆放着一小垛半湿半干的树枝。屋子里的陈设简陋而又洁净,弥漫着一股浓重而怪异的中药味。田中见过的女人盘缩在炕上，闭着眼睛哼哼着什么歌曲。前两天，她的谈吐还与常人无异，而今天则明显失常了。

女人侧扬着脸，问："是小贤吗？"

"不是小贤。"李徽回答。

"你可回来了，妈妈想你啊。"女人依旧顺着自己的思路说话。

田中注意到李徽忧伤地看着他的女人，脸上的皱纹显得更乱更深了。田中坐在炕沿儿上，顺手摸了摸炕头，炕头像铁一样冰凉。屋子里比外面还冷，田中问："怎么没生火啊？"

"我们不觉得冷。"李徽抢着说。

"孩子，拿什么生火啊？"炕上的女人感叹着。突然身子一挺，问："什么东西这么香啊？"

这话问得突兀，李徽摸不着头脑。田中却恭敬地站起来，双手捧着炸元宵，说："今天是元宵节，这是我的一点儿心意。"

李徽正想拦阻，女人却一伸手接过来，哗啦一下扯开油纸包装，抓起一个元宵，一下子塞进嘴里，咕唧咕唧地嚼了起来。在物资极度匮乏的1945年，元宵是绝对稀罕的东西。

"这是共庆园的元宵吧？"女人充满喜悦地说，接着更大声音地咀嚼起来。

才吃了一个，女人忽然停了下来，把剩下的元宵包了起来，嘟囔道："留点儿给孩子吃。"

"好，留给孩子吃。"李徵低垂着眼皮，满脸的羞臊，连脖颈都红胀了。根据以往的经验，这种时候必须顺着她的话说。

"听说李先生也在奉天生活过？"田中似乎看出了李徵的窘迫。

"那是从前的事儿了。老朽了，回家养老，想清净一下……"李徵说到这儿，突然剧烈地咳嗽起来，黑发间蓬动着缕缕白发。

"我也在奉天生活过，我在那里学的汉语……我们是殊路同归啊。"

李徵知道田中想要表达什么，但他懒得纠正他。一时间，李徵和田中静默无语，只有炕上的女人旁若无人地哼着什么小曲。

"我想请你到我的办公室去做客。"田中向李徵发出了邀请。

"我老了，腰不好，走不了路……"李徵捶捶腰，兀自坐了下来。

"我有办法，我有办法。"田中连声说。

三

曾经,李家大院是城子疃一带有名的大宅院。嘉庆二年,李徵的太爷中了举人,成为辽南一带颇负盛名的读书人。李举人后来做了知县,做了几年的李知县,家里就盖起了大瓦房。房子落成了,李知县却因病去世,随之夭折的还有李家的家道。一直到李徵,一百多年过去了,李家才算又出息一名读书人,而且被奉天省立普兰店高等学校聘请为国文老师,成为一个令人尊敬的教书先生。镇上的老人都说,要不是赶上宣统皇帝下台,李徵一定会考取比他太爷更高的功名,盖起比当年更气派的宅院。更气派的宅院自然没有了,连当年李知县留下的两进两出的四合院,在李徵记事时,就只剩下当年威风的门头和两间寒酸的厢房。门头高大而又破败,勉强支撑着李家曾有的气派。

"九一八"之后,日本人接管了李徵所在的学校,更名为普兰店高等公学堂。公学堂来了日本校长,国文课改称满语课,而且每天早晨又多了"朝会"——全体师生向着东方遥拜日本天皇,然后是每日必读的《回銮训民诏书》……一个月以后,国文老师李徵借口母亲病故重孝在身,辞职归乡了。

李徵膝下一男一女,儿子思贤,女儿思乐。"九一八"

之后，女儿病亡，妻子哭坏了一只眼，后来，儿子又和几个同学一起跑到关内去了，妻子跟着就精神失常了，整日恍恍惚惚的，看见生人就上去拉手，见了小伙子叫贤儿，见了小姑娘叫乐儿。

让李徵痛苦的是，眼瞅着春天就要来了，而大地回春的时候正是妻子发病的时节。连续几年了，每年惊蛰，几乎是不差一两天，妻子就开始精神失常，并且一直延续到立冬，才慢慢地恢复正常，而今年，妻子却在惊蛰之前的七天提前发病了……李徵认为，妻子是受了田中和崔长德的惊吓，才提前发病的。

但是再困难，李徵也没想去跟日本人打交道，即使这个日本人没有加害他的意思，即使这个日本人说着一口流利的汉语，即使这个日本人反复登门拜访。

崔长德带着两个日本兵来到了李家门前。他们还带来一顶自制的轿子——一把北方常见的官帽椅，扶手边儿上绑了两根长长的竹竿，座儿面上还放了一个厚厚的软垫儿。

崔长德在日本人开的盐场干了几年伙计，学会了一点儿嘴边的日语。原来的翻译夏天在海里洗澡淹死了，也有人说是让抗日武装给弄死的，于是崔长德就做了翻译。崔长德相貌平平，最为醒目的是一年四季总穿着一双颜色不同的大皮靴。大皮靴的一只是黑色的，另一只

是棕色的，款式相近而颜色相异。崔长德经常夸奖他的大皮靴，并且指着其中黑色的那只，说这是一个阵亡的日本大官的。于是，背地里，城子疃人给他取了一个绰号——大靴子。

大靴子笑嘻嘻地对李徵说："上轿吧，老爷子。"

"我有腿，不坐轿。"李徵直撅撅地站着，他不明白大靴子为什么要他上轿。

一个日本兵低吼一声，跺了跺脚，端起长枪，枪尖冲着李徵。

大靴子赶紧说："看见没有，太君生气了。"

李徵白了大靴子一眼，犟着不动。

"嗨，你这个人怎么不识抬举。"大靴子轻轻一拉一送，瘦弱的李徵身子一晃就坐倒在太师椅上。大靴子和一个日本兵一抬，李徵身子一忽悠，整个身体连同太师椅，已经悬了起来。

两个平日在城子疃耀武扬威的人物，抬着一个倔强的中国老头儿，还有一个端着刺刀的日本士兵在后面押送着。竹竿颤颤悠悠的，坐在轿子上有一种特别的节奏，李徵看着大靴子吭哧吭哧地抬着自己，有意把身子顿顿，屁股扭扭，于是他看到前面的大靴子脚步踉跄了一下，肩头晃了晃，喘气的声音也加重了……李徵的心里泛过一丝久违的快意。

远远地，李徵看见了老朱。老朱自己开个理发馆，跟李徵沾点儿亲，虽长他一岁，但按辈分论却比李徵小了一辈儿。老朱性情温和，知情达理，虽不识字，但在李徵心里，却是整个城子疃唯一一个能与自己沟通的人，所以李徵从不以长辈自居，一直把老朱看作朋友。老朱为此非常感激和自豪，平时也乐意跟李徵搭话。

李徵冲老朱点下头，只是老朱没有像以往那样热情地回应，而是傻子一样呆在那里。这时李徵离老朱更近了，他左手用力地攥着扶手，右手从扶手上抬起来，动作清晰地向老朱招手致意，可老朱依旧傻怔怔的，嘴巴半张着，两只手甚至有点儿哆里哆嗦。

李徵觉得老朱今天有点儿奇怪，他没有琢磨明白呢，接着就看到了更加奇怪的场面。他看到了平素熟悉的乡里乡亲，但是却看不到熟悉的神情。他从乡亲们的眼里看到是另一种目光——冷漠和恐慌。

"我要下来！"李徵大声说。

"你老人家配合配合，我也是混口饭吃。"大靴子扭过脸。

"不行，我要下来。"李徵说罢，左右摇撼着座椅，做出了要跳下轿子的动作。他不知怎么竟想起了狐假虎威这则成语……刚才的快意一扫而空。

据点就在镇东的码头边上，秤砣一样压着城子疃。据点是由一个炮楼子和一组回字形的青砖大瓦房组成的。临街的墙上刷着宣传标语:"大东亚新秩序 城子疃新生活"。据点最为醒目的是那座炮楼子。炮楼子是整个城子疃最高的建筑物,有五六层楼高,圆柱形,每一层都分布着射击孔。炮楼子的顶层上搭建了一个瞭望棚,瞭望棚的上面插着一面日本国国旗,瞭望棚的下面有哨兵昼夜站岗。入夜,探照灯打开着,一柱长长的灯光如同一把雪亮的长刀,在码头上划来划去,任意切割着城子疃的夜空。

这是李徽第一次来到据点。李徽抬起下巴,挺直腰杆,可走起路来却觉得双腿有点儿发软。他被带到据点最大的一间瓦房里。挑开一堵厚厚的棉帘子,一股热气扑面而来,热气里,站着笑容满面的田中敬治。

"首先,为以这种方式请你过来,向你表示歉意。"田中深深鞠了一躬。

李徽哼了一声,声音介乎于不屑与应答之间。

"本来应该用汽车去接你的,但是我们的卡车坏了。"田中抱歉地说。从第一次见面,这个瘦弱而高大的中国老人就给田中留下了深刻印象。田中见到的中国人,大多是目光细碎游移、身形佝偻颤抖的农民,而眼前这个人,身上分明有一种异于常人的个性与气质。他住得寒碜破败,穿得俭朴甚至寒酸,但是举手投足之间,却透着一股凛然与大气。李徽的三次拒客,非但没有让田中感到傲慢,相反倒激起了他要了解这个人内心世界的强烈愿望。

望着神情木然的李徵,田中拽了拽自己的和服,然后摊开双手说:"李先生,请你不要误解。我不是以军人的身份和你交往的,我是以一位中国书法爱好者的身份,和一位中国的书法家交往的。"

李徵摇摇头,但心里稍微坦然一些,并且开始打量起田中的办公室。

屋子的中央放着一张两头沉的写字台,有大半张单人床大小,这恐怕是城子瞳最气派的写字台了。台面上除了摆放着黑色的电话机和几摞文件,竟然笔墨纸砚一应俱全,甚至还有一盒印泥。写字台的正中摆着一张照片,照片上有一对夫妻和两个孩子,这是完整的一家人合影啊——男的是田中,比现在更清秀;女的是田中的妻子了,低眉顺眼;男孩子穿着一身校服,端着一把玩具枪;女孩子小一点儿,头上扎着一个大大的蝴蝶结。写字台的后面,是一把宽大的黑色皮椅。旁边的茶几上,摆放着待客用的水果和烟茶。

墙边有一个蒙着布帘的红木多宝格。田中掀起布帘,多宝格上摆放着一些古董字画。李徵扫了一眼,有几个宣德炉、几个鼻烟壶、一个青花笔筒、几柄扇子和一些砚台什么的。

"今天请先生来,是想请你欣赏点儿东西。"田中的谦虚里透着得意。

这个人找我来,是为了让我瞅瞅他的这些宝贝啊,李徵暗想。

"这是我在北平的琉璃厂买的,这个是在奉天的小西天买的,这是在大连博爱市场买的……"田中挨个儿介绍他的藏品,一边介绍一边用一条干净毛巾擦拭着文物,语气里带着炫耀与自得。

"这个宣德炉是假的。"李徵拿起宣德炉,左右看了看,放回原处。

"这是个民窑的青花,不值钱。"李徵拿过青花笔筒,上下看了看,又放回原处。

"这玩意儿民间有的是。"李徵点了点鼻烟壶。

田中神情有些黯淡,从多宝格下面取出一个包袱,小心地解开——包袱里面是一捆字画。田中一张一张地打开,铺展在地上,眼角不时留意着李徵的表情变化。

字画里鱼龙混杂,除了大量不入流的墨迹之外,让李徵惊奇的是,还有一副俞樾的对联、吴昌硕的临石鼓文四条幅和前朝黄均、玉峰、陈崇光等人的扇面,更让李徵暗暗震惊的是,里面竟然有一副何绍基的对联和一幅杨守敬的行书手卷。

何绍基的书法取法高古,运笔独特,是李徵相当赏识的名家。只是眼前的这副对联,虽说纵逸飞动,却也任笔使性,即便是应酬之作,也显随意荒率。

"想不到用多少钱买的吧?"见李徵看得如此用心,

田中得意了，指着何绍基的对联说，"这只是两个烧饼的钱啊。"

"我看这副对联有问题。"李徵蹙着眉头，摇了摇头，"我感觉不像真的……你说，两个烧饼就能买到何子贞的东西啊？"

"怎么会是假的呢？"田中喃喃自语，又急急地指着杨守敬的手卷，殷切地问，"这一幅呢？杨先生在我们日本，可是大名鼎鼎啊！"

"杨先生在贵国有名，那是因为贵国人见得太少，在我们中国，与杨守敬同处一个时代的、可以跟他比肩雁行的书法家……"李徵伸出一个巴掌，一正一反，"不下十个哩！"

"杨先生可是日本现代书法之父啊……"田中满脸错愕，直怔怔地看着李徵，镜片后的眼珠子黑白分明。

看着田中沮丧的样子，李徵心里春意盎然。他扫视了铺展一地的田中的"宝贝"，眼前猛地一亮。他瞥见远处一幅残破陈旧的手卷，手卷上草书灵动，后半部依附了若干题跋和印章，最末一行题跋上写着"此乃鹿门居士真迹也"。李徵想上前看个究竟，但是转头看到田中期盼与焦虑的眼光，想来这个居士也并非什么名师大家，便淡然道："不过，那一幅还不错，可惜作者没名儿啊。"

写字台上的笔筒里插满了长长短短、粗粗细细的毛

笔,颇具名家风范。李徵踱到写字台前,低头看见田中写的毛笔字。一看之下,李徵竟扑哧一声笑出声来。在他看来,这个田中的书法,连中国小学生的水平也不如,无体无法,至多是照葫芦画瓢。

田中的脸腾地红了一圈:"李先生,我很痛苦。我喜欢中国书法,但是写得不好。"

"修身养性,最为重要。"李徵淡然道。

接下来的情景,大出李徵所料。田中突然伸出两手,拿住李徵,不由分说地把他按到皮椅上,然后自己站到他的对面,毕恭毕敬地行了一个大礼,而且长躬不起:

"我从小就有一个理想,就是能够写出漂亮的中国书法。来中国之前,我就有一个愿望,希望能够遇到一位书法家,跟着他学习中国书法。没想到,我能在城子瞳遇见你,李先生,这是我们的缘分。我喜欢中国书法,我要拜你为师。"

李徵只能看到田中的低垂的头颅,急忙摇头摆手。

"如果不拜你为师,就是对你的不尊重。李先生,我一定要拜你为师,你就是我的老师!"田中抬起头来,面孔控得发紫。

"……"李徵觉得这句话里有着说不出的别扭,但一时又不知如何反驳,只能不住地摇头。

转过一个星期天,大靴子和两个日本兵又来了。这回又多了两个人,竟然是两个衣衫褴褛的码头工人,满面憔悴,抬着轿子。

这个小鬼子来真的啦,李徵感到自己碰到了前所未有的难题。他也想过宁为玉碎不为瓦全,但是家中多病的妻子让他根本下不了这个决心。他不能坐鬼子和二狗子抬的轿子,更不能坐码头工人抬的轿子……李徵坚持不坐轿子,又不得不去,只好一个人磨磨蹭蹭地走在后面。

大靴子话多,又会说点儿日语,一路上不停地跟日本兵蹭话,连比画带赔着笑脸。看着满脸堆笑的大靴子,李徵觉得呼吸急促。他尽量让自己的语气平静一点儿,装做随意地问:"你整天忙乎,心里不觉得别扭吗?"

大靴子闷着头没回话,他显然明白李徵问话的意思。过了一会儿,他突然朗声问道:"你那个外甥,最近没来看你吗?"

"外甥?"李徵心里骤然一紧——大靴子知道小三子的事了?

"有机会,就说我崔长德问他好啊。"大靴子脸上满是得意,而且得意得有点儿懒洋洋的,"我和张友梅是一个学校的,他现在可是值钱的人物喽。要是日本人知道他是你们家的亲戚,他的亲舅舅待在城子疃,那你们家还得好啊?!嘿,我知道,我早就知道啦,可我就是不说,我跟谁也不说。这小日本啊,就是来咱们中国串门儿的。来串门儿的就是客人，客人来了咱们能不招呼一下吗？再说了，来串门儿的人，还有赖在咱们家不走的吗？"

说着，大靴子竟得意地哼起了一段东北的小秧歌。

三十六计走为上，可我李徽竟然无计可施无路可走。非但无路可走，还被这些小鬼子二狗子们逼着去据点……现在，李徽把自己的处境看清楚了，可是一时又想不出什么对策和办法。他不知道自己该怎么办，但是他知道自己不该怎么办：

我若是坐上码头工人抬的轿子，那叫做忘恩负义；

我若是坐着小鬼子二狗子抬的轿子，那就是狼狈为奸；

我若是自己屁颠屁颠地去据点，那就成了同流合污。

可现在是小鬼子二狗子既抬着轿子又端着刺刀，而李徽面临的就是这种尴尬境况……李徽到了据点以后，气鼓鼓地坐着，一言不发。

"李先生，我又写了一些书法，你看看。"田中手里拿着他所谓的书法——一叠学龄前儿童水准的中国毛笔字。

李徽没有看所谓的书法，而是转过脸来看着田中，目光空茫。

勤务兵进来了，端着茶水。田中接过茶具，亲自为李徽倒上茶水。看到了李徽脸上的漠然，他耐心地解释道:"我用轿子抬你,是因为我尊重你。我让翻译和士兵去迎接你,不仅是怕你拒绝我,也是为了保护你。我这样做,就是让别人都知道,你是被迫到这里来的。因为很多的中国人,对我们是有误解的。"

"哼!"李徵晃晃头,既是不屑,也是嘲弄。

"慢慢地,你就理解我了。"田中把手掌捂在胸口。

田中围着李徵,又是倒茶,又是敬烟。李徵依旧沉默不语。

"我又写了好多字。"田中手里依然捏着那叠毛笔字。

"嗯。"李徵斜了一眼,点头敷衍道。

"不好!"田中急得直摇头,"李先生没说真实的话,我写得不好。"

"……"

"李先生,你是一个不负责任的读书人。农民是种田的,渔夫是捕鱼的,铁匠是打铁的,军人是打仗的,你是读书人,那么读书人是干什么的呢?"田中脸上一直带着温和而从容的笑意,看李徵没有反驳,他继续说道,"读书人是传播文化的啊。你是中国的读书人,你就有义务来传播中国的文化。你愿意看到中国的文化在你们手里消失吗?作为一个书法家,你就忍心看我写这种中国字吗?!你做我的老师吧,我希望每个星期天都可以见到你。"

李徵依旧沉默。

"李先生,你可别'徐庶进曹营——一言不发'啊。"

李徵觉得田中这句话用得还算贴切。他沉吟片刻,向田中竖起了四只干瘦的手指,慢悠悠地说:"我有四个条件。"

"先生请说。"

"——第一,我可以讲中国书法,但是我不做你的老师;

"——第二,我讲中国书法,不取任何报酬;

"——第三,我不坐轿子来据点。既不坐日本士兵抬的轿子,也不坐码头工人抬的轿子,总之我不坐任何人抬的轿子;

"——第四,我是你们强迫来的,所以每次应该有人去接我。因为我不是自愿来的,所以来接我的人,应该跟前两次一样。回家则无需相送。少了以上四条,我李徵死也不来你这里。"

田中重重地点了四下头。

从此,每到星期天,都由大靴子和两个全副武装的日本兵准时来到李家。彼此一路无言,大靴子在前,李徵在后,李徵的后面则又跟着两个端着刺刀的日本士兵。瘦骨嶙峋的李徵身形佝偻,步履缓慢无声,而前前后后的皮靴踏在城子疃的青石路面上,发出铿锵有力的声音。

四

李徵不记得自己多长时间没有写字啦。

书家对纸张的热爱,就是农夫对土地的热爱。对李徵来说,他已经是一个对土地感到陌生的农夫了。所以,摩挲着洁白温暖的宣纸,闻着深沉悠长的墨香,李徵的内心不由得荡漾起一股老友重逢的欣喜与兴奋。他挑了一支笔毛尖齐的长锋羊毫,略一沉思,身俯腕动,游龙舞凤。

垂绥饮清露,
流响出疏桐。
居高声自远,
岂是藉秋风。

一首虞世南的五言绝句,瞬间跃然纸上。李徵确实记不得自己有多久没有提笔挥毫了,今天一提笔,耳闻毛笔在平整的宣纸上发出的轻微的沙沙声,一阵酥麻,顺着手臂传遍全身,浑身的关节有种说不出的舒畅。

"这是什么字体?"田中唏嘘不止,无限羡慕和喜悦地看着李徵和李徵的书法。

"这是草书。"在李徵心里,草书是书法的最高形式。

"先生的字,我不能全看懂。"田中诚恳地说,"不过,我觉得先生书法真美,线条、气韵……就是看不懂汉字,一样都会觉得美。"

李徵微微颔首。

田中身体绷直,啪地一个鞠躬:"李先生,我喜欢草书,我要学习这种书法。"

李徵并不开口说话,只是上下打量着田中,然后缓缓地说:"你是做了父亲的人,是不是?"

"……"田中莫名其妙。

"你说一个小孩子学习走路,是先走步啊,还是先跑步?"

"先走步啊。"

"走步之前呢?"

"……"田中一脸迷惑。

"走步之前,要先学会站立!学习汉字,就要从站立开始。草书是一个人在跑,楷书便是一个人站立。"李徵身形挺直,立在屋子中间,"你说,你要学习书法,应该从什么地方学起啊?"

田中豁然,大声道:"我明白了。"

"从今天,我讲书法——只是我有言在先,我不是你的老师,你也不是我的学生,我们没有师生的名分。只不过是,我讲书法,你碰巧听着了,就是这么回事。"李徵拿起一支毛笔,用笔杆嗒地敲了一下桌面,算是为他的话做了一个强调。

田中站了起来,又是一鞠躬,而且这一次的鞠躬还有一个带饱含感情的停顿。

李徵觉得这个日本人挺有意思的,不仅会说中国话,而且又喜欢中国字,并且谈吐得体彬彬有礼,身上好像藏了一个按钮,动辄就是一个鞠躬。在世风不古人心日下的1945年,这个田中倒有点儿像是一个从中国古籍里走出的读书人。不过,李徵做事,总愿意先立个规矩,这样做起事情来,心里就特别踏实。

"我先教你'永字八法'。"李徵大大方方地坐到皮椅上。皮面坚硬,坐在上面并不比小板凳小马扎舒服,但是李徵提醒自己,既然讲授的是中华民族的传统文化,就要拿出一股富贵不能淫、贫贱不能移、威武不能屈的气质。他挺直腰板儿,朗声道:

"那么,什么是'永字八法'呢?"

田中拖过一把椅子,凑近写字台,两手放在膝盖上,神态甚为虔诚。

李徵拿起毛笔,田中连忙站起来,为其研墨。

李徵提起笔来,笔杆垂直于纸面,这时,饱含浓墨的笔尖一收,一滴墨汁倏地落在宣纸上,趁着墨汁未洇,李徵纵笔跟进,瞬间,一个结结实实的"永"字跃然纸上。李徵放下笔,捋了捋头发,眼睛盯着天花板,微微晃着头,思绪游走在一个小小的"永"字结构里,兀自说道:

"'永字八法'是古人以'永'字为例,概括地阐述楷书八种基本点画用笔要点的方法。'八法'即是点、横、竖、钩、逆撇、长撇、短撇、捺。其中呢,点为侧、横为勒、竖为努、钩为趯、逆撇为策、长撇为掠、短撇为啄、捺为磔。'八法'都是汉字的形状,而侧、勒、努、趯、策、掠、啄、磔呢,则是一种动作的过程,这种动作,就是用笔的过程——"

"这些都是什么动作呢?"田中听得云山雾罩,大为困惑。

田中的提问,显然打断了李徵的思绪。李徵面有不快,瞪了田中一眼:"我讲话的时候,不希望别人打扰我。若实在有问题,要举手提问。"

"我明白了。"

"中国书法既源远流长又博大精深,我既不能几天工夫讲完,你也不能几天工夫学完,所以每次只能讲一部分——很少的一部分。今天我们就只讲'永'字的这一个点……前面讲过了,点为侧。什么是侧呢?侧就是倾斜,如同巨石侧立,险峻而雄踞。如果这个点平卧或是正立,就失之于呆痴。"李徵伸展着细长的胳臂,配合着他的讲解。

"你若是真的想练字,就得有恒心。"李徵注视着田中,"你有恒心吗?"

田中点点头。

李徵继续注视着他，没有表示。

田中大声说："我有信心！"

"好了，开始吧。"李徵声音平和，眼皮耷拉着，"现在，你先写一百个点。"

"……"田中没有听明白。

李徵用笔杆敲敲刚写的"永"字上面的一点，口齿清晰地说：

"写一百个点，'永'字的点。"

李徵感到战事紧张了。码头上搞了几次祭奠活动，一些裹着白布的骨灰盒在简单的祭奠之后，和担架上的伤兵一起上了日本开来的汽船。据点里所有玻璃上都贴上了米字形的纸条，说是为了防止美国飞机轰炸，但田中依然准时派人接他，风雨不误。

勤务兵送饭来了，捧着一盘包子和一碟黄色的咸菜。看上去，勤务兵还只是一个十五六岁的大半孩子，脸上粉嫩嫩的。勤务兵把包子放在桌子上。包子热气腾腾的，散发着单纯而有力的面香。

"李先生，你吃饭了吗？"田中恭敬地问。

"我吃过了。"李徵说，肚子咕噜了一声。

"如果没有吃饭，请你不要客气。"

李徵摆摆手。他没有开口，因为这时肚子又咕噜叫了一声。

田中对勤务兵低语了几句日语，勤务兵"嗨"了一声，就退下了。

田中咬了一口包子，包子里的肉香迅速弥漫开来。随着肉香，李徵的肚子就咕咕噜噜地连续叫了起来。李徵知道这纯粹是生理反应，只是在这个时候，这种叫声让他格外尴尬。

田中显然听到了肚子的叫声，他看着李徵，白皙的脸上慢慢地浮动出孩子似的调皮神情。

"李先生，我想起了家乡的声音。"

"什么声音？"

田中缩着脖子，张大嘴巴，呱呱地叫了两声——他学的是青蛙的叫声。

李徵没法生气，反倒被田中的怪模样逗笑了。

勤务兵回来了，手里捧着一个油纸包。田中拿过油纸包，双手捧着，对李徵说："这是捎给你家人的四个包子……我尊重你的四个意见，这不是给你的，但是这是捎给师母的。"田中坚持把包子塞到李徵手里。

一出据点，李徵就难住了，手里的四个包子就像四个炸弹。很小的时候，李徵就听老师讲过许多历史故事，什么伯夷叔齐不食周粟什么卧冰求鲤什么凿壁借光啦……今天这个包子，就是当年周朝的粮食啊。饿死不食周粟，李徵心里默念了一遍，随即把手里的包子朝路边一扔。

汉　奸

　　包子在空中划了一条长长的弧线，落在地上时，噗地四下散开。其中一个包子破了，汤馅外溢，味道四射。不远处的一条瘪肚子的黄狗被包子的香气吓了一跳，触电一样弹了起来……几乎同时，李徽和这条黄狗一起朝散落的包子跑去。

　　四个包子，黄狗叼走了一个破了的包子，李徽则抢回了三个。白净净的包子上，沾上了灰黄的沙尘……为节省粮食，家里早已是一日两餐了，李徽的眼前晃动着妻子干瘦的脸庞和蠕动的喉咙。

　　这是周粟吗？这是城子疃的包子啊！包子外面的白面是东北的，包子里面的肉是东北的，包子里面的菜是东北的……这不是周粟，这是东北的包子，而且还是城子疃的包子。城子疃的包子，落到日本人的手里，就是日本人的包子了？！那城子疃落在日本人手里，城子疃就是日本人的了？！东北落在日本人手里，东北就是日本人的了？！空气里还飘动着日本人喘过的气儿呢，那我们中国人还能憋死啊？！……李徽定然不吃包了，但是他不该让生病的老伴儿跟着受苦啊！

　　李徽有点儿想通了。

　　炮楼子不是盖在中国的土地上吗？炮楼子不是中国人盖的吗？……田中是日本鬼子，穿军服的时候是，穿和服的时候就不是啦？大靴子是汉奸，他在炮楼子里是汉奸，他不在炮楼子里就不是汉奸啦？李徽不是汉奸，

他在家里不是汉奸,他不在家里就是汉奸啦?是与不是,在乎一心而不在乎身在何处……这一会儿工夫,捧着三个包子的李徵把这一段时间困扰和折磨自己的难题突然想明白了,心里郁结的苦闷也慢慢化解了。

李徵左右看看,发现并没有人注意他。他把包子上的沙尘吹一吹,拂一拂,然后掖在衣服的下摆里,回家了。

五

写字台后面的墙上,挂着一幅书法。李徵前几日书写的虞世南的《蝉》,竟然被田中装裱起来,端端正正地挂在墙上了。

"这幅字不仅写得好,还包含了美好的意思。"田中得意地说。

"噢。"李徵颇为惊异。

"我查了字典,弄懂了李先生这幅字的美好含义。"田中谦恭地说。

装裱以后的字画,优点和缺点都放大了。李徵粗看一遍,觉得整体上还说得过去,但是仔细看去,毕竟久疏笔墨,区区二十个字,转承生涩、用笔轻率之处竟不下四五处,而且竟还发现了一只"苍蝇"——"非是藉秋风"的"非"写成了"岂"……李徵心里大呼惭愧,不由得想直言其中的瑕疵,但是看到田中敬佩的目光,话在嘴边转了转,又生生地咽了下去。李徵不由得庆幸自己毕竟没有题识盖印。

田中的写字台上,总有一些过期的日文报纸。田中在那里一笔一画时,李徵就随手翻翻报纸。他还是第一次看到这么多的日本文字。日文里有许多的汉字,据田中介绍,有的意思与汉字完全一致,有的意思则似是而非,还有的简直南辕北辙。汉字是象形文字,每一个字都有一个完整的意思。与汉字相比,日本字至多是半个意思,这只能说明田中的老祖宗在学习中国文化的时候,浮光掠影不求甚解了……想到这里,李徵心说,老夫可得正本清源啦。

李徵做过老师,对于传道授业,既有心得又有兴趣,尤其是碰上田中这么一个认真执着的日本人,李徵开始有点儿兴致了。

李徵端坐在不舒服的皮椅上,左右腿一搭,用长袍的下摆掩住脚上的破鞋,再拿过毛笔,嗒嗒地敲两下桌面,然后说:

"今天,你写一百个撇。"

田中的出现,也改变了李徵的生活。

他讨厌关东州,讨厌"满洲国",讨厌连年的战争,甚至讨厌自己的国家和支撑这个国家的几千年的文明。积健为雄的华夏文明、厚德载物的历史传统、仁义孝悌的儒家学说、八方来仪的天朝帝国，在蕞尔东瀛面前，却如皮囊之于尖锥，先是割地赔款，后是屈辱偏安，现在已然国土沦丧江山变色了。不仅是斯文扫地，简直是无地自容、生不如死啊！在连年的战乱面前，李徵为自己的祖国和家乡遭受的蹂躏而悲愤，这种悲愤既表现为对列强的憎恨，又转化成对自身的抱怨。有时候，李徵也逼问自己，在列强与危难面前，一个国家的文明如果不能保护自己、拯救自己，那么这个国家的文明还值得自己去珍惜和拥护吗？！……书架上层层叠叠的书籍，在李徵眼里变得可疑进而可憎起来了。

春寒料峭，从白天到夜晚，妻子冻得瑟瑟发抖，浑身直打哆嗦。李徵想，自己读了大半辈子的书，上没有孝敬父母，下不能庇护子女，妻子又跟着自己受了大半辈子的苦……当然不能说读书害了他这一生，但是读书确实没有给他带来什么幸福和荣耀。李徵把床底下的箱子拖出来，那里有他积攒多年的藏书。李徵闭上眼，随手摸出一本。他一看，是一套线装的上海文瑞楼印行的《仿宋胡刻文选》。李徵咬咬牙，像钝刀割肉一样，一点儿一点儿地撕扯下一页，团揉一下，扔进炉子里。

焚书取暖，没有想象的那么痛苦，反倒有一种解脱后的轻快，于是，李徵连上厕所用的手纸，也用上自己的藏书了。只不过每次解手，李徵都要在厕所里蹲上许久，因为每一次他都要在厕所里把即将用掉的书页，重新看上一遍。有很长一段时间，李徵跟书籍的唯一的联系就是在厕所里。厕所是旱厕，里面飞动着苍蝇和叫不出名字的小虫，他蹲在茅房里，一页一页地翻看熟悉的诗章。有时候看得兴起，他就在茅房里大声地念出声来。

现在，因为田中的执着，因为有了"岂是藉秋风"的教训，李徵每一次讲课前，都要把需要讲授的内容，在家里提前温习一遍。藏书已经不多了，好在每用掉一页书，李徵都要读上一遍，这无意中成了一次学习和记忆，这使得李徵的备课从容和自如了许多。于是，每个星期六，李徵都要像从前做老师时一样，洗洗手，安心静气地坐到破旧的书桌旁，把明天要讲授的内容，草写一个简单的提纲，然后在脑子里形成一个清晰的过程。

这一天，李徵刚从据点回来，推开院门，就发现院子里蹲着一个人。李徵仔细一看，正是自己久未见面的外甥小三子。

"小三子来啦。"李徵赶忙闩上门。

"嗯。"小三子在嗓子里应了一下。

"屋子里坐吧。"李徵又检查了一下门闩。

"我觉得院子里挺好。"小三子也不抬头，一副爱答不理的样子。

"屋子里坐吧。"李徵又说了一句，他觉得外甥今天怪怪的。

小三子没搭理他,依旧蹲在地上,吧嗒吧嗒抽着旱烟。

家在眼前,小三子却蹲在外面,明摆着是抬杠。天气转暖了,小三子穿着一双破旧的胶底布帮的农田鞋,上身的灰棉袄露着棉絮,腰里扎着一根草绳子。

李徽早就知道,小三子上山了。城子疃往北,是辽阔险峻的摩天岭山脉,"九一八"之后,山上的抗日枪声就没断过,有国民党的中央军,有共产党的抗联部队,还有装神弄鬼的大刀会和红枪帮,更有占山为王的土匪胡子。日本鬼子又是讨伐又是扫荡,不断地宣布剿灭了山上的武装,不断地把割下来的人头像糖葫芦一样挑在竹竿子上,拿着喇叭,挨村挨镇地宣传……但是,山上零零星星的枪声就是没断过。

小三子自小聪明内向,很为李徽喜爱,只是他小学没读完,就去了盐场打工,这让李徽唏嘘不止,后来听说他上了山,这让李徽又佩服又牵挂。李徽不知道小三子是哪个党派和哪一部分的,但是他相信忠厚老实的小三子不会跟土匪胡子什么的同流合污。

"你在跟谁说话啊?"妻子在里屋大声问。

"一个要饭的。"小三子蹲在那里不吱声,李徽有点儿来气了。

小三子突然抬起头:"李徽,你现在知道自己是什么人吗?"

"我是你舅舅。"李徽气哼哼地说。

"你是中国人,还是日本人?"小三子慢吞吞地站起来。

"放屁!"李徵的脸腾地涨红了,脱口而骂。

李徵指着小三子,因为气恼,手指微微跳动:"你听着,我李徵不说学富五车,却也自幼饱读圣贤之书,于一个气节,还是看得清的!"

小三子脸上竟然现出了笑模样:"有你这句话,我就放心啦,我就知道你不是个汉奸。"

"汉奸?谁是汉奸?"

"汉不汉奸不是说出来的,是做出来的。舅舅啊,咱啥时也别忘了自己是中国人。"说罢,小三子磕吧磕吧烟斗,卷起烟袋,拍拍屁股就走了。

李徵注意到,这是小三子今天第一次叫他舅舅。

忽地一下,春天说来就来了。人们脱下帮助自己熬过一个冬天的棉衣,掏出中间的棉絮,于是臃肿的冬装又变成了一件夹袄——日子越过越困难,多少人就是这么过活的。

今年妻子发病早,而且病情不稳定。前些年是看见小伙子叫贤儿、看见小姑娘叫乐儿,而今年有时竟看见小伙子叫乐儿、看见小姑娘叫贤儿……虽然李徵已经习惯了妻子的病情,但还是感到不安和烦躁。

让李徵烦躁的事情不只是这些。老朱的理发馆重新

翻新,增设了时髦的烫头服务,原先李徵题写的牌匾取了下来,换了一幅油漆一新的牌匾。李徵万万想不到,新牌匾竟然是请药铺郎大夫题写的……且不说老朱跟李徵还沾亲带故,单是说书法的修养和造诣,开方拿药的郎大夫也不能跟李徵相提并论啊。李徵不是说自己一定要题写一个小小的理发馆,而是感到这一次,他连一个推辞和拒绝的地位或者机会都没有。李徵不知道老朱何以至此,他也曾想过老朱此举是不是因为他去据点的缘故。李徵不想跟他解释和表白,再说了,老朱的理发馆里进进出出的,哪天没有鬼子和二狗子啊?老朱哪天不为他们笑脸相迎地忙前忙后刮脸剪发啊?

李徵心绪烦乱,他发现田中也开始不耐烦了。李徵要求他写一百个钩,他只写了九十四个,要求他写一百个短撇,他只写了八十七个……这一天,田中竟然没有遵照李徵的要求,自行写起了完整的汉字。

"你觉得不耐烦了吗?"李徵严厉地看着田中。

"我希望快一点儿写出好看的字来。"田中低声道。

"好看的字是怎么写的?"李徵的目光落到田中的全家福上,恍惚之间,田中变成了思贤……他俩的岁数应该差不了几年啊。

"……"

"我告诉你,我现在教给你的,都是你一辈子受用无穷的基础功夫。我可不管你是哪国人,只要学习中国书法，就得遵照我们中国的规矩，就得照我说的老老实实地学。这里没有什么捷径和窍门。你如果真的喜欢书法，就必须一笔一画地学，我李徵就是这个脾气！"李徵说罢，啪的一声把当作教鞭的毛笔摔在桌子上。

"我已经一笔一画地写了很长时间了……"田中辩解道。

"胡说！"李徵的声音陡升，"你不愿意学，我还不愿教呢！"

田中惊愕地看着李徵，他还没见过李徵发这么大的脾气。这么多年，还没有人如此严厉地训斥过他。田中突然从李徵脸部的某个神态里——是严厉的目光，紧绷的嘴角，还是高傲的举止，回忆起了他早逝的父亲……记忆里，只有早逝的父亲曾经如此严厉地对待过他。想到这里，田中的鼻子竟然猛地一涩，他低下头，咬着牙说：

"我错了，请你原谅。"

李徵长吁一口气，字字句句地说："行之非艰，而知之惟艰啊。"

看见田中一脸茫然，他翻译了一下："做什么事情之前，必须先解决认识问题。今天，开始完整地写'永'字，写一百个！"

"一百个？"

李徵没有回答，只是平静闲淡地看着他。

"是。"田中大声回答，"一百个！"

六

李徵知道田中的确是喜爱中国书法,但他不相信田中会持之以恒。几个月的时间里,李徵有意把书法讲得既玄妙深奥而又冷僻生涩,并且一直要求田中一百个撇一百个捺地练习,刻意在田中面前垒起层层高墙挖出道道壕沟。他在等待田中的倦怠和放弃,他相信会有这样的结果。但是,这样的结果非但没有到来,到是另外一件事情的发生,使得李徵决定认真地向田中讲授书法。

守备队的一匹战马受了惊吓,窜进了镇西老耿家的包米地里。农民拿庄稼当自己家的老人一样伺候,又赶上包米眼瞅着拔穗,老耿急眼了,抡起锄头就打,结果在马屁股上划了一道血痕。这日本战马比本地耕地拉磨的骡马,要高出一个头来。日本人生得大多矮小,可骑上高大的战马,就陡然高耸威风起来。这匹战马是一个曹长的坐骑,曹长一看战马伤了,当即用马鞭把老耿抽了一顿,然后把他绑上,拖到了守备队,捆在门口示众。老耿的母亲和老婆吓得跑到守备队门口,跪地求情,招来了不少老百姓围观。这场面让李徵看见了,讲课前,他把这件事跟田中讲了。

田中没有说话,径直来到了守备队门口。

李徵站在窗前,透过贴着米字纸条的玻璃,看见门口的人群闪出一条通道,田中快步来到曹长和老耿旁边。田中先是粗声大气地跟曹长说了一通日语,然后亲手解下了老耿身上的绳索。

"马踩了你的庄稼,马错了;你打了皇军的战马,你错了;这个太君打了你,这个太君错了。你们三个都错了。"田中对鼻青脸肿的老耿说,"如果你不打战马,而是到我这里告状,我会赔偿你的庄稼——加倍地赔偿你的庄稼,但是,你打伤了皇军的战马,所以我就不能赔偿你啦。现在是这个太君又打伤了你。他是马的主人,本来他是受害者,但是他打了你,他就不是受害者了。"

"因为我是他的长官,我也有责任,所以,我向你道歉。"田中说着,向老耿深深鞠了一躬。

直起身后,他抓过老耿的胳膊,把他拖到曹长面前:"他打了你,你也应该打他。现在我请你,打他一个耳光。"

"那哪成,那哪成……"老耿急得直拽胳膊,身子往后畏缩。

田中转过身,面对比他又高又壮的曹长,朝上抡起胳膊,啪地给了他一个大耳光。

曹长脚跟一碰,下巴抵着胸口,"哈依"一声。

田中对老耿和周围围观的百姓说:"这件事结束了,老乡们回家吧。"

老耿和家人连连点头,围观的众人嗡然赞许,有几个人还拍着巴掌鼓了几下掌。

李徵看见田中往回走了,赶紧坐回到皮椅子里,闭上眼睛。

田中回来后,李徵并不睁眼瞅他,依旧做着闭目养神状。田中兀自坐下,按照李徵的要求继续在写"永"字的某一部分,写着写着,突然问道:"中国古代有个大胡子将军,他的战马踩着农民的麦苗了,他就割下头发,号令三军遵守纪律……这个将军是谁呢?"

李徵微微睁开眼,面无表情地说:"那是《三国》里的曹操曹丞相。"

"我怎么记得是……张什么呢?"

李徵没有理会他的话,一字一句地说:

"从今天起,我开始教你一种字体。"

李徵端坐在写字台前,身正腰直:"你不是喜欢中国书法吗?那我就跟你讲讲中国的书法。中华民族有着五千年的文明史,是世界文明发源最早的国家,与古代埃及、印度、巴比伦并称为四大文明古国——这是举世公认的事实。唐诗、宋词、元曲、水墨、园林……这个民族啊,创造了无数的艺术形式,书法艺术只不过是其中一个小小的支流,但是,就是这么一个支流,也就够我们终其一生孜孜以求了。"

李徵跷起小拇指,形容了一下,然后伸出长长的胳膊,在空中画了一个圆圈:"就说书法吧,篆隶楷行草五大书体各领风骚,各种风格流派争奇斗艳。中国的书法艺术就是一座高山,我们怎么进入呢?——所以说嘛,学习书法就必须临帖。帖,就是拐杖。不临帖,就像盲人走夜路。今天,我们就开始讲讲字帖。"

田中马上来了精神,拿出一个小本子,端端正正地坐在写字台的侧面。

"古人说,学书先学颜。颜者,颜真卿也。他的书法,综合百家之长而又锐意创新,别开生面,自成大家,对后世影响极大,世称颜体。我们在学习颜体之前,得先了解一下他的生平。"李徵讲授颜体,既深思熟虑,又准备充分,"颜真卿,唐朝长安人,字清臣,祖籍山东临沂,出身书香世家,是颜之推的五世孙……"

田中举起了右手,神情就是一个怯怯的小学生。

"有什么问题?"李徵对田中的态度非常满意。

"颜之推是谁啊?"

"颜之推是北齐的文学家,有《颜氏家训》传世,以儒家思想为立身治家之道……"

"《颜氏家训》是什么啊?"田中又一次举起了手。

李徵皱了皱眉头,沉吟片刻,缓缓地说:"我前面说过了,中华文明博大精深,如果我们东一耙子西一笤帚地讲,我就是讲五十年,你就是学一百年,到头来还是两手空空。学习学习,必须静心沉气,切忌驳杂浮泛。面对一座大山,我们现在就是要老老实实地踩着一条路

走,一步一步地往大山里走……我刚才讲到哪儿了?"

田中低头看看小本子,轻声提示道:"颜真卿是颜之推的五世孙……"

"他是开元年间进士,任殿中侍御史,后被奸贼杨国忠排斥,出任平原太守,世称颜平原。安禄山叛乱时——安禄山你知道吗?不知道以后再讲,你记得这是一个奸贼就得了——颜真卿起兵抵抗,周围十七郡响应,他被推为盟主,合兵二十万,使叛军不敢急攻潼关。入京后,历任工部尚书、吏部尚书、太子太师,被封为鲁郡公,世又称颜鲁公。德宗时——大约过了二十多年吧,李希烈叛乱——这也是一个奸贼,他奉命前去劝谕。当时颜鲁公已经七十七岁啦,在叛军面前申明大义,坚贞不屈,最后在河南的一座寺庙里被叛军吊死……"

李徵说到这里,念及颜鲁公一生刚正忠烈却历经坎坷,眼眶一热,嗓子竟哽咽起来,他赶紧把头转向窗外……

田中默默地倒了一杯水,放在李徵的面前。其实,每一次看到李徵消瘦的面孔、疲弱的身材,田中的内心就有一种同情甚至怜悯,但是,一旦讲起书法,李徵又是那样让人敬佩甚至羡慕。来到中国这么多年,田中见到的大多是贫穷蒙昧、逆来顺受的普通百姓,而现在,在这个中国人身上,他明确地感到了一种深厚而坚实的东西。最让他不可思议的是,这个平时神情黯淡、身形迟钝而佝偻的老人，一旦讲到书法就变得精神矍铄、目光炯炯且腰杆挺直……这使得田中更加相信，中国书法里一定有一种神秘而伟大的力量。

李徵感到自己平静下来了，哑着嗓子说："我为什么要讲他的人生经历呢？我要让你明白，做一个杰出的书法家，必须要像颜鲁公一样具有伟大的人格。人生一世，不论是种田，还是做工，不论是学生，还是为官，不论是持枪，还是执笔，最要紧的，就是做人！"

讲着讲着，李徵不由得站了起来，激动地在屋子里来回溜达，而且一边溜达一边慷慨激昂地阐述着："书者，心画也。文如其人，字如其人。颜鲁公为人正派，所以颜体端庄方正；颜鲁公做事仁义，所以颜体厚重肃穆……一个书法家的书品和他的人品是紧密相连的。书道就是人道，人道就是天道。怎么做人就怎么写字，写字之前，先得学习做人，所以学习颜体，首先要学习颜鲁公的做人。"

田中深受感动，慨然道："英雄都是一样的，他是我们大东亚共同的英雄。"

李徵觉得不对劲，又说不出来。过了一会儿，李徵细嚼慢咽地说："我写自己的名字，从来都用颜体。我这是时时提醒自己，要像颜鲁公一样生活。"

"我也要用颜体写自己的名字。"田中提出。

"好！"

秘密生活

李徵饱蘸浓墨，舒展大方地写下"田中敬治"四个字，然后郑重地对田中说：

"记住！这是我教你写的第一个字。"

李徵从据点回来，看到门口蹲着一个要饭的，穿着一件几乎看不出颜色的衣服，农田鞋的前面磨出了一个洞，露出了粉红色的大脚指头。要饭的一仰脸，显出调皮生动的神情，眨巴着一双黑白分明的大眼睛，露出红白分明的唇齿："行行好吧，我快饿死了，给口饭吧。"

李徵一伸手，抚弄了对方一下："臭小子，吓了我一跳。"

小三子来了，虽蓬头垢面，却目光炯炯。一进屋子，小三子从袖子里抽出一张纸，说："我们写了一个革命作品，你帮忙润色润色。"

李徵接过一看，一张皱皱巴巴的草纸上面，写满了歪歪扭扭的小字。

关东州，满洲国，家乡变成虎狼窝。
东西大道分南北，一伙人家分两拨。
关东州，杂税多，黎民百姓难生活。
满洲国，要出荷，拿了捐税卖了锅。
地主恶霸大老板，占房霸地活阎罗。
国兵劳工勤奉队，摊上不死差不多。

警察小鬼到处串，狗腿夜游追随着。

不幸落入虎狼口，蹲监坐牢命难活。

"生动活泼，挺好。"李徵一看，革命作品原来是一个顺口溜。他夸奖了一句，提笔改了两个错别字，把一个韵脚推敲了一下，又给顺口溜加了一个标题——《咱们的日子怎么过》。

小三子给舅母带来了几个山核桃，他砸开核桃，取出仁儿，放在炕沿儿上。趁着舅母吃核桃，小三子把李徵拉到另一间屋子，放下门帘。

"舅舅，我不说，你也知道我们是干什么的。"小三子拍拍腰间，腰里发出硬邦邦的声音。

看着李徵懵懂的神情，小三子掀了一下衣襟，露了一下腰里别着的一个黑黢黢的物件。

李徵愣了一下，没看清。

小三子把那个东西抽出大半儿，让李徵瞧。李徵一看，面前竟然是一把黑亮黑亮的大驳壳枪。李徵还是第一次如此近距离地看见武器。他在据点里看到过，都是当官的身上才挂这么一个家伙。

"快收好，快收好。"对武器，李徵有一种本能的拒斥。

小三子索性把大驳壳枪整个儿抽出来，攥在手里，在半空挥动一下，狠狠地说："舅舅，小日本歹毒着呐，

他们先是占了大连,然后占了东北,接着占了华北……他们步步紧逼,吃着锅里的望着盆里的,就是要把咱们中国往火坑里推啊!小鬼子的最终目的,不仅是要灭我们的国,更是要灭我们的种啊!现在,连学校里的老师都是日本人了,孩子们讲着一嘴'协和语',慢慢地,他们让中国人都成了皇民、州民……一句话,这小鬼子的最后目的就是消灭咱们几千年的文明啊!"

真是士别三日啊,李徵觉得先前笨嘴拙舌的小三子开始有了见地。可这时,他却偏偏想起了据点里那个迷恋中国书法的鬼子兵队长。

"小三子啊,那个大靴子知道你上山啦?"李徵心里总惦着这件事,担心地问。

"大靴子?"

"就是那个崔长德啊,他说他跟你还是同学呢。"

"呸,谁跟这种人同学。"小三子一脸轻蔑,"舅舅,你放心,这些二狗子都是墙头草,他要是敢出卖我们,我就一枪把他敲了。"

小三子一收腹,把驳壳枪掖了回去,压低声音:"舅啊,国家有难的时候,我们该怎么办哪?!"

"国家兴亡,匹夫有责!"李徵掷地有声。

小三子郑重地说:"有一件要事,我们需要你帮忙。"

"只要对你们有益,老夫我在所不辞!"李徵身子一挺,坦然道。

小三子满意地点点头,走到门边听听院里的动静,然后低声说:"小鬼子的讨伐队不断进山,兵力紧张,经常从守备队抽调兵力去增援,我们现在想掌握一下据点里的情况。"

"我怎么能了解这些情况呢?"李徽迷惑道。

"你不是常去据点吗?"

"隔个十天八天,那个田、田鬼子就会派人来接我。"

"对啊,你就要利用这个有利条件,争取经常去据点,掌握一下鬼子的人数,还有炮楼子里的武器装备,尤其是鬼子的出发日期……"

"我前天还去了据点,我估计下次过去,怎么也得五六天以后。"

"不行啊舅舅,最近鬼子又要有行动了——大行动呢,我们必须在这一两天摸到准确的情报。"小三子焦急地说,"所以说,从明天开始,你要天天去据点侦察。"

"我怎么去?!我可不那么下作,他们不来接我,我自己就颠儿颠儿地去?"

"舅啊,你老怎么这样想不开啊?你说是抗战的事情重要,还是你个人的脸面重要?"小三子更加焦急了,"你心里得记住,你这是为抗战做贡献,为民族出力啊。"

七

这是李徵第一次只身来到据点。

田中从码头上匆匆赶来。李徵这还是第一次看见田中一身戎装:一身笔挺的土黄色军装,戴着战斗帽,脚上穿着一双铿锵黑亮的皮靴,手上戴着洁白的手套,走路的时候,总是用左手扶着腰间斜挂的一把稍长的战刀。天有点儿热了,田中仍然系着风纪扣,领口浸着汗渍。

"李先生,你怎么来了?"李徵不请自到,让田中颇感意外。

李徵早已准备好了腹稿,这一路上他都在复习,所以现在他已经比较从容和镇定了:"你的'永字八法'已经练得差不多了,对中国书法也有了一个初步的认识,我琢磨着,现在你应该趁热打铁啦。这个笔法、结构和布局啦,我也都该讲讲啦。学字啊,学到紧要处,必须天天练习、日日动笔。我为你计划好了,我写一些字,让你每天都临临。"

"谢谢李先生。"田中脸上显出一丝感动。

李徵准备写一篇范文,这个想法一出现,他的脑海即刻便风起云涌。秦汉文章、唐诗宋词……他的记忆里涌现出无数千古吟咏的不朽作品,或豪迈磅礴金戈铁马,或婉约低回小桥流水。当然,李徵知道自己该选择什么

汉　奸

样的作品，他已经把范围缩小到苏轼的《江城子》、辛稼轩的《破阵子》、岳飞的《满江红》、陆游的《鹧鸪天》和范仲淹的《岳阳楼记》了。他反复掂量，太短了不好，太长了不行，流于直白不妥，过于艰涩不当……掂量来掂量去，最后，他还是选取了一篇简约而又颇有意味的短文——周敦颐的《爱莲说》。

"水陆草木之花，可爱者甚蕃。晋陶渊明独爱菊；自李唐来，世人甚爱牡丹；予独爱莲之出淤泥而不染……"一百多字的短文，李徵以整齐的颜体一气呵成，并在结尾处斟字酌句地加上了"李徵录濂溪先生《爱莲说》以自励乙酉年夏"。每一个字都写得有小孩拳头大小，雄健饱满，元气淋漓。

写毕，李徵又检视了一遍，这才抬起头来，问："你知道'程门立雪'的故事吗？"

田中摇摇头。

于是，李徵就扼要地说："北宋有一个学者杨时，四十岁了，但依然虚心求学，有一天他拜访当时的理学大师程颐，正赶上程颐在家睡觉，杨时便在门前恭候，这时下起了大雪，很快积雪已有一尺多厚了，于是杨时好学的精神感动了程颐……这就是'程门立雪'的故事。"

"你知道我为什么讲这个故事吗？"

"我明白，先生的意思是要我尊重老师，认真学习。"田中心里有点儿得意，解下了腰间的战刀，敞开了领口。

他觉得这个故事和他知道并实施过的"诸葛亮三顾茅庐"有点儿相像呢。

"你只说对了一部分。"

"那剩下的那一部分呢?"

"那需要你自己去感受了。"李徵沉吟片刻,接着指着《爱莲说》,说:"这个杨时求拜的程颐的老师,就是这个周敦颐,又称为濂溪先生。"

考虑到田中的古文能力,为了加深对文章的理解,李徵又用白话把全文翻译了一遍,并着重指出,临写《爱莲说》,就要充分理解文章的精髓,并且要带着充沛的感情,带着对古代仁人志士的敬仰。然后,李徵让田中坐到皮椅上,按照他的要求,先临写一遍。

安定了田中,李徵上厕所。借此机会,他开始留意起周围的一切。

——院子里停放着城子疃唯一的一台卡车,前盖张开着,两个士兵撅着屁股扎在里面,叮叮当当地修理……准备出行了?

——挨着炮楼子,有一个地窖,两个士兵和一条抖着红舌头的狼狗守卫着……地窖里是什么?

——马厩外面,几个人在换马掌……是不是有任务了?

炮楼子后面有一排低矮的瓦房,里面是厕所,外面是水房,水槽子上面的木架上摆放着牙缸。牙缸是土黄色的，一溜整齐地排开，把手朝外，立在那里就像一列正在掐腰操练的日本兵，而且每一个上面都写着名字。从汉语去理解，既有福田、铃木、小松这样还算顺溜的姓名，也有君冢、马面、大手这样不伦不类的名字。李徵上厕所的时候，牙缸的排列和牙缸上面的名字，都给了他强烈的印象。他站在那里看了一会儿，突然想到，记住牙缸的个数，不就记住了鬼子的人数吗？……李徵的心跳骤然加速，他一面压抑着激烈的心跳，一面快速地清点牙缸——从左至右一遍，从右至左再一遍。

顺着这个思路，他又留意起了院子里的马匹。李徵默记着牙缸数和马匹数，并且把数字小心地埋在心底。他觉得自己差不多完成任务啦，而且是如此的神不知鬼不觉。他暗自狂喜，几乎腾云驾雾飘了起来，一飘进办公室，看到埋头写字的田中，李徵想着应该把田中这只'牙缸'也加进去，如果加上田中是多少呢？这时李徵感到正在内心幸福飞翔的风筝一下子断线了——他忘了牙缸是26只呢还是28只了。

26和28这两个数字迅速而有力地撕扯着他，就像两条腿必须要走两条相反的路。李徵恨不得马上跑回水房数个究竟。他对自己的表现非常失望，甚至有点儿窝囊和恼怒。他几乎是气鼓鼓地说："从明天开始，我每天过来，开始讲一讲颜体的笔法和结构。"

"哦。"田中脸上闪露出不加掩饰的欣喜，但瞬间

之后,却神情为难起来。

"哪怕一天讲一小会儿……"李徵商量道。

"明天……"田中踌躇着,"明天我要出去执行任务了。"

"执行任务?"李徵心里猛地一揪,脸颊顿时通红。

田中正低着头揣摩李徵要求的中锋行笔,没有觉察他的异样。

过了一会儿,李徵淡然问道:"什么时候能回来呢?"

"说不准,要看任务完成得怎么样。不过,我会把先生的这篇范文带在身边,每天体会和学习。"田中表示道,"完成任务回来,我马上派人请你。"

田中说罢,突然开始直怔怔地盯着李徵。李徵让田中看得有点儿发毛,心里扑腾扑腾地难受,信口说:"……这样也好,这样也好。"

"我——有一个请求。"田中神情拘谨,脸上甚至有点儿羞涩,"但是我已经很麻烦先生了,所以不好意思说出口啊。"

"说嘛。"李徵舒口气。

"是这样,你每一次讲课,都是我一个人在听,我一个人在学习,我觉得这样非常可惜。你想,如果听课的人多一点儿,那该有多好啊。"田中试探着李徵,目光在镜片后闪烁。

"直说无妨。"

"李先生,中国有句老话叫做文武双全,我想请先生为我的士兵们讲一讲书法……"

田中刚一张口,李徵马上摇头摆手,他觉得这个想法既得寸进尺又荒诞不经,他无法想象自己给全副武装的鬼子兵讲授书法会是一个什么场面,也无法想象一个个抄枪扛炮的手攥着毛笔会是什么景象。

"士兵们生活枯燥,你给讲讲中国书法,也能增进彼此的了解,消除一些不必要的误会……"田中试图劝说着。

李徵的眼前浮现出水房里整齐的牙缸,现在是田中把这些"牙缸"摆在他面前了,多好的机会啊……李徵心里豁然一亮,沉吟一下,说:"那么,就讲讲吧。"

田中想不到李徵这么爽快,高兴地说:"我先代表他们谢谢你啦。"

"那么,你快点儿召集……所有士兵吧。"李徵整理一下衣领,吩咐道。

"不行,今天不行。"田中站着没动,抱歉地说,"部队准备出征,今天不行,等我们回来,就开始讲课。"

李徵顿时悻悻起来,心下无限怅然,他甚至后悔刚才答应了田中的请求。

又过了一会儿,他觉得时辰间隔得差不多了,突然捂了捂腹部,嘟囔了一句:"我肚子不舒服,还得去方便一下。"

李徵刚转身,田中叫住了他,递给他几张卫生纸。李徵没反应过来,还想推辞呢,迟疑了一下,接过了卫生纸。

这时候,田中觉得李先生今天有点儿奇怪呢。

晚上,李徵按照小三子的吩咐,把他在据点里观察到的情况,详细地写在一张巴掌大的纸片上,折叠成窄窄的一条,塞在一截包米棒子的芯里,亲自送到了镇西关帝庙。

关帝庙早已墙壁坍颓,蓬草丛生。原来泥塑的关公威严庄重,右持书左拂须,现在却是灰头土面、缺臂断腿……按照小三子的吩咐,李徵把包米芯儿塞在关公的手心里。从关帝庙回来,掩上门,李徵突然发现自己浑身都湿透了。他以为外面下雨了,就伸出手,试了试外面的天气,没有雨,甚至没有风,抬头看看,满天星斗,明月高悬……李徵摇摇头,纳闷了一下,回屋睡觉去了。

八

轰隆一声,在寂静的暗夜里显得格外响亮,巨大的爆炸声似乎要把黑夜掀翻,紧跟着,就是密集的枪声。整个城子疃的人都被震醒了,在黑夜里瞪大着眼睛。人们醒了,却不敢掌灯,小孩子则吓得哭了起来,大人们马上用被子捂着孩子和哭声,默默地揣测和等待可能到来的各种厄运……枪声越来越乱,但却始终聚集在一个方向,于是胆子大点儿的人便披衣下床,夜猫子一样攀墙登梯,爬上屋顶。人们先是趴着,探着脑袋,后来看到每一家的屋顶上都是人影绰绰,索性就站起来,并且尽可能站到更高的地方,伸长脖子,远远地眺望那据点方向不断升腾的壮丽景象。

枪声是从据点传来的,疾风暴雨地响了一夜。先是一个空前绝后的巨大爆炸,再是密密麻麻的枪声,接着是一连串轰隆轰隆的爆炸,跟着据点就开始起火了。先是瞭望棚着了,于是炮楼子就像一把火炬,后来这把火炬把整个码头点燃了……伴随着不断的爆炸和枪声,码头方向的夜空被煮得红彤彤地熟啦。

没有人能详尽地描绘那天晚上城子瞳发生的战斗,但是把所有的描绘与传说连接在一起,我们看到的是这样一幅激烈的场景:

田中带着守备队的大部分士兵随讨伐队进山了,抗日武装来了个"围魏救赵"。他们把据点里的情况摸清了——剩下的日本鬼子大多住在炮楼子里,码头上有值班的鬼子和二狗子。抗日武装先把电线割了,据点成了哑巴和瞎子,然后兵分两路,大部队把炮楼子团团围住,小部队则收拾了码头上的鬼子和二狗子。码头上的战斗很快就结束了,日本鬼子死了,二狗子降了。抗日武装

早就掐算好了天气，算定了这天晚上准起大风，于是又来了个"诸葛亮借东风"，用弓箭蘸着火油，射到炮楼子上面的瞭望棚上。瞭望棚是木头和干草搭建的，于是炮楼子呼呼啦啦就着火啦。日本鬼子躲在炮楼子的下面，一边扑火，一边拼死抵抗。这边的抗日武装则带来了一大溜马车，把码头上能装的都装走了，装不完和装不走的，一把火烧啦……天亮了，田中和他的上司带着更多的部队回来了，看到的是烧了半截子的炮楼子和烟熏火燎的黑色码头。

抗日武装撤退前，在镇中大街张贴了几条宣传标语——"抗战必胜""打倒日本帝国主义"和"胜利属于中国人民"，又沿街撒了不少传单。李徽捡回一张，回家一看，竟是被他改过的那篇顺口溜——《咱们的日子怎么过》，蜡版刻印的，字迹欠工，还有点儿模糊。

一整天，城子疃始终浮动着一股烧焦的煳味儿，而城子疃的老百姓，几乎每个人的眼睛都因为熬夜而布满了血丝，而且每一双布满血丝的眼睛里都透着兴奋与喜悦。

日本人说这一伙抗日武装是从北边摩天岭上下来的，于是田中的上司率领着更大规模的讨伐队进山了。多少天以后，讨伐队回来了，声称取得了大大的胜利。他们把九个血肉模糊的人头挑在竹竿子上，先是在城子疃展览，以后则挨个村巡游……只是有心人嘀咕道，那些人头不全是山上人的，至少有三个人头是年初就展览过的,其中一个是这一带有名的土匪孙大头的——孙大头的鼻翼上有一粒包米粒大小的黑痣,痣上还生着长长的黑毛。

连续多少天了,李徵始终感到一种隐隐的不安。

星期天,他早早地便穿戴停当,坐在屋子里等着大靴子来敲门。左等右等,大靴子还是没来。李徵出门望了几次,后来索性拉开门闩,敞着大门,等着。

过了晌午,大靴子终于来了,却只是一个人来的。

大靴子带来了一个牛皮纸的大信封。信封里是田中临摹的一叠《爱莲说》,还有一张田中用钢笔书写的便条。

李先生台鉴:

  我近日军务繁忙,加之特殊的原因,我已经不能保证学习书法的时间了,原来决定的为士兵讲课的计划,也得中止了,敬请先生宽恕。但是,我却牢记了先生教诲,每天睡觉前,不管多晚,一定临写几行字。我把最近写完的作业,送呈先生,望指教。

        田中敬治 敬上

李徵疑虑重重:"他真的就那么忙吗?"

李徵的问话就像拔掉了一个瓶塞,大靴子的话既啰里啰唆又没有主次:"谁说中国人坏,日本人也一样互相捣鬼,上回田中队长打了那个曹长一个耳光,那家伙就给上级打小报告,说田中队长不务正业,这不,正好赶上据点被烧了,上周,大连来了一个副司令视察,嚯,那叫一个气势啊,三辆鳖盖子瓦亮瓦亮,摩托车开道前面架着机枪。日本人是官大一级压死人,见了面就是一个大脸蛋子,把田中队长的眼镜都打飞了……日本人怎么这德性呢,动不动就是一个脸蛋子。"大靴子说罢,不由自主地摸摸自己的脸蛋。

李徽实在不愿意大靴子这样的人待在自己家里,就说:"你先回去吧,下周你来,把我批改好的书法拿回去。"

看得出来,田中的毛笔字写得非常认真,只是有些字点画失当、结构别扭,就像一个不胜酒力的醉汉。李徽为无法就用笔、运腕等具体环节进行现场指导而感到遗憾,于是,他便在田中临写的《爱莲说》的字里行间,用蝇头小楷,像绣花一样,对每一个字的优劣成败做了评点,并就结字过程中的疏密、聚散、俯仰、向背、大小、主次和提按等关系,有针对性地做了阐释。

如此这般,几遍以后,李徽便感到了田中的明显进步。用进步神速来形容田中,是一点儿不为过的。一篇比一篇好,一页比一页好,甚至每一页的后半部分都要比前半部分还好,粗粗一看,还真的看不出是一个初习者的手笔哩。李徽看着田中的字,心里不禁得意起来——他是看着这棵小苗破土成长的啊。

李微觉得该表扬表扬田中了。他翻箱倒柜地找出小半瓶红墨水,他把他认为写得不错的字,一一画上红圈。这是李微多少年前做老师时的习惯,也是更多年前他写字时经常得到的最高奖赏。一百一十九个字的《爱莲说》——现在李微对该文几乎是倒背如流了,他一共圈点了十九个字。

最后李微的笔停顿在他自己的名字上面——他在《爱莲说》的结尾处写着"李微录濂溪先生《爱莲说》以自励乙酉年夏"的句子,田中临写的"李微"两个字,与李微的手书甚为相像。这两个字,简直是通篇里临写得最好的两个字了。

举贤不避亲嘛,李微在自己的名字上面,又表扬了田中两个红圈。

没有了当面指教,但是李微每个星期都能批改田中的作业。现在,田中已经不满足于临写《爱莲说》了,他在信中请求李微再给他写一篇范文。李微暗自思忖,这次选取作品,在立意上一定要超出《爱莲说》,而且篇幅可以考虑长一点儿。这天晚上,李微正在琢磨选文事宜呢,突然有人敲门,而登门的竟是三天前才来过的大靴子。大靴子跟报丧一样灰着脸,说田中请他去一趟。

李微从来没有晚上去过据点,而且除了打探情报的那一次,每次去据点,他都严格遵循着他的"四点要求"。

今天大靴子独自前来,加之神情黯然,让李徵心里顿生猜疑。

李徵平静的心绪重新忐忑起来,他看了一眼日历牌——1945年8月15日,星期三。

确实不是星期天。

九

一个多月不见面,田中一下子瘦了下去,双颊深陷,唇间还留起了稀稀落落的胡须,眼镜显得宽松阔大,整个人就像躲在镜片后面。屋子里闷热,田中依然穿着军服,甚至还系着领口,只是一身的军装不似上回那样笔挺。屋子里变得空空荡荡,多宝格上的古玩和字画也不见了——这让李徵心里陡然怅惘起来。写字台上收拾得干干净净,偌大的台面上,摆着几个开启的罐头、一碟生花生、两瓶本地烧酒和两个酒盅。

"我们……"刚见面,田中双目低垂,眼圈发红,像一个犯了错误的小学生,"我们……被美国的原子弹打败了。"

原子弹?李徵不知道什么是原子弹,但是能把小鬼子打败的东西,一定是比小三子他们更厉害的东西,但是接下来他听到的话,却如同一个爆炸,差点儿掀翻了李徵。

"我们终战了,战争结束了,明天我们就去大连集中了……今天是我在城子疃的最后一个晚上,我请先生喝酒,跟先生告别。"田中低着头,眼镜悬在鼻尖上。

终战?结束?战争结束了?城子疃的战争结束了,还是在大连的战争结束了?难道是东北的战争结束了?……李徽一时间无法理解和消化这个消息。他突然想到,刚才进据点时,院子里的人不似平日那样有条不紊,显得匆忙而慌乱,而且空气里也飘忽着一股烧纸的味道。

"什么是终战?"李徽迟疑地问。

"终战……就是战争结束。"田中也有点儿迟疑。

李徽茫然地说:"结束?说结束,就结束了啊。"

"全结束了,东北的、华北的、台湾的、朝鲜的、马来半岛的、吕宋群岛的……统统结束了!"田中拧着眉头,先给李徽斟满酒,又给自己倒上。

"第一杯酒,我敬先生。"田中站起来,双手捏起酒盅,"感谢先生的教诲。"

一杯苦辣辣的烧酒进肚,嗖地一下把肠子烫热了。几年没有饮酒了,一杯酒下肚,整个身体如同荒草野地里钻进了一条火蛇。这条火蛇钻进肠子,钻进胃口,钻到后背,钻到胳膊……浑身乱窜的火蛇几乎把李徽点燃啦。

"这第二杯酒,让我们为这场战争的结束喝一杯吧。"田中紧绷着嘴,极力压抑着心里复杂的情绪,脸上也没有了往日的平和。

两个酒盅轻轻一触,当的一声。田中把酒盅端到嘴边，感叹道："终战，也是失败啊。"

又一杯苦辣辣的烧酒，火蛇爬行的速度更快了。李徵又一次问自己，战争为什么结束？因为日本终战了。终战就是战败，而且是日本战败了，那么战争就结束了？！……这是一个李徵到现在为止都不敢相信的事实。他咬了咬自己的舌头，用力重了点儿，痛得满嘴口水。

两杯酒下肚，田中的脸庞红润起来，表情也松弛了许多，盯着自己的全家照片，说话也有点儿喃喃自语了："我终于可以回家了，知道吗？为了回家，我甚至希望自己负伤，丢一只胳膊，甚至断一条腿……现在好了，战争结束了，我终于可以回家了。你知道我的本行吗？我是一名建筑师，建设才是我的本行，而军人对我就是一个角色，我不喜欢这个角色，但是从我来到中国的那一天起，我就在扮演这个角色……战争结束了，我的角色也结束了。"

李徵并未听进田中的话，他也没有办法听进去。他一直沉浸在一种朦胧而强烈的气氛里，战争结束了？！战争真的结束了？！李徵深吮了一口烧酒。高度的烧酒像一个壮汉举着火把，在李徵羸弱逼仄的身体里不停地奔跑跳跃……李徵想，我也该回敬一杯酒了。

"田中先生，今天，请允许我按照我们中国人的习惯称谓，叫你一声小田吧。"李徵斟字酌句地说，"实话说，我讨厌战争，我也讨厌日本军队，但是你跟他们不一样。你会汉语,喜欢中国书法,了解中国的历史文化,举止端庄,彬彬有礼,我看你简直就是我们中国的知识分子啊!我们俩,都不是舞枪弄棒的人,战争对我们,都是一场灾难。我们没有办法远离这场战争,是我们人生的不幸……现在好了,我们是战争的幸存者,我们活着看到了战争的结束,这是不幸中的万幸啊!所以战争结束了,最该高兴的,就是我们这样的人啊!"

李徽说到这里,眼圈倏地一热,他赶紧低下头,抓过酒杯,吱溜一声,长饮一杯。

田中不住地点头,跟着也喝了一杯。

这时灯泡发出吱啦吱啦的声音,灯光闪烁了几下,又恢复了正常。

"我知道你们生活艰苦,这些罐头和衣物,希望你别介意。"田中指了指一个早已准备好的纸壳箱子。箱子里有几件衣物和几个罐头。

"不。"李徽一挥手,大声说,"我们中国有句老话,'君子之交淡如水',我们之间不讲这个。"

"我会永远怀念你的,我会坚持临摹先生的《爱莲说》,我一定要写得像先生一样出色。"

"好,做人就是要有这股劲头!"李徽赞赏道。说罢,两个人又干了一杯酒。

日本人打中国人,中国人打中国人,还有的中国人帮着日本人打中国人……李徽不知道战争能不能结束,

更不知道战争什么时候结束。他总是听说国军如何奋勇，可是国土却在一天一天地沦陷，他怀疑节节败退的国军能收复失地，也不敢指望山上衣不蔽体食不果腹的抗日武装能光复山河，更不相信喝符念咒的大刀会红枪帮能赶走日本鬼子。可今天，突然一下子，战争结束了，日本战败了……而且在这样一个平淡无奇的夏夜，在一个他毫无准备的心情里。

战争结束了，小贤该回来了，自己又可以回到学校做教师了，该领妻子去大连看看医生了，如果愿意，可以天天吃米吃面吃鱼吃肉吃饺子吃包子了……李徵开心地想。

"我送你一幅字吧。"李徵浑身血气畅通，一下子来了兴致。

"嗳，嗳。"田中忙不迭地答应着，立刻从行李里取出笔墨纸砚。

渭城朝雨浥轻尘，
客舍青青柳色新。
劝君更尽一杯酒，
西出阳关无故人。
——李徵酒酣录王维送元二使安西赠
田中小友 时在乙酉盛暑

李徵几乎不假思索，随手就写下了王维的这首七言绝句，而且是用自己最喜爱的草书。通篇一气呵成，神融笔畅，飘逸飞动。李徵仄着头，左看右瞅，他得防止出现什么笔误了。

写完了这首七绝，李徵手里的毛笔却舍不得放下。愉快的心情，加上酒精的作用，使得他的心里充溢着继续挥毫的欲望。他想起了写字台上摆过一幅照片，照片上有一个拿着玩具枪的小男孩。

"我再给令郎写一幅字吧。"他说。

"羚羊？"

"令郎——令郎就是你的儿子嘛。"李徵的兴致丝毫不减，"孩子叫什么名字啊？"

田中嘟囔了一句，说了一句日语，接着在纸上写下了孩子的名字："田中雅子"。

　　古人学问无遗力，
　　少壮功夫老始成。
　　纸上得来终觉浅，
　　绝知此事要躬行。
　　　　——李徵录陆放翁冬夜读书示子聿
　　送雅子小朋友

考虑到是写给幼童的，李徵这回是用行书完成的这首七言。写罢，李徵仄着头左看右瞅，他坚决不能再出现把"非"写作"岂"那样的错误了。不知是不是酒精的作用，他感到自己浑身的血气畅通，写起字来，毛笔就像长在手上一样游刃有余。这幅字不说是字字珠玑，却也神采飞扬，以至于他都想把这幅字留下来了。

李徵啊，什么时候变得如此小肚鸡肠啦。他在心里嘲弄自己，再说了，这幅字是要漂洋过海到日本去的，咱可不能给中国人丢脸啊。他好像看见了田中已经把他的作品装裱镶嵌了，高高地挂在墙上，周围无数的"和服"仰着脖子一边喳喳欣赏一边交耳私语……李徵突然想起来了，就在这间屋子里，他看到过一幅署名鹿门居士的草书，写得确实不错哩。鹿门是什么人呢？李徵扭头看了看多宝格，多宝格是空的。李徵隐约感到鹿门居士应该是一个有分量的人物。

灯泡又吱啦了几下，然后噗的一声灭了。田中马上点起了桌上的油灯，用手掌拢着灯光，俯下身子，专注地欣赏李徵的书法。

借着昏黄的灯光，李徵稳稳地盖上了印章。他又一次看到田中欣喜的目光，他又一次觉得这个日本人真的跟其他鬼子不一样哩。李徵今天特别想让别人分享他的喜悦，想了想自己又身无长物，他把印章上的红色印泥揩干净，掂在手心里，端详了一下，然后说：

"这个印章,不是什么上等石料,可也随了我十几年啦,今天送给你了,也算我们这一段学习生活的一个纪念……以后啊,见到我的印章,就想着我说的话,把字写好。"

田中腾地站起来,眼光盈盈,恭恭敬敬地伸出双手,接过印章。

"李先生,你跟我一起走吧。"田中捧着印章,猛然说道,灯光在他的镜片和铜扣子上醒目地跳跃。

"为什么?"

"我们走了,先生会难过的。"

李徽觉得田中怪怪的,你走了,我们高兴还来不及呢,怎么会难过呢。

"你跟我去大连吧,我在那里有几个中国朋友,你先在那里躲一躲。"

"躲一躲?我躲什么,我为什么躲?"李徽越听越糊涂了。

"你最好还是躲一躲。"田中坚持道。

"这是我的家乡,我们又不是战败者,战争结束了,我这把老骨头,还能为国家建设出点儿力呢。"

"不会那么简单的。"田中一副忧心忡忡的样子。

"战争结束了,我这把老骨头还能出点儿力呢。"李徽重复着,他觉得田中的酒喝多了。

"你怎么还不明白?!我们走了,你的麻烦就来了。"

"为什么啊？"

"为什么？就因为你和日本人来往啊。"

"和你来往，怎么就有麻烦了？"

"中国人恨日本人，更恨跟日本人来往的中国人，因为你和我来往，他们会清理你的。"

"谢谢你啦，小田，感谢你的一番好意，你不必替我担心，我不过是一介书生嘛。"

"他们一定会进行清算的。"田中更加着急了。

"清算也清算不到老朽身上啊。"一瓶烧酒已经见底儿了，另一瓶也喝了大半儿……酒逢知己千杯少啊，李徵暗自感慨，隐隐约约又觉得这句话不妥当。他有点儿头晕，像是浮游在空中，但是心里并不糊涂，他觉得田中确实喝多了。

"这里有一个东西，是我的父亲留给我的，送给你防身，留个纪念吧。"田中解开胸前的扣子，从内衣里取出一把手枪。手枪非常小，比手还小，小得不像一把枪，还配着精巧的皮套。皮套上插着几粒花生米大小的子弹，亮铮铮的。

"我这把老骨头，哪能用得上这个玩意儿。"李徵即刻把手枪推回去，这一刻，他突然想起了小三子腰里别的那个大家伙。

"实话告诉你吧，我有个外甥，是山上的……你知道山上是什么意思吗？"李徵朝北边虚指一下。

灯光随着李徵的动作，摇晃了一下。

"山上？！哦——山上，是一群真正的男人，我佩服！"田中收起了手枪，冲李徵竖起了大拇指，又为李徵斟满了酒。灯光把田中的脸映得通红发亮。

"你不能再喝啦。"李徵指点田中，"看你脸红的。"

"你也不能再喝啦。"田中劝慰李徵，"开始说酒话啦。"

"小田，不瞒你说。"李徵骄傲地看着田中，"我这个外甥啊，没念几天书，可在队伍上，好像还是个有头有脸的人物，他还向我打听过据点里的情况呢……你说，怎么会清算到老朽身上呢？"

"哦……"田中愣了一下，杯中的酒泼洒了一点儿。他旋即想起李徵最后一次来据点是不请自到，而且那一次李徵还在短短的时间里上了两次厕所，几天之后就是据点被袭码头被烧。

"这样，我就放心了。"田中把半杯酒一饮而尽。

在摇曳的灯光下，一只指甲大小的蟑螂沿着桌角爬行。田中一见，缓缓地拿起一根筷子——手势像写字一般，自上而下，迅捷有力地戳中蟑螂。蟑螂在筷子尖儿上挣扎着，卷曲的腿爪微微蠕动着……田中把蟑螂伸进火苗里，吱啦一声，灯光一下子瘪了起来，灯捻子颤抖着，蟑螂的身体噗噗地冒出了黑烟儿，同时散发出一股焦煳的气味。

李徵觉得田中真的喝大了,他皱着眉头,一把夺下田中的筷子。

煤油将尽,灯光跳了几下,哆哆嗦嗦地蔫了。这时,李徵猛然发现天已经亮了。在越来越模糊的灯光里,田中站了起来,正面李徵,深躬过膝,经久不起。

"李先生,我会怀念你的,你是我在中国最值得怀念的人。"

十

城子疃开始了连续的翻天覆地。

日本人一走,城子疃商会就张罗着成立了地方治安维持会。8月24日,轰轰隆隆的坦克来了,城子疃人还是第一次看见这么大的铁家伙。坦克里下来了苏联红军,城子疃人还是第一次看见这么大的鼻子。几天后,共产党的东北民主联军来了,宣布维持会是反动组织。又过几天,国民党的新六军来了……共产党和国民党都建立了自己的政权,苏联红军两边不得罪,于是,一场争夺城子疃的斗争在李徵大醉不醒的时候就已经展开了。

李徵不知道怎么跟田中分的手,也不知道自己怎么回的家。大醉一场就是大病一场,几天后,就在田中带着古玩字画包括李徵的书法,像从前的货物一样坐着大船回到他的祖国时,李徵依旧醉着,抱着空空的肚子,躺在城子疃坚硬的土炕上,面对着记忆里的一大片空白。这片空白就像一个陷阱,只是李徵不知道陷阱里装着什么。李徵躺在酒后的昏沉与疲惫里,不断地追问:我怎么醉了?我为什么醉了?我和谁醉了?

李徵看了看日历牌,1945年8月19日,星期天——怎么大靴子没来呢?这个念头一跳,立刻撬动了他木然板结的神经——噢,战争结束啦,日本鬼子跑啦,城子疃解放啦。

他一段一段地想起来了,是和田中一起喝的酒——而且他还称呼田中小田来着,是在据点里喝的,是在田中那里知道日本战败消息的,知道战败消息以后就开始喝酒,而且是高度的烧酒,这顿酒喝得高兴啊,高兴得把印章都慷慨相赠了——那可是跟随了自己几十年的私章啊……最后一定是喝大了,因为他怎么回的家,自己全然记不得了。但是,李徵相信自己是城子疃最早知道日本投降的人,所以他是城子疃最快乐的人,而且这一快乐,就是人醉几天啊。

可是,李徵却总觉得遗漏了点儿东西,这点儿东西既拽着他又硌着他,让他的快乐既有后顾之忧又如鲠在喉。他慢慢地清理这几天的事情,他感到这件事和据点、田中有点儿关系。他把那天晚上和田中一起喝酒的前后经过细细地梳理了一遍又一遍,回忆就像一条失去方向的河流,在昏昏沉沉的大脑里左冲右突地寻找记忆的河床。在多少次的自责和回忆之后，河流猛然之间陡立起来，如同棍子一样抽向李徽，他感到浑身的血液从脚下喷涌而上——鹿门居士不就是米芾吗？！

国宝啊！李徽啪地打了自己一个嘴巴，心里狠狠地说，该打！鹿门居士——那不是米芾先生的字号吗？！二王开路、颜筋柳骨、颠张狂素、苏黄米蔡……李徽啊李徽你真是有眼无珠啊！只想着嘲弄田中了，却眼睁睁地让一幅米芾大师的手迹从自己的手下溜走啦……一整天，李徽急速地陷入了更深的难过与自责，就像自己身上的肉被人硬生生地挖走了一块。

李徽一边谴责自己数典忘祖，一边希望那是一幅赝品，可是，他又控制不住地质问自己：若是真迹呢？若不是真迹又怎能让自己如此魂牵梦萦……不行！田中那里有中国的国宝，不能让他带回日本。

李徽决定去临时政府反映情况，抢救国宝。

烧成半截的炮楼子，脏不啦叽地待在那儿，像遗弃的半截烟头。原来守备队的驻地，现在成了临时政府和驻军的办公场所。临街的瓦房，挂着临时政府的简易木牌。李徽觉得有点儿别扭，好在原来的墙上的标语被涂掉了，上面更大更粗地写着"欢迎苏联红军 庆祝大连解放"的标语，明确无误地宣告改朝换代啦。

门口站着背枪的哨兵。李徽说明来意，哨兵便把他领进院里。走着走着,李徵发觉自己被带到了一间大瓦房跟前——这是原来田中敬治办公的那间大瓦房啊。

"这是我们团长。"哨兵介绍了一位高大汉子。

团长魁梧健壮,粗眉大眼,像一堵结实的山墙,虽然穿着一件粗布的白衬衫,敞着领口,却掩不住一身强烈的军人气质。李徵想知道团长是国民党新六军的,还是共产党的东北民主联军的,但又不好轻率开口。他看到团长锁骨下方有一条一寸多长的疤痕,紫色的,像一张紧闭的嘴,让人顿生敬意。

"敢问先生贵姓啊?"团长问道。

"免贵姓李,木子李,魏徵的徵——李徵。"

"哦——久仰久仰,俺正想登门拜访你呢。"

"惭愧,惭愧。"李徵懂得礼尚往来的道理,"敢问团长贵姓啊?"

"我姓秦,秦桧的秦。"秦团长摇着一把扇子,回答得很爽快。到底是一介武夫啊,李徵叹道,他不知道秦始皇吗。

"听团长的口音,是胶东人啊。"李徵的母亲是山东烟台人,听着团长一口地道的山东口音,顿觉亲切不已,尤其让他感到欣慰的是,团长的右上兜,还整整齐齐地别了两支钢笔。

"俺是山东牟平人。"秦团长话语铿锵。

"我们是正经老乡呢。"李徵喜滋滋地说。

"对,是老乡。"秦团长客气地说,但是脸上没有一丝笑容。

李徵打消了继续攀谈的念头,琢磨着怎么开口反映国宝的情况。

"听说你老是咱们这一方的秀才啊,写得一手好字,俺一个大老粗,很想跟你学习学习啊。"秦团长憨厚地说。

"哪里哪里,宁为百夫长,胜做一书生啊。"考虑到秦团长刚才提到秦桧了,李徵怕他产生误解,又说,"收复河山,安定社稷,靠的还是你们的枪杆子。"

"都说先生字写得好,你露两手,俺看看。"秦团长指了指桌子。桌子是田中用过的大写字台,只是台面上没有了笔墨纸砚什么的。

"没有准备啊。"

"我已经准备好了。"秦团长从抽屉里摸出笔墨。

笔是一支秃笔,笔头塌烂;纸也不是宣纸,是几张简便的公文纸……这是存心考我啊,李徵暗自思忖,提着笔问:"那我就在团长面前献个丑吧,团长喜欢什么风格的词儿啊?"

"先生你看呢?"

李徵想了一下,道:"拔剑平四海,横戈却万夫?"

秦团长摇了一下头。

"一身转战三千里,一剑曾当百万师?"

秦团长又摇了一下头。

"……厚德载物？宁静致远？高瞻远瞩？"李徽一连说了几个句子。

秦团长又连连摇了摇头，说："你就写写自己的名字吧。"

这叫什么书法，李徽顿时不悦，抬起的手欲放又止，考虑到团长是浴血奋战的抗日军人，心说，我就露一手让你瞧瞧吧。

李徽捋了捋头发，平心静气，运笔悬腕，在一张公文纸上电光石火地写下自己的名字。

秦团长探过头，看了看，咂吧了一下嘴，然后抬起头，问："这是什么写法？"

"这是草书。"

"你还会几种写法呢？"

李徽沉吟片刻，又拿过一张公文纸，龙飞凤舞地写下两个字，指点着说："这是行书。"

接着，他又拿过一张公文纸，穿针引线地写下两个字，指点着说："这是篆书。"

接着，他又拿过一张公文纸，抑扬顿挫地写下两个字，指点着说："这是隶书。"

接着，他又拿过一张公文纸，大刀阔斧地写下两个字，指点着说："这是魏碑。"

接着，他又拿过一张公文纸，四平八稳地写下两个字，指点着说："这是楷书。"

李徵啪地把毛笔放下，一拱手："见笑，见笑。"

秦团长却没笑，把李徵写的五张公文纸有意排列开来，又从桌上的皮包里取出一个文件夹，翻开，端详了一下，又拿过公文纸，注视着上面李徵的手迹。公文纸上面，写着一排各式各样的"李徵"，有站有立，有跑有跳。

秦团长把手里的文件夹递给李徵，说："嗯，有样东西，给你看一看。"

文件夹脏兮兮的，封面上有着明显的烟熏火燎的痕迹，依稀可见上面印着"大日本帝国关东州警察署公文书"，旁边还有一个大大的戳印，戳印里是"绝密"两个字。李徵知道这应该是日本人的东西，但是他不知道秦团长给他看这个干什么。

"翻开看看吧。"秦团长说。

李徵掀开半页，看见里面有几页纸张，而且是日文，就把文件夹推还秦团长："我不会日本话。"

"哎，你老人家帮帮忙嘛。"秦团长掀开其中一页，用手小心地抚平，放在李徵刚才写的名字旁边。李徵一看，团长摊开的页尾部分，赫然写着"李徵"两个毛笔字，工整的颜体，红枣大小，而且在"李徵"旁边，又有一方阴文的"李徵之印"的印章，方正鲜红——那不是自己赠送田中的印章吗？！

"你看这两个字，有什么区别？"秦团长指了指李徵自己写的楷体名字，又指指署名的"李徵"。

一样颜体，仅仅大小相异，像是自己的手迹……可是这是什么时候写的呢？李徵纳闷了，他凑到这两个字眼前，先是比了比，然后与"李徵"脸对脸地看了一会儿，摇摇头，说："这不是我的签名。"

"怎么会不是呢？"

李徵点着"徵"字上面的"山"，说：

"这一横不应方起圆收，所以不是我的签名。"

"你再看看，这是谁的签名？"秦团长翻开下一页。

李徵看去，公文书的下一页上，有着"田中敬治"的签名，虽是钢笔的签字，结构上却颇有颜体味道。在签字下面，有着一枚刻着"田中"两个字的阳文印章，雅致秀气。李徵不明白自己怎么会和田中的签字、印章在一本公文书里。

"你知道这上面写的什么吗？"

李徵盯着他，缓慢地摇摇头。

"我可以让你知道。"秦团长脸一沉，冲外面吼了一嗓子，"把翻译带进来。"

一个人急急忙忙地跑了进来，因为慌张，被门槛绊了一下，扑通一下摔在地上，然后龇牙咧嘴地站起来，冲着秦团长大声地"报告"。

虽然来人侧对着李徵，但他还是一眼就认出此人就是大靴子。大靴子没穿大靴子，却穿了一件不合体的军装,跟哨兵身上的颜色差不多。

秦团长用扇子指指文件夹,说:"你把内容再翻译一遍。"

"是。"大靴子捧起文件夹,一字一字地大声念道:

高级嘱托档案

姓名:李徵,男,生于光绪十一年(1885年)9月18日,已婚。

家庭成员:妻子王翰香,儿子李思贤。

家庭住址:关东州貔子窝民政署城子疃会。

职务:政治嘱托。

介绍人:田中敬治,男,生于大正元年(1912年)12月26日,已婚。

家庭成员:妻子樱庭美枝子,儿子田中雅子,女儿田中姬子。

家庭住址:日本国石川县金泽市秋月町3-25。

现任关东州警备司令部城子疃守备队队长。

本人李徵自愿加入大日本帝国关东州警察署特高课,自愿遵守组织纪律,履行组织义务,执行组织决定,保守组织机密,积极工作,为大东亚圣战竭智尽忠,鞠躬尽瘁。

……

宣誓人：李徵，昭和二十年3月4日。

介绍人：田中敬治，昭和二十年3月4日。

大靴子磕磕绊绊地念着文件的同时，秦团长一直乜斜着李徵。大靴子向秦团长补充道："文件后面，还有李徵加入特高课的申请、工作业绩，以及介绍人的评语……"

"政治嘱托？我是政治嘱托？什么是政治嘱托？"虽然一下子还不明白"政治嘱托"的确切含义，但是李徵还是感到此事非同寻常。

"政治嘱托就是汉奸，就是特务！"秦团长把扇子往桌子上使劲儿一拍。

"这是造谣诬陷！"李徵的声音有点儿抖动了。

"俺先告诉你，这个文件夹是怎么来的吧。"秦团长一字一板地说，"日本鬼子撤退前，烧毁了大量的绝密文件，这是我们的人，冒着生命危险，从敌人的火堆里抢救出来的。"

"这不是我的签字！"李徵努力在梳理这件事情的来龙去脉。

"铁证如山！不是你的字，会是谁的字？！"

"这是田中的字，是田中假冒的。"他突然明白了。

"你有什么证据证明是田中假冒的？"

"那田中的字是我教的，他的执笔方法我熟悉。"

"哦,你这是不打自招嘛。"秦团长揶揄道,又敲敲李徽的印章,"你怎么解释这个印章?这个印章也是假冒的?"

"这是我的……可是我不知道上面什么内容。"

"那你为什么在上面签名、盖印?"

"印章让我送给田中了。"李徽低声说,他现在觉得那一天确实是喝多了。

秦团长呼地站起来,把扇子啪地一摔,指斥李徽:"你说你是个什么玩意儿,啊,还亏了你是个读书人,我们在前线流血牺牲,把头别在裤腰上在跟小鬼子干,你在这里教鬼子写字,又是送礼又是题诗作画的,你说你不是汉奸是什么?!你当汉奸当特务,这是铁证如山!"

李徽觉得自己已经给逼进一个死地,他必须为自己辩护了:

"我跟日本人也有仇啊,我的女儿死了,老婆瞟了,儿子走了,我的工作也没有了,这些或多或少都跟日本人有关系,我能不恨日本人吗?……不错,我是教鬼子写字了,可那是被迫的,而且我教的是咱们中国字。日本人要亡我们的国,也要亡我们的汉字啊,所以说讲中国书法,不说是抗日,也不能说是汉奸卖国啊!再说了,我讲授的是咱们的传统文化,我让他学习的是咱们的国粹——我让他学习颜体,教他体味圣贤的气节;我让他临写《爱莲说》,教他感受做人的道理。你可别笑,这

汉　奸

汉字你看着小，可一撇一捺里，渗透的可都是做人的道理……我佩服你们扛枪拿炮的，用真家伙跟小鬼子干，我不行了，我年龄大了，可我李徵读了一辈子的书，我有知识，我有良心，我是在用自己特殊的方式为抗战出力啊！"

"哦，这么说，这个人还是抗日英雄啊？"秦团长冲大靴子打趣地说，随即哈哈大笑。旁边的大靴子也跟着笑。

"这才是真正的汉奸！"李徵指斥大靴子。

"是不是汉奸不是你说的，这个崔什么早就为我们收集情报了，经过我们的教育，开始有立功表现了。"秦团长威严地看着大靴子。

"我一定接受教育，认真改造。"大靴子感激得连连点头。

秦团长目光炯炯，直视李徵，咬牙切齿地说：

"为了掩盖你做汉奸的真相，你们精心设计谋划，每一次都要有专人押送、还上着刺刀，跟他妈演戏一样，整得像个民族英雄一样大义凛然，岂不知机关算尽太聪明反误了卿卿狗命！从今年3月4日开始，一直到今年8月15日，才短短的165天的时间里，你前前后后一共去了据点22次——第一次还是坐着鬼子的轿子去的，对不对？！最为恶劣的是，直到8月15日，日本鬼子已经宣布投降了，你还跟他们勾结在一起，为你的日本

主子送行,又是写字又是喝酒,一直整到天亮……人证物证俱在,你就是一个死心塌地的狗汉奸!"

屋子里静得难受,秦团长从这里感到力量的弥漫和延伸,而李徵则突然有了一种要被淹没和吞噬的感觉。

"有啦,有啦。"李徵猛然高声喊道,"有人证明我不是汉奸!"

"谁啊?"

"小三子!"

"小三子?"

"对!小三子是山上的,我向他提供过抗日情报。"

"小三子是谁?"

"小三子是我外甥,我是他舅舅,亲舅舅哩。"李徵觉得可以松口气了。

"他是哪一部分的?"

"他……"

"他叫什么名字?"

李徵一下子愣住了,是啊,小三子叫什么名字呢?怎么突然之间,竟然想不起他的名字了,他的名字还是自己起的呢……李徵觉得汗水呼啦一下子涌上额头。他几乎是在喃喃自语了:"他妈叫李毓,是我的亲姐姐啊……小三子叫什么来着了?什么来着了?"

大靴子凑到秦团长跟前,向他耳语了几声。

"小三子这个名字是你叫的吗?"秦团长大声呵斥

道,"我告诉你吧,他叫张、友、梅!"

李徵赶忙说:"对对对,小三子叫张友梅,他的名字还是我这个舅舅给起的呢,小三子兄妹三个,我按照岁寒三友的意思,分别取了友松、友竹和友梅三个名字,意思是希望——"

秦团长一挥手,打断了李徵的话:"虽然我和张友梅分属不同的阵营,但是我敬重他是一条抗日的汉子,可惜他年纪轻轻就为国捐躯了……"

"啊,小三子……死啦?!"

"怎么,亲舅舅的都不知道啊?"秦团长讥讽道,"下一次,找个喘气儿的人来做证吧。"

"有喘气儿的,可是眼瞎!"

"婢养的!"秦团长断喝,"张烈士在天之灵,也饶不了你这个狗汉奸!"

十一

时至今日,以下发生的事情依然有六七个版本。除了李徵确实被处以死刑之外,这些版本之间,彼此冲突之处甚多,有的甚至自相矛盾。对这些版本进行综合、比较,下面发生的场面可能最接近事实的真相。

李徵去临时政府反映情况之后,他就再也没有从那里出来……若干天之后,为了稳定社会、安定民心,临

时政府决定从重、从严、从快地处决一批证据确凿的恶霸汉奸。

第一批共处决三个人。第一个人是"满洲国"滨江省警察厅厅长薛子国。薛在普兰店当警察署署长期间,曾一次斩杀四名抗联战士,日本战败后,薛带着小老婆和若干细软潜回老家,第二天即被临时政府抓获;再一个是本地的大土匪范大杆子。范祸害乡里,与国民党和共产党的队伍均有血仇;最后一个,竟是李徵。

行刑前的晚上,政府特许三个即将"上路"的犯人理发、洗澡,于是理发师老朱得以目睹了临终前的李徵。

李徵跟这两个人一道,关押在原来守备队用来存放弹药的地窖里。为防不测,地窖的外面有三个持枪的士兵,地窖的里面还有三个持枪的士兵。大门加了岗,周边又上了流动哨。老朱进门之前,还被两个士兵上上下下搜了身。

老朱一进地窖,先是感到了一阵潮湿的气息,接着便闻到了一股肉香。他看到地窖里面搭了临时地铺,吊灯下面放着一张炕桌,桌子上摆着两个盆——一盆是香喷喷的白菜猪肉炖粉条子,一盆是白花花的大米饭。这显然是"上路"前的送行饭了。

临时政府显示了人道和大度,除了改善伙食之外,还允诺可以满足每人一个别太过分的要求。于是,薛子国要求见上小老婆一面,范大杆子要求上一坛子本地烧酒，李徵则提出要一支毛笔、一瓶墨汁和一些纸。

临时政府完全满足了前两个人的愿望，但李徵的要求却只能满足一半，时间太晚了，只给李徵找来一张皱皱巴巴的、报纸大小的白纸。

薛子国是秃顶，只在脑后和两鬓有几片毛发，鼻嘴之间有点儿稀疏的胡须。范大杆子长发浓须，看样子有几年没剪发了。三个人里，李徵写字，范大杆子喝酒，均拒绝理发。薛子国见完了小老婆就开始哭，范大杆子喝光了一坛子酒后就开始睡，李徵则趴伏在桌子上写字。老朱在给抽抽噎噎的薛子国刮脸剪发时，目光始终瞟着李徵。

他发现李徵先前灰白的头发一下子全白了，在灯光下像银丝一样晶莹闪烁。在哭声和鼾声里，李徵把那张白纸仔细地抚平，然后折叠成书本大小，端端正正地摆在桌子上。开始时，他写得很慢，而且持笔的手一直发抖，白发也跟着哆哆嗦嗦，后来顺溜了，依然写得很慢，几乎是一笔一画地写，而且每写一个字都要顿上一顿，然后才写下一个字。老朱不认识字，可是眼力甚好，他看见李徵写的字非常小，蝌蚪一样，而且他也认得李徵的"李"字，他看见白纸上有一连好几个"李"字……

第二天，城子疃跟过节一样，场面盛大而又热烈。前面一排端着刺刀的战士，后面一排端着刺刀的战士，中间是三个五花大绑的犯人，并且还有一条结结实实的麻绳,把他们三个拴连在一起。薛子国早已瘫在地上,这一路上被人连架带拖。薛的背上插着阴阳牌,上书"日伪汉奸"。范大杆子似乎没醒酒,喊了几句头掉了碗大的疤瘌老子二十年后还是一条好汉。一个士兵马上把一块抹布捅进他的嘴里。范的背上插着阴阳牌,上书"恶霸土匪"。

比之前两个人,李徽最为反常。他的反常就是他太正常了。他既不似薛子国一样精神崩溃,又不像范大杆子一样愤怒嚣张。就像过年过节去亲戚家串门一样,他步履从容闲定。李徽微驼的背上也插着一个阴阳牌,上书"汉奸特务"。

城子疃的民众几乎倾城而出,大人夹道观看,儿童尾随欢呼。犯人和士兵就像一个高昂的龙头,拖曳着整街的民众向刑场欢乐地蠕动。

刑场就设在关帝庙门外。一大早,本来老朱也要去看热闹,但是他突然发现昨晚把梳子忘在临时政府了。那可是一把日本产的梳子啊,窄溜溜的,用起来格外顺手。于是他来到地窖,找到了那把梳子。这时,老朱想起了李徽趴伏在这里写字的样子,他琢磨着李徽应该在上面留点儿临终遗言什么的,不管怎么说也沾点儿亲啊,老朱感叹道,他找到那张纸。

那张纸折叠成书本大小,老朱徐徐展开,他惊奇地发现一张好端端的大白纸竟然让李徽写满了蝌蚪大小的文字，而且还是字挤着字、字压着字、字上有字、字下有字。整个一张纸，让李徵写得昏天黑地，竟然找不出一个囫囵的汉字。整个纸张湿乎乎地蓄满了墨汁，好像是刚刚写完，现在也没干透，沾了老朱一手黑墨……老朱用指尖把纸张翻转过来，反面也同样是昏天黑地，使劲儿辨认，倒是勉强发现几个偏旁部首。老朱不识字，但他知道汉字的大体形状，知道偏旁部首说不出完整的意思。他捏着这张软漯漯的黑纸，想起李徵的一头银发，老朱怜悯地叹了一口气。

这时，远远地，镇西关帝庙方向，传来了几声清脆的枪响，跟着就是山呼海啸一般的欢呼声，以至于整个城子疃的地皮都在嗡嗡地颤抖……老朱扔下手里的黑纸，出去看热闹去了。

后 记

我一直怀疑李徵当年被杀的真相。为了解这段历史，2002年冬天，我查找了县志。县志里，确有城子疃在1945年秋天镇压大汉奸薛子国和惯匪范显奎的记载，却只字没提李徵。

1984年，时隔半个多世纪，县里重修县志。县志办找到了当年的理发师、当时已是百岁老人的老朱，了解汉奸李徵的事情。应该说，县志办可能掌握了一些当年的历史，但是在我查找的县志里，却没有这方面一丝一毫的记载。寻访相关人士，也已物是人非，连城子疃也早在1965年就更名为城子坦了。

倒是老朱的儿子——现在的老朱提供了一种说法。他说李家的一个后人，当时在北京平反了，上面的人跟县里打招呼了，于是县里叮嘱县志办把李徵这一段事情抹去。老朱说，这个后人可能回来过，1993年和1995年的清明节，他都在李徵老伴儿的墓前，看到过一个步履蹒跚的老人。

老人穿着中山装，不是本地人。

秘密生活

一

老杨坐在床边,当啷着腿。卫东蹲在地上,给他穿鞋。

卫东胖墩墩的,蜷得呼哧呼哧直喘。老杨说:"自己来吧。"

卫东没有吭声,抬着他的脚脖子,把鞋套上,把鞋带松松地系上,又抻了抻裤腿儿。忙完这些,他趿拉着拖鞋,下楼办理出院手续了。

病房里两张床,老杨的邻床是老吕。这时,老吕的老伴儿范大嫂啧啧着嘴儿,表扬说:"从来没看见这么孝顺的孩子!"

老杨摇摇头,没有接话。

"我要有闺女,就找这样的姑爷!"范大嫂进一步表扬道。

"唉,孝顺点儿,不如出息点儿啊。"老杨感叹说。

"我看哪,孝顺才是第一位的,出不出息是第二位的。你看我家孩子,有谁给老头子喂过一口饭、端过一

天屎？"范大嫂又要发牢骚了。

"别不知足喽，天下哪有十全十美的事儿啊？"老杨劝着范大嫂。她儿子是一个税务所所长，官不大，却实惠，每次来病房，后头都跟着下属。下属两手总是满满的，一手花篮，一手果篮，走路都仄着头看路。

"出了几个钱儿，就是孝子啦？哼，你看他来了几趟？再说了，你看他冲什么来的？"范大嫂瞥了一眼窗台上已经蔫巴了的花篮。

"各家有各家的难唱曲儿啊。"老杨感叹道。老吕住院，所有的钱都是儿子出的。钱和孝，在老杨眼里基本是画着等号的。他觉得范大嫂的要求比较高了。

一个多月了，老杨跟范大嫂相处融洽。出门时，老杨来到老吕床前，顺手掖了掖被子，抓过他的手，大声说："老哥啊，我走喽，祝你早日康复啊！"

老吕脸色苍白，嘴巴微张，正均匀地打着鼾声。

老杨知道老吕是听不到他声音的。他是一个植物人。

走出医院大门，春风呼地扑了上来。天气好得有点儿刺眼，老杨站在医院门口，眯缝着眼，一点儿一点儿地松开眼皮。满大街的树木都绿了，嫩黄的叶子在微风里跳动和翻滚。转眼之间，天气暖和啦。

老杨有着北方人的大身板和国字脸儿，浓眉大眼，鼻直口阔，一头黑白相间的短发根根直立，从外表看去，谁会相信这是一个病入膏肓的人啊!

医院门口,横七竖八地停着靠活儿的出租车。一见他们出来,司机们都伸出脑袋。卫东拎着旅行袋,朝最近的出租车走去。老杨叫住他,说:"天儿这么好,咱溜达溜达。"

老杨说罢,自顾朝马路对面走去。老杨的右腿麻木——那是上次发病的后遗症,所以走起路来,左步大,右步小,有点儿一蹭一蹭的样子,如履薄冰似的。

卫东嘟囔一句:"别舍命不舍财。"

老杨没搭理儿子,瞅瞅左右两边的车辆,快速穿过了马路。马路的斜对面,有两辆揽客的电动三轮车和几辆摩托车。司机们都在张望和期待中。老杨来到就近的一辆三轮车旁边,问:"寺儿沟,多少钱?"

司机是个黑瘦的汉子,捏着一根烟屁股,不说话,伸出一个巴掌。

"五块?打个车才八块。"老杨说。

"那你说多少?"司机问。

"就三块。"说着,老杨做出转身的架势。

"上车!"汉子说。待老杨和卫东坐定,司机不满地说:"哪儿差那两块。"

三轮车的车厢用透明塑料布罩着,方方正正,干干净净,阳光晒着,里面小暖窖一样热乎乎的。老杨跟卫东面对面坐着。他觉得儿子瘦了。住院期间,医院的饭

菜贵,又不可口,儿子一天三顿送饭。

三轮车发动了,马达声轰鸣,如同开枪打炮,把卫东吓了一跳。可是这声音在老杨听来,却像是为自己燃放的庆贺炮仗。他扭头看了看医院,心里叨咕一句,活着出来喽。

他蓦然想起,一个月前——树还没绿呢,就在医院门口,他看到了工友老蔡。俩人热烈地寒暄了一会儿,老杨注意到老蔡一手提溜着一个沉甸甸的食品袋。

黄花鱼。老蔡举了举一个塑料袋子。溜达鸡。他又晃了晃另一个袋子。

"什么日子啊,这么隆重?"老杨问。

"老班长啊,我今天去里面检查身体了。"老蔡说,用下巴撇了撇医院。老班长,是工友们对老杨的统一称呼。

"你哪儿不舒服了?"老杨以为他在开玩笑。老蔡年龄比自己小,面色红润,膀大腰圆。

"你看。"老蔡抬起了胳膊。他的腋下露出一个鸡蛋大小的硬包。

"开始以为是个疖子,越长越大,硬邦邦的,今天就来检查检查,做了个切片,还不知是良性的还是恶性的。"老蔡乐呵呵地说。

老杨惊诧地看着"鸡蛋",还用指肚儿触了触。

"要是良性的,就是一块肉,割了就行。"老蔡说。

"要……不是良性呢?"老杨担忧地问。

"要是恶性的,就要了我的老命啦,今天就是我跟老班长道别的日子了。"说罢,老蔡哈哈大笑,露出了粉红的舌头、结实的牙齿和牙缝里的一片绿色菜叶。

笑声犹在耳边,但人已经去世一周了——淋巴癌,晚期!

二

别以为思考死亡问题都是知识分子的事情。其实,住院这段时间,老杨琢磨最多的就是这件事了。

七十三,八十四,阎王不叫自个儿去。从去年开始——去年七十二,这句话就像一根硬实的鼓槌,一阵紧似一阵地敲在他的心头。自打五年前老伴去世,老杨的身体就一年不如一年了。每年都要住院。尤其是今年,元旦一过,老杨跌倒在楼梯口。那是脑出血的第一次发作,诊断为脑干大出血,生命垂危。老杨陷于深度昏迷,无法自主呼吸,只能靠呼吸机维持,后来又被切开喉管。医生告诉儿子,准备后事吧,这样的病情,能活过来的只有百分之一二,即便过得了鬼门关,大脑也遭到重创,变成植物人的比例极高。

上帝或者老天爷保佑,老杨恰恰不是那百分之九十八九。他活过来了,基本完整地活过来了!当然了,

有点儿丢盔卸甲——到现在右腿还是发麻,但毕竟保住了性命。

老杨想了,上帝或者天老爷不让他死,是因为他还有事情没处理完啊。

老杨还没琢磨他要处理什么事情呢,就又一次病倒了。今年,才过了小半年,他已经三次住院了。盘点一下,元旦一次,住了一个月,四月初又住了十来天。这一回时间最长了,在里面待了一个多月。这样频繁的打击,伤害的已经不仅仅是身体了。住院就像抽血,几次住院下来,就算是医疗保险,家里仅有的一点儿积蓄也迅速见底儿了。问题是,储蓄见底儿了,病情却不见任何好转。

但收获还是有的。第一,老杨彻底明白了,自己这病没治啦;第二,自己这病每犯一次,离鬼门关就近一次。按照目前的犯病速度和规模,老杨知道自己的生命也就一年半载啦。

还能长到哪去呢?老杨有点儿认命啦。知道了死亡不可避免,他心里反倒安然了许多,所以这一回住院,他只是采取了保守治疗的方案,拒绝了螺旋CT,拒绝了核磁共振,也拒绝服用昂贵的进口药物……不像第一次住院,光自己掏钱就花了六千七百多块钱。

现在,他每天除了坚持服用比较便宜的刺五加冲剂,再就是锻炼身体。每天两次,一早一晚,老杨都要到不远处的明泽湖慢跑五圈,然后甩手踢腿,抻巴抻巴麻木的身体。

老杨跑动的速度很慢——比多数人走路的速度慢,比少数人散步的速度快。因为右腿发麻,他的姿势又特别打眼,看上去就像跋涉在沼泽里。所以很多人看见他,脸上都呈现出观赏的神情。当然了,时间一长,有的人也开始感慨他的毅力、赞叹他的恒心了。

其实,不管是观赏还是赞扬,老杨根本就不放在眼里。他既不在乎,也不关心别人怎么看。锻炼时的老杨,脑筋也在运动呢。他一直在琢磨一件更重要的事情。

颠来倒去,翻来覆去,老杨琢磨的都是家里的事儿。既然死亡不可避免,他最大的愿望,就是趁着自己的脑子还好使儿,把身后的事情妥善安排好。

其实,这时的老杨已经有了一个计划。只是这个计划过于大胆了,就像一个饥饿的小动物瞄上了一头雄壮的大动物。他得定定神儿,琢磨和消化一下这个"大动物"。

渤海市依山傍海,市区狭长蜿蜒,几个区排队一样并列着,一条铁路横贯市区。民间形象地把这个城市比做糖葫芦,不用说,火车道就是串起这根糖葫芦的竹签了。

老杨家住的工人新村紧挨着铁道线,离站台也不远。多少年来,每天铿锵的火车声音跟居民楼里电视、炒菜、打牌和吵架的声音早就亲密无间地融合起来了。有一年夏天，老杨睡不着觉，躺在床上折腾了大半夜，非常纳闷，天不太热，怎么睡不着觉呢？半夜三点多了，他听到外面热热闹闹的说话声，探头一看，楼下聚集了很多街坊邻居。原来，北边发水了，铁路中断了，没有声音了，所以大伙失眠了。

这么说，并不是指老杨居住的条件有多么恶劣。工人新村建于上个世纪七十年代，想当年还是这个城市挺不错的房子呢。老杨住在三楼，原来两室一厨，后来，他把阳台封闭成了厨房，厨房升级成了饭厅。于是，家里就焕然成了有模有样的两室一厅。孙子上大学以后，老杨和卫东就一人一间，住着挺好。

让老杨不省心的就是卫东。

卫东早就下岗了，买断工龄，拿回来了三万七千四百块钱。有了点儿钱，他开了一家不大的建材商店，当了一阵子杨经理。杨经理干了不到一年，商店深陷债务纠纷。他一转身又扎进股票市场了。不用说，股票越炒越糊，卫东成了彻底的无产阶级了，而且，因为离婚，这个大无产者腚后还拖着一个小无产者——孙子杨宇超。

也就是说，现在一家三口人，靠的就是老杨的退休金——每月九百二十六块七角五分。这个家离不开他，离不开九百二十六块七角五分。

老杨最大的欣慰，就是孙子相当地出息。出息到让他觉得这样的孩子落到杨家，亏待人家了、怠慢人家了。现在，孙子在上海读大二。家里每个月寄五百元生活费，这个钱，一直都是老杨出的——他不出谁出呢？老杨跟周围人打听了，五百块，不算多。

孙子说，这钱，算是我借爷爷的，将来一定还，而且加倍偿还。

老杨喜欢听孙子这么说话，听着舒服、硬气。

那天电视上直播火箭发射，老杨就想，孙子就是自己家的火箭啊——高考成绩全班第一、全校第三、全区第四十七啊！自己呢，就是那个火箭发射的底座。为了保证火箭正常发射和运行，自己这个底座，无论如何也得抗住啊！

没错，老杨的计划，就是让自己成为植物人。

他做这个策划，也不是一点儿心理负担没有。虽然自己不是什么党员干部（倒是当过多年的小班长），也不是什么先进模范，但策划这种事情，不说伤天害理，却也顾虑重重。一辈子老实巴交地过来了，现在倒好，老来老去，竟然琢磨出这么一个损道儿。

好在说服自己并不是一件很难的事情。

只要看看自己的身边，老杨就有点儿坦然了。拿自己的单位来说吧。先是把厂子改为公司，再把公司一分为二，一部分改成股份制了，另一部分改成合资企业了。

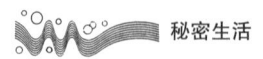

无论股份制还是合资企业,说了算的都是原来的厂长任孝奎。

任孝奎跟老杨同一年进厂,又在同一个车间。他是青年突击队的队长,老杨是队里骨干。以后呢,任孝奎就"突击"上去了,在20世纪80年代中期当上了一把手。任孝奎绰号任小鬼。工人的工资开不出来、病号的医疗费报销不了,都不影响他换房、买车和出国。任小鬼就跟变戏法一样,从厂长到经理再到董事长。现在呢,他倒是退下来了,退下之前又完成了最后一个戏法——他的儿子成了房地产老板,而这个老板开发的第一个楼盘——金府花园,就在工厂的原址!

多少人写信啊,多少人上告啊,一些老工人串联起来了,拎着马扎子,在政府门口坐成了一溜,静坐示威。

老杨只去了一次,远远地看着。碍于情面,他再也没有参加。但示威的结果他是知道的。政府做了审计,出了报告。报告里有句话广为流传:守法经营,两袖清风。就是说,任小鬼的所有戏法都是守法的,而且"清风"。

任小鬼已经让老杨内心安然了。如果再看看报纸、听听广播,老杨简直就有点儿理直气壮了。哪一天没有官员腐败的消息啊,哪一天没有处理贪官的报道啊?!看看这些大头小脑们捞得一个嗝儿跟着一个嗝儿,我老杨一不偷、二没抢,妥善地规划一下自己的身体,既不侵犯别人,也不伤天害理,不算什么错儿吧?!

为了下岗的儿子,为了出息的孙子,为了这个摇摇欲坠的家不散不倒,我杨国栋这回就豁上这张老脸啦!

三

跟老吕一个房间,老杨大开眼界了。

老杨还是第一次看到植物人这种病。说他活着吧,不操心不上火,不知热不知饿;说他死了吧,拉屎尿尿,喘气放屁,跟活人一模一样……咦,世上竟有这样不哭不闹、不疼不痒的病?!

老杨知道,像老吕这样在医院治疗的,属于家庭条件不错的。而有些植物人,因为众所周知的问题,索性就回家保养和治疗了。

老杨入院时,老吕已经住院一年多了,即便如此,前来探望的人依然络绎不绝。除了偶尔的几个亲戚,主要都是所长的朋友了。所长的朋友真多啊,而且个个衣着光鲜,拿着新款手机。他们没有空手来的,鲜花、果篮和姹紫嫣红的营养品就不用说了,单是水果一项,就让老杨认识了火龙果、红毛丹、莲雾、山竹、芭乐和释迦什么的热带水果。而且,在一再推辞未果之后,老杨还品尝了其中的三种。当然了,还有比水果更厉害的东西呢。来人中,一多半的人把或厚或薄的信封塞进范大嫂的手里。不用说,谁都知道信封里是什么东西。

范大嫂不认识来人，记性又差，怕辜负了人家的一片心意，索性拿出一个小本子，让每一个来人写下姓名。来人走了以后，她的首要任务就是在名字下面记上来人的"心意"。即便如此，一旦来人超过两个，范大嫂基本就糊涂了，常常把张三的红包安到王二麻子头上，又把王二麻子的海参安到拎着甲鱼的李四身上。

隔上十天八日，她的所长儿子就来了。每一次来，所长待的时间都不长，三言两语之后，就跟范大嫂"结账"。

老杨是个明白人，这种时候，一般都要出去大便、小便和吐口痰什么的。几次下来，范大嫂便说，老杨大哥，你身体也不好，就别出去了。

老杨出院后，发现自己的拖鞋忘在医院了。几天后，他就溜达到医院了。其实，就算没有拖鞋这回事儿，他也想到医院来了。他的心里装着"大动物"呢。

老杨来到老吕的房间，看见范大嫂正在给老吕活动筋骨呢。老杨知道，植物人是不能总躺在床上的。

坐了一会儿，老杨的话就进入了正题儿："老哥是怎么得上这个病的？"

"唉，说起来气人。不怕你笑话，俺这老头儿有点儿老年痴呆，有时候管我叫科长，管儿子叫主任……我们在一家专治老年痴呆的医院，拿了这个药——还是传统秘方呢!吃了这个药,倒是不糊涂了,可结果就是一个睡啊。后来一查,成植物人了。谁知道吃这个药还有忌口啊,不能吃葱姜蒜和辣椒什么的,而我们家老头子,哪顿饭儿离得了大蒜大葱啊?"

这些事情,老杨听过多少遍了。他不得不打断范大嫂的话,愤怒地说:"什么医院这么缺德啊?"

于是,范大嫂再一次控诉了一遍那个缺德的医院。

从医院回来,老杨拐到菜市场,买了点儿黄瓜、豆腐干和猪肝,回家摆弄了两个凉菜——都是卫东喜欢吃的菜,还给他换了一瓶啤酒。

现在,老杨已经有了一个大概的思路,他决定先跟卫东吹吹风。

按理说,卫东没什么正经职业,自己身体又不好,家里家外的事儿,理应他多操持点儿。实际上呢,所有的家务活,偏偏都是老杨来忙活的。大概只有老杨住院了,他才知道这个老爸也是需要照顾的。对此,老杨早已习惯了,习惯到一种很坦然、很舒适的境地了。生活没有那么多正确和错误。支配人们的,更多的是习惯。老杨的习惯就是照顾儿子和儿子的儿子。

晚饭做好了,老杨给卫东打了个电话。手机一响,他就把电话撂下了。这是他们的"暗号"——不接电话,省钱。

过了一会儿，卫东便呼哧呼哧回来了。他穿着一条皱巴巴的米色大短裤，上身套着一件领口松懈的圆口衫，趿拉着夹趾拖鞋，走路时一拖一拖的，头发总是乱糟糟的，后面还撅出一绺，像一个衣服挂钩。

卫东看大盘，老杨看脸色。通过儿子的状态，老杨就知道证券公司的屏幕是飘红还是泛绿了。最近的股市显然不好，俩人也不说话，边看电视边吃饭，好像屏幕是一盘菜一样。

酒喝了了，饭吃完了。有人在楼下喊了："东子，三缺一。"

天气暖和了，楼下每天都有几桌麻将和扑克。卫东向来都是这些活动的积极分子。听到喊声，他立即把杯底儿的啤酒咂吧干净，又把碗筷胡乱收拾了一下，然后就准备下楼了。

"今天不许出去！"老杨严肃地说。

"不出去，干什么？"卫东反问道。

老杨没说话，起身把门关上了。

天热，卫东脱了圆口衫，搭在膀子上，腆着圆滚滚的肚子。老杨看着虚胖的儿子，皱着眉头说："你说，我要是没了，这个家怎么办啊？"

卫东没说话，一动不动地看着电视。

为了这个开头，老杨从国内新闻一直酝酿到国际新闻，既然开头了，索性就摊牌了。他郑重地说："我没了，我的退休金也没有了,你怎么办?宇超怎么办?你想没想过,嗯?"

"爸,你今天哪儿不舒服了?"卫东显然不愿意接这个话茬。

"我今天还挺舒服。可是,我担心明天不舒服啊!"老杨这话有点儿哲理了,"明天不舒服怎么办呢?后天不舒服又怎么办呢?"

"上医院啊?"

"医院能治好这个病?!"老杨厉声道,然后坚决地摇摇头。

"东子,三缺一!"楼下又在喊了。

"不舒服,不能玩了。"卫东到窗口回了一句,然后坐了回来。

老杨起身,把敞开的窗户关上了,又抓过遥控器,关上了电视机。屋子一下子静了,有点儿会议气氛了。老杨琢磨了一会儿,实在找不出更好的开头,于是便开门见山了。他说:"你看我这个样子,还能活多久?与其坐着等死,不如积极地、主动地琢磨一点儿办法。你说是不?"

"办法?什么办法?"

"有一种药。"老杨低声说。

"药?"

"对,一种药。"

"有治这种病的药?"卫东疑问道。

"不是。是另一种药。"老杨费力地解释说,"只是……这种药,吃了、吃了……就是植物人了。"

"植物人?"卫东顿时蒙了。

"对!就是植物人。"老杨坚定地说,"就是吕叔叔那样的。"

"这……有什么用呢?"

"我能像吕叔叔那样就好啦!植物人以后,我就有把握安安全全地活上两年了。只要我活着,就能拿到我的工资。"老杨把话挑明了。在他看来,只要拿着退休金,就是活着。而活着,就会拿到退休金。

"爸,你瞎寻思啥啊?"卫东大大咧咧地说,脸上竟然有了同情甚至怜悯的意思了。

"这怎么是瞎寻思呢?!你想想,且不说我身上的糖尿病、关节炎,就是脑血栓和冠心病这两个祖宗,哪一天发作,还不都要我的命啊!我死了,两腿一伸,倒是不遭什么罪了,可是退休金就一个子儿也没有了。如果那样,你和宇超怎么办呢?不死呢,照现在的发展,后遗症是不可避免的,轻则手脚不便,重则半身不遂,整天拉床上、尿床上。你不嫌弃,我还硌硬自己呢!"说到这里,老杨仿佛看到了一个瘫痪在床的自己,他的表情和语气充满了厌弃。

"在咱们家族,我这算活得不错啦。"老杨伸出手掌,开始历数家史了,"你想啊,我的父亲——也就是你的爷爷,还有你的二大爷、三大爷,还有你爷爷的父亲——你的太爷,算来算去,谁活过七十岁啊?对了,你三大爷还不知道活多大岁数呢,1948年参军,愣是没影儿啦……我活到这个年龄,最大的心愿,不是自己吃什么穿什么,而是指望你和宇超,都活得好好的。所以啊,我这是先下手为强,你明白这个道理吗?"

老杨说得理直气壮,说得高屋建瓴。原来尚有点儿混沌模糊的地方,让自己这一席话,统统涤荡开了。他觉得自己把自己都说服了。虽然心里有点儿难受了、伤感了,但逻辑的力量如猛虎下山一般抑制了他。哪头重,哪头轻,他分得清!

像开瓶的起子一样,老杨的话一下子把卫东的眼泪勾引出来了。他垂着头,用手指抠着桌面的漆皮,嘟囔道:"我成植物人得了。"

"你哭什么哭?你以为我是死了吗?!"老杨拍了一下桌子,大声呵斥道,"再说了,我也没死。你以为植物人就是死吗?"

"那跟死有什么区别啊?"

"那怎么是死呢?又喘气又放屁的,跟睡觉一样。你能说睡觉就是死吗?" 老杨声音高了起来。

老杨这么说,自己都觉得有点儿强词夺理了。他柔声道:"我这个病,横竖是没指望啦。与其坐着等死,

还不如主动点儿,争取点儿时间。只要两年,就妥啦。有了这两年,宇超就毕业了,毕业就工作了,家里就有指望了。"

"怎么还有这样的药哇?"卫东吸溜着鼻子,就像有人欺负了他一样。

"别药啊药的,咱换个说法。"老杨说。吃药毕竟不是什么光彩事儿,再说也需要保密,哪能老挂在嘴上呢?

"缺德,怎么还有这样的药?!"卫东又说了一遍。

老杨琢磨了一下,说:"咱们暂时起个代号吧。"

"……"

家里有个黄历。老杨看看牌面——今天是5月18日,星期五,宜——安葬、开厕,忌——嫁娶、开市、移徙、造仓。

518——我要发。这个日子吉利。老杨觉得这个日子还行,就对卫东说:"代号就叫518。"

卫东泪眼婆婆地看着老杨,没点头,也没摇头。

老杨觉得"吹风"的目的基本达到了。该让卫东消化消化了。他岔开了话题,问:"宇超最近没来电话啊?"

四

渤海多槐树,进入6月份,密密匝匝的槐花挂满了枝杈，花瓣呈乳白色，散发着沁人心脾的幽香。

大街如同集市，到处都是人。小饭店把桌椅摆在人行道上，招揽着客人。马路牙子边，衣衫不整的民工或站或坐，或者凑在一起甩扑克，脚前竖着一溜纸壳子。纸壳儿上面写着"装修、砸墙、刮大白"。

老杨注意到了，几辆公交车上都喷着专治前列腺与治老年痴呆的"渤海锦绣医院"广告。医院的标志是一个髯发飘逸、头戴方巾的古代老人。这个医院，就是范大嫂说的那家医院。

老杨站在家门口的马路上，正琢磨着今天去医院呢，还是明天去医院呢。就在这时，一声尖锐的刹车声之后，传来了闷闷的撞击声。一场突如其来的车祸，就发生在老杨眼前的十字路口。一台排渣的载重卡车与一辆出租车迎面相撞，出租车的车头几乎钻进了卡车下面。看不见小车司机，只见一股殷红的血液从车底下缓缓地漫了出来……周围的车辆都停了下来，公交车上的乘客把头齐刷刷地探出车窗，一面紧张地观望着，一面同情地议论着。

老杨只看了一眼，便后悔地掉过头。满街的槐香里漫出一股触目的血腥。

一个小时之后，当他重新回到这个路口时，事故已经处理完了。肇事路面经过了简单的冲洗，依旧留下了一片稀薄的血迹。往来的车辆反复碾轧，在路面上拖出一道长长的痕迹，像是被一根巨大的鞭子抽过了一样。

街头上，分别有一大一小两簇人，扎在一起议论这起事故。老杨经过时，听到了里面传来的零星几句：当时就咽气喽……孩子才三岁……怎么能反向行驶呢？

老杨手里攥紧了手里的白色塑料口袋。塑料袋里鼓鼓囊囊的，外面印着一双捧着一颗红心的手，手的下面是"渤海锦绣医院"六个字。

自从老杨"吹风"之后，卫东就变多了。证券公司不去了，麻将也不打了，整天待在家里，手里拿着遥控器，眼睛像警察一样盯着老杨。老杨做饭，他抢着洗碗；老杨抹桌子，他抢着扫地……他越是这样表现，老杨越是觉得，为这样的儿子牺牲一下，也值得啊！

超出想象地顺利，老杨买到了药。一大包药，里面又分了六小包，拿在手里，轻溜溜的，酱紫色，闻着有一股雪里蕻的味道。医生倒也负责，几次提醒要忌口，切忌姜葱蒜和辣椒。

药拿回来了，老杨并没有声张。他找出一个空的点心盒，里里外外地抹干净了，然后把药放了进去，又在上面盖了一叠旧报纸。

有了药，生活就像画出了一道起跑线，老杨的时间陡然紧张起来了。他把即将面临的问题，统统归纳出来了。他一共列出十三个问题，依照重要程度，依次写在小卡片上：

1. 成为植物人的目的，就是防止这两年死亡。只要宇超一毕业，自己就安乐死。这一点，必须跟卫东交代清楚。这是原则，也是道德。

2. 真成为植物人了，就能保证自己活上两年吗？就是说，如果自己坚持不到宇超毕业怎么办？这种可能性很大——极其大。"518"的目的，就是防备这种情况。关于这一点，老杨早就琢磨好了。植物人之后，自己在家过渡一段时间，然后就回老家。

3. 老家还有一个姐姐，还有自己的一间房子（那是父亲去世时分家分的）。在老家，如果坚持不到两年，便就地处理了，但是却不能告诉单位。如此安排，不论死活，都确保两年的退休金了。

4. 既然是植物人了，就得像一点儿。为此，应该学习与储备这方面的知识。

5. 给山东的大姐去个信，吹个风。

……

老杨去了几趟新华书店，在医疗类的图书架上，找了几本植物人方面的书籍，挑着能看懂的章节，仔仔细细地读，遇到关键几句话，还暗暗背住。几天下来，老杨的小卡片已经有一指厚了。

看到老杨一直在记录东西，卫东很警觉，问："你还在准备那个事儿啊？"

"哪个事儿啊？"老杨有意问。

卫东支吾了一下，说："'518'啊。"

"有些事情，我得交代给你一下。"

"什么事儿？"

"到时候给你，就知道啦。"

"你吃的是什么药呢？"卫东迷惑地问，"一旦吃……吃不成怎么办？那不是偷鸡不成……还什么了吗？"

"这是祖传秘方，包管有效的。"老杨知道卫东也开始琢磨这件事儿了，于是，他就把自己掌握的植物人知识，一股脑地倒给了儿子。必要性，及时性，重要性，都讲得清清楚楚明明白白。老杨就留了个心眼，他没说忌口的事儿。

老杨说完之后，决定考一考卫东了，便说："植物人的卫生很重要，你应该怎么办呢？"

卫东马上说："你喜欢干净，我隔三岔五地给你洗澡。"

"我植物人了，还能洗澡吗？"

"哦，那就擦澡。"

"什么隔三岔五，说明白点儿，几天一个澡？"老杨不满意这样含糊的说法。

"两天？"

"什么两天？含含糊糊的。夏天，略微勤一点儿；

冬天呢，就不用两天……烧热水不花钱啊？"

卫东慷慨地说："你就是植物人了，我一样好好孝敬你。一天三顿，顿顿不亏你，你不是喜欢牛肉包子、韭菜饺子吗？至少每周一次。"

卫东的表态有点儿出乎老杨意料。老杨没想到儿子说得这么详细、饱满。他相信儿子说的是真话，虽然这是一句屁话。我都植物人了，我怎么还能吃？但是他不忍心告诉卫东。看来，关于植物人的饮食问题，还得专门给他讲一讲。

卫东说得对，不能偷鸡不成蚀把米啊。"518计划"步骤紧密，环环相扣，一旦哪个环节突噜扣儿了，后果不堪设想啊。

老杨觉得自己准备得还是不够扎实。带着问题，带着虚心学习的心情，他又来到了范大嫂的病房，实地观察老吕植物人生活的各个方面。

坐在病房里，老杨总觉得有点儿不对劲儿，可一时间又说不出来。临走时，范大嫂遮遮掩掩地告诉老杨，她的所长儿子出事了，已经登报了，她和老吕过几天就得搬回家了。范大嫂以为老杨知道这件事了，连说了两遍路遥知马力。

这期间，老杨又去了两次图书馆。他的小卡片已经有两指厚了，不断有新知识和新想法充实进来：

14. 如果这期间卫东找到了工作，自己就实行安乐死。绝对不许卫东利用自己。这是一个原则。

15. 我去了，这间房子留给卫东。用这间两室的房子，换一个门头房，开个小店，卖点儿食杂和彩票什么的。有了稳定的收入，就该找个媳妇了，也是个帮手。

16. 再找媳妇，别老看脸蛋。这是卫东上一次婚姻的教训。切记。

17. 你撒谎的时候，右眼总眨巴。以后注意了。

……

当理论准备到一定程度时，实践便有点儿跃跃欲试了——实践是检验真理的唯一标准嘛，但老杨依然在观望，既是在等待一个进行的时机，也是在等待一个不进行的借口。

电视正在播出一部连续剧，讲述一位锐意进取的市长的改革故事。该剧情节跌宕，催人泪下，里面的市长身患重病（是跟老杨一样的病），而男主角又演过很多老杨喜欢的电视剧。这是一部四十六集的电视剧，一天两集，连续播出。老杨是从第八集开始看的。他决定把这个电视剧看完。

这也算最后奖励自己一次吧。他觉得这个要求不算过分。这样一想，老杨就没有什么压力了。他整天惦记着市长大人的病情和命运。原来一早一晚的锻炼，因为晚上的电视，也就变成了早上出去溜达一圈了。每天晚上，《新闻联播》刚结束，还没到播出时间呢，他就候在屏幕前面,等着与病魔缠身的市长一起悲欢离合了。

播出到四十六集的当晚,眼瞅着故事快讲完了,屏幕上滚动着演职人员的名字,像雪花一样纷纷飘落。老杨知道,电视剧结束了,"518计划"就要开始了。

就在这个时候,省台预报,明天开始播出这个连续剧了。

前八集没看,就像床上少了一根床板。这是个现成的台阶啊。于是,老杨很自然地衔接上去了。不仅把前八集看完了,而且像吸溜面条一样,九集十集十一集十二集地一路看下去了。

老杨哪糊涂啊。他一边看,一边想,日子要是这样过下去,多好啊。身体正常,心情舒畅,生活充实,儿子听话……如果一直这样下去,哪有必要吃药啊?!

他有点儿犹豫了。他甚至觉得自己的药买早了——如果不用,那不浪费了吗?他决定再等等看看、拖拖瞧瞧,不到万不得已的时候,不必动用铁盒里的药。

这样一想,老杨马上恢复了中断一个月的锻炼。生活习惯又恢复到从前的样子了。

他这一恢复,卫东也跟着恢复了,又去看大盘了,又下楼打麻将了。一度紧锣密鼓的"518计划"似乎离这个家庭远去了。

就在老杨恢复锻炼的第四天,晚上,过马路的时候,老杨突然感到后背一阵抽搐,然后像被人揉了一把一样朝前抢去。这时，他的脑瓜还是清楚的，几乎就在他身体即将失去平衡的瞬间，他猛地搂住了一根歪斜的路牌柱子，稳住了身子。老杨这一闪，眼前一个骑自行车的人一扭车把，一下子摔倒在地。骑车人是个壮汉，从地上一跃而起，指着老杨的鼻子破口大骂，你瞎眼啦往车上撞！

老杨搂着路牌柱子，努力站直了，掏出硝酸甘油片，含在舌下。

壮汉平白无故地吃了一跤，非常恼火，嘴上依旧不干不净地骂着。老杨身子酥麻，嘴里又含着药，只能歉意地盯着壮汉。

壮汉察觉到了老杨的怪异，悻悻地骂了两句，掸了掸衣裤，正了正车把，骑车而去。

老杨开始自检自查了。先摇动一下脖颈，再分别活动一下左臂、右臂，接着抬抬左腿，踢踢右腿，然后伸出左右两手，抓握几下……做完了这些，他再一次冲着骑车人消失的方向，清楚地说了三个字："对不起。"

他听到了自己的声音。他知道自己刚躲过一劫。

如利刃割肉，刚才背部的那一阵抽搐，是他非常熟悉和恐怖的感觉。上一次发病，就是以这种抽搐开端的，当时就手脚发木，连话都说不出来了。

但老杨却丝毫高兴不起来。刚才的抽搐，等于明明白白地告诉自己，该抓紧的事情，还得抓紧啊！

如果说这件事让老杨决心已定的话,那么第二天孙子的一个电话,则使他的计划迅速进入了倒计时。

孙子懂事,每次收到家里的汇款,都要来个电话。老杨的工资是月底发的,领到工资的当天,他马上就把生活费汇给了孙子。也就是说,孙子的电话,一般都是在月初来的。所以,当老杨接到孙子的电话时,还纳闷看了看日历牌——孙子上周来电话了啊。

孙子的电话,大都是老杨接听的。照例,孙子先问了爷爷身体怎么样,然后问爸爸身体怎么样,再问渤海的天气怎么样,还有沙尘暴吗;老杨也是照例,先问问孙子学习怎么样啊,学校的伙食怎么样啦,上海天气怎么样了,还是桑拿天吗。

互相问候之后,开始进入下一个主题了。孙子说:"今天老师征求我意见了,问我想不想读他的研究生。"

"这是好事儿!"老杨马上说。

"老师说,可以保送我。"孙子说,

"这是大大的好事啊。"老杨进一步肯定道。

"只是……如果读研的话,这个假期我就不回家了,要在学校强化强化外语了。"孙子说。

"穷家富路,我们全力以赴!"老杨表示道。

电话机的旁边,贴着一张孙子的照片。照片是在上海外滩照的,孙子留着分头,昂首挺胸地站在江边,身后楼群闪亮。

五

天刚蒙蒙亮，老杨就起床了。

决心已定，现在，老杨需要寻找一个合适的行动机会了。他看得出来，对于"518"的态度，卫东是半推半就的。这个态度，对于整个计划无疑是一个不安定因素。所以，老杨必须寻找一个最佳的吃药时间，以便木已成舟。

昨天，卫东接到一个电话，明天中午，他们高中同学聚会，到郊区的歇马度假村纪念毕业二十五周年，后天回来。

老杨相信，明天，就是实施"518计划"的最佳时机了，也就是说，从今天开始，就应该进入了"518计划"的冲刺阶段了。所以今天早上，他既没锻炼，也没买菜，而是直接去了双兴大菜市——全市最大的早市。

在那里，老杨买齐了忌口的东西——山东的大蒜、大葱、河北的生姜、贵州的辣椒，然后喝了碗豆浆，吃了两根油条，这才溜溜达达地回家了。

如果老杨在这个时候就把药吃了，整个故事势必出现另一种走向。老杨没有这样做。他还有一点儿私心。他给卫东留了个纸条：今天我去串门，中午不回来吃饭了。父字。

年初，市政府出台了一项便民措施，七十岁以上的老人，可以领取一个老人月票，免费乘坐市内的公共汽车。老杨把自己的老人月票挂在胸前，又戴上一个旅游帽——帽子前面印着两个红色的"旅游纪念"。他还拎了一个尼龙绸包，里面装着雨伞、扇子和一瓶矿泉水，怕阳光刺眼，还戴上了卫东的墨镜。

是的，老杨今天要出去串门——去这个城市串门！

这几年，在"经营城市"的理念下，市政府致力于扒小房，种草坪，搬迁工厂，扩建道路，粉刷外墙，更换门窗。于是新小区、新楼盘和疑似的新楼房雨后春笋一般地冒了出来，城市面貌日新月异了。走在街上，你会经常性地一愣一愣：咦——秋林公司的大楼扒掉啦！咦——铲车厂变成了威尼斯花园啦！咦——美国的沃尔玛超市来啦！

老杨规划了一下今天的日程。上午，先乘坐环路公共汽车，宏观地转一圈，然后，再乘横贯城市的十五路公共汽车，重点看看主要街道的变化。再然后呢，游览一下新近开业的新东方商业城，转转新世纪广场（报纸上说这是中国第六大、东北第二大的广场），欣赏一下劳动公园的花展……这是上午的安排，有点有面了，突出重点了。下午呢，主要是收拾个人卫生——洗澡、理发。

阳光明媚，真是散步的好天气。十五路汽车在路过民勇街车站的时候，老杨就提前下车了。

在站台的位置上，朝东望去，是一幢新建的高大细瘦的玻璃建筑。在阳光的反射下，大楼通体闪亮。楼下呢，几乎被一溜一溜红色的广告横幅包围了。横幅上写着"引领时尚生活，尽享都市繁华"之类的宣传口号。春风吹拂，横幅飘动，远远看去，这个建筑就像一个巨大的红缨枪枪头。

早先，站在这里，看到的可不是这个"枪头"。那时候，这里是一排排雄壮的厂房和一溜挺拔的烟囱。这是老杨工作了大半辈子的地方。机器轰鸣、天车叮当、下班的铃声、饭盒与车架的磕碰声响……在这些声音的伴奏下，老杨的一些老工友、老伙伴都慢慢溜达出来了：老朱朱永旺、马敏马大姐、老侯侯树武、老纪纪富霖、老蔡蔡殿亮——今年去世喽……就像即将上前线的战士，老杨不愿意过多地儿女情长了。又一趟汽车来了，他赶紧上车了。

连老杨自己都感到纳闷。明天就要实施"518计划"了，但心里为什么没有多少恐惧和担心呢？

老杨发现了，只要谈论死亡，所有人关注的都是怎么去世的。哪有不死的人生呢？就是说，没有不死的人，只有怎么死的问题。人们关注的，就是死得从容不从容。从容的死，就是流畅的死、顺利的死、圆满的死；不从容的死，就是仓促的死、窝囊的死，乃至埋汰的死。

老杨认为自己更像是撤退和转移什么的。所以，他不仅心里坦然,甚至还有点儿窃喜呢。是啊,死亡不可避免,但不是每个人都能设计自己死亡的。就是说,绝大多数的人没有我老杨这份机遇和运气呢。是啊,人固有一死,或重于泰山,或轻于鸿毛。为人民的利益而死,就比泰山还重,替法西斯卖力,替剥削阶级和压迫人民的人去死,就比鸿毛还轻。张思德同志是为人民利益而死的,他的死是比泰山还要重……老杨蓦然发觉,自己一不留神,嘴里竟然溜达出了毛主席语录。为了让自己跟"最高指示"更紧密地结合起来,他稍微改正了一下,小声咕哝道,杨国栋同志也是为人民利益而死的,他的死是比泰山还要重的。

说完了,他自己偷偷地笑了一下。

老杨的计划也不是没有修正的地方。中午,计划里的一顿便饭,让他改到群英楼了。群英楼是本地的老字号,尤其以饺子闻名,有七七四十九种馅儿,号称"天下第一饺"。上一回到群英楼,还是几年前。孙子中考得了个第二,一家四口人来此庆祝了一下。那时,卫东还没离婚。

七七四十九种馅儿,老杨最爱海米韭菜馅儿。他要了韭菜水饺,还破例地要了一瓶啤酒。交了款,老杨突然自责起来了——怎么光惦着自己啊?于是,他赶紧把服务员叫回来,一分为二,另一半换成了老伴儿最喜爱的海螺水饺。

老杨一个人,找到了角落里的一张小桌子。他的眼前,摆放着一杯一碟。服务员给他的碟里倒上了蘸汁,是蒜汁。一会儿,饺子上来了,两盘,白花花,热腾腾。老杨又要了一个小碟和杯子,把自己碟子里的蒜汁拨出一半儿,然后掰开一双方便筷子,攥了一只海螺水饺进去,然后把筷子横放在小碟上面。

他给自己的杯子倒上酒,又给老伴儿的杯子倒上酒。啤酒沫子倏地漫起来,杯口形成了一个鼓胀的小馒头。他低低地端起自己的杯子,杯口对着杯口,叮的一声,轻轻地触了一下。秀儿啊——他念叨了一句自己的老伴儿,你如果活着,也会赞成我这么做的,是不是啊?!

正是中午,饭店里摩肩接踵,人声鼎沸,连老杨的这张两人座的小桌子,也挤来了一对年轻情侣。两个人的头抵在一起,叽叽咕咕地不停说话,还互相喂着饺子。谁会注意墙角这个老人的小小追念仪式呢?

饺子没有吃完,还剩了三个。啤酒没有喝完,还剩了半瓶。老杨要了一个饭盒,把饺子装进去,又要一个塑料袋,把啤酒瓶口封好、扎上。

做完了这些,按照计划,老杨就该洗澡了。平日里,中午吃完饭,他都要迷糊一会儿。今天,水饺落肚了,又喝了两杯啤酒,浑身上下顿时慵懒起来了。水饺吃的是名牌,洗澡也不能太马虎了,老杨一咬牙——清泉浴池。

清泉浴池是这个城市现存不多的老字号浴池，整个格局与服务，都是二三十年前的模样。这几年，因为身体原因，也因为价格，老杨去得渐渐少了。

今天可敞开地腐败喽，老杨想。

他给自己找了个理由，明天就"518"了，奖励一下、犒劳一下是可以理解的。这跟战士上战场前吃点儿好的是一个道理。

可是，一进到清泉浴池，他就觉得面生了。换衣间的地板和衣柜都换了，服务员都换成了年轻的小伙子。老杨打听一下价格。果然，门票涨价了——价格倒不太离谱，连名字都改成了清泉桑拿。

如果不是裤子已脱，老杨真想拎腚走人了。

老澡堂子就像自己家，碗筷放在哪里，自己一清二楚。现在这个桑拿，就跟现在的超市一样，热情倒是热情了，一会儿介绍这个，一会儿推荐那个，但这背后都有一个字——钱呐！就是在这种被熊挨宰的心情里，老杨的计划调整了。他既不理发、也不搓澡，在池子里泡了一个多小时后，来到了休息大厅。

大厅昏暗，巨大的电视屏幕在墙上无声地闪动。老杨寻了一个清静之处，想休息一下，再琢磨一下有什么遗漏的事情。但是，他很快就发现自己休息不成了。大厅里不时地有年轻女子来回溜达。她们穿着统一的露出膝盖的连衣裙，拎着小塑料筐，垂着头，像挡车工一样来来回回地穿梭，轮流介绍着这里的按摩、捏足、采耳、修脚什么的服务项目，拒绝了一个，又上来一个，有点儿轮流冲锋的意思。

老杨不想花那个冤枉钱，所以一概回绝。这时候，一个模样老成的女子竟然蹲在他的脚前，慢声慢语地问："大叔，看你一个人，有心思啊。"

老杨心下一凛，嘴上说："这里咋变样儿了呢？"

"大叔好久没来了吧？我给你介绍一下这里的服务。"说着，女子竟把手搭在他的小腿上了。老杨以为屋子暗，人家放错了地方呢，就把小腿收了收，而且收得特别小心与含蓄——怕伤了人家自尊心。但是那女子浑然不觉，反而五指拨动，像弹琴一样轻轻挠动着他的小腿。老杨像被蜇了一样，猛地直起身子，大声地喊叫起来："服务员，服务员！"

那女子这才收了手，却没有走的意思。一个男服务员应声而来，问道："请问先生，什么事？"

老杨喝道："结账！"

六

天刚擦黑，老杨就早早地躺下了。好容易迷糊着了，卫东回来了，大声地咳嗽、吐痰，又打开电视机，声音很大地转换频道。过了一会儿，他又来到老杨屋里，推着他的肩头，问他这个月的水电费缴没缴。

这个晚上，老杨很晚才睡着，第二天早晨，楼下收破烂的吆喝声把他唤醒了，一看表，竟然八点多了。

卫东还在呼呼大睡，穿着大裤衩子，毛巾被蹬在地上。老杨把毛巾被拾起来，轻轻覆在他身上。卫东的枕头边放着一本翻开的杂志。老杨拿过杂志一看，是一本《证券市场周刊》。他看了一会儿卫东的睡相，就轻轻地出去了。

他到楼下老牛的小饭店，吃了点儿油条和豆浆，又给儿子买了两根油条，装了一碗豆浆，还买了五毛钱的榨菜。回家以后，老杨把大葱、辣椒洗净，把生姜去皮，又剥了两头蒜。的确是好蒜，他只用牙尖咬下一小块尝尝，嘴巴立刻散发出一股浓烈的辛辣。

这时候，他已经觉得不大对劲儿了。哪里不对劲儿呢？他也说不清楚。他一边扒葱剥蒜，一边打开半导体收音机。

卫东还没起床。他把音量调得低低的，找到了评书频道，里面正是广告时间，先是治疗牛皮癣的广告，然后是快速增高十厘米的一种药物，接着，播音员伶牙俐齿地推销起一种加拿大海狗鞭胶囊。此胶囊以加拿大纯正海狗鞭为主料，辅以人参、肉桂、淫羊藿、枸杞等二十多味名贵中药，可以极大地延长性生活时间……老杨怀疑自己拨错了频道，捧起收音机看看，确实是评书

频道的位置啊。

他悻悻地关上收音机,然后蹑手蹑脚地来到自己床前,伏下身子,把床下的铁盒扒拉出来。当他拿去盒子上面的旧报纸以后,他发现里面的药没了。他用手在里面搅和了一圈,竟然摸出了一个干瘪瘪的萝卜。

他推开卫东的房门,大声叫着:"东子,东子,我的东西哪儿去啦?"

卫东还在酣睡。老杨推了他一把,他也没睁眼。老杨突然瞧见床头柜的台灯下面压着一张纸条。纸条上写着两行歪歪扭扭的字——卫东的字。

爸:想来想去,我得先尝尝这个药,试验一下。我身体好,先尝尝,一旦有什么反应,也能顶得住。

原来,卫东下面还有个姑娘。不到两岁,姑娘就夭折了。老伴儿大病一场,不仅落下了后半辈子也没治愈的毛病,还没了生育能力。他们家把卫东这个儿子,既当儿子亲,又当姑娘养。从小到大,老杨教育儿子最多的话,就是要老实、听话。在家听父母的,上学听老师的,工作听领导的,结婚了,凡事跟媳妇商量着来……老实和听话,就像卫东脚上的两只鞋,一直走到下岗那年。

下岗以后,卫东就不怎么听话了。做生意、离婚、炒股……没有一样顺心的事儿。但是,无论怎么不如意,卫东对老杨还是比较听话的,至少是表面上如此,一直到他这一次吃药。

卫东躺在病床上，鼾声不断。老杨躺在油锅里，嗞嗞啦啦的煎炸声，只有自己听得到。

这几天，老杨都不知自己怎么熬过来的。他要应付所有的事情——包括这具风烛残年的身体，而所有应对的话，都离不开撒谎。对医生，老杨只是说孩子想寻短见；对邻居，他就说儿子是摔了一下，磕在脑瓜上了……又赶上月初，孙子该来电话了。如果家里没人接电话了，势必引起孙子猜疑。就是说，老杨还得编了个谎儿。

这个谎儿怎么编啊？嗓子发炎了？那唔唔两声还不能吗？出差了？他也没工作啊……这是最难撒的谎儿了。最后，还是上月发生的一件事儿提示了他。大楼的电话线路故障，维修了好几天才找到原因。于是老杨就以这个借口，主动给孙子打了个电话，告诉他线路维修，待电话通了，再给家里电话。

扯谎再难，比起儿子的病情，也算不了什么。

好在儿子不知道忌口的要求，家里的葱姜蒜什么的没少，所以老杨也估摸着没有生命危险。经过半天的洗胃洗肠，医生说了，卫东的生命没有危险了。但是老杨听说了，人一旦睡眠时间过长，脑细胞就会萎缩。就是说，即便有一天苏醒了，但智力水平却没了，好的像婴儿一样，严重点儿就是一个傻子。

我的死脑瓜儿的儿啊，你死有什么用啊？！老杨在

心里捶胸顿足。他知道儿子是为自己好,唯其如此,他更是责怪自己耽误了一天时间——游览什么城市、吃什么饺子、洗什么澡啊?!

卫东醒来那天,正是中午,老杨靠着椅子打盹儿。迷迷糊糊当中,他觉得有人推了他一下,抬头一看——是卫东。

卫东趴在床上,看着他。他是在沉睡了五天四夜以后醒来的。

老杨赶紧让他躺下,又唤来医生。几天的劳累一扫而空,他忙前忙后的样子,就像当年孙子出生一样喜悦。

"你想吃点儿什么吗?"老杨问,同时在紧张地判断卫东的病情。

卫东晃晃头。

"你总得吃点儿什么啊。"

卫东还是晃头。

"少吃一点儿也行啊。"

"什么也不想。"这几天,卫东瘦下了一大圈,眼睛看人的时候,脖颈都挺不住。

"吃点儿什么吧,你说啊。"老杨几乎哀求他了。

"一点儿……"卫东艰难地说。

"什么?"老杨站了起来,做出马上出发的样子。

"一点儿……猪肝!"卫东嗫嚅道。

一听到"猪肝",老杨心里就像绽放出一束美丽的焰火。儿子最爱吃的,就是猪肝。

医生嘱咐不能吃太多东西,所以第一顿饭,卫东只是吃了一小块猪肝,就着榨菜,喝了一碗小米稀饭。饭后,老杨又给他削了一个苹果,卫东吃了一半。

到底是底子好,刚放下饭碗,卫东就能下床走动了。卫东知道在医院里待着花钱,刚一下床,就急着出院回家了。

现在看来,儿子基本脱离险境了。这一关,多半是熬过来了。吃完了饭,卫东的肚子有点儿胀,老杨陪着他在楼下的花园里溜达。

说是花园,就是一片草坪,中间砌了个水泥花坛。花坛里稀稀疏疏地开着几株美人蕉。穿着病号服的卫东与一瘸一拐的老杨互相搀扶着,外人看不出谁在照顾谁。

"你怎么知道我要……吃药了呢?"老杨忍不住问卫东。他自以为自己的准备活动比较周密与隐蔽,怎么能让卫东察觉出来呢?而且在最关键的时候,让他插了一杠子。

"你平时滴酒不沾,那天带回了半瓶啤酒……还有三个海螺饺子,就知道你……准备'518'了。"卫东回答得简单自如。

一只苍蝇围着老杨的脸部,嘤嘤盘旋,卫东抬手赶了赶。结果,苍蝇又飞到了卫东头上了,老杨赶忙伸出手,在卫东的头部扇乎着。他们的举动,让彼此会心地笑一笑。

"爸,咱……不吃药吧。"卫东止住脚,突然说。

"……嗯。"这种时候,老杨还能说什么呢。

"吃药的滋味,挺难受的。"

老杨觉得卫东脸上的表情,就像小时候受了别人欺负一样。见老杨没有表态,卫东迟迟疑疑地说:"其实……咱们不吃药,一样也能植物人啊。"

"不吃药,怎么……"

"爸,你是老病号儿啦,你就说……自己是植物人,谁不相信啊?"

老杨大概明白他的意思了。他没想到卫东说出这样的话。

"植物人不就是睡觉吗?你不是说,睡一段时间就……回老家吗,你说呢?"

"……"老杨没有说话。他想安慰他,于是便拍拍卫东的手背儿。

卫东咳嗽了几声,额头上冒出一层汗珠。老杨伸出手,想替他擦汗。卫东一把抓过老杨的手,哀求道:"你答应我吧!"

虽然是夏天,但卫东的手却有点儿凉冰冰的,还薄,软。

"咱们不'518'了,不就行了吗!"老杨说出这句话,连自己都不确定。"518"已经深入到他的身体里了,真的要取消,就像从他身上摘去什么一样。

"反正你植物人,我就不活了!"卫东瘦得眼睛眍䁖着,眼袋都下垂了。

刚开始计划"518"的时候,老杨还担心卫东作梗呢,可现在……看着儿子这个模样,老杨的心肠一截一截地软了。

七

中午,艳阳高照,午睡的午睡,避暑的避暑,老杨的楼下空无一人。阳光照在干硬的泥土上,远处的知了在声嘶力竭地叫唤。

一辆出租车停在楼下,卫东从后门下来,然后颠儿颠儿地跑到另一边,打开车门,小心翼翼地往外搬弄着什么。

即便是一个普通的居民区,出租车的出现也不是什么新奇事儿。但是,你要是从车上搬弄个什么大件物品下来,还是会引起人们注意的。如果你是从车上抬下一个人的话,后果就可想而知了。几个邻居,或睡眼惺忪,或衣衫不整,好奇地跑过来围观

"老爸睡着了。医生说是植物人。"卫东低沉地说。

卫东大病初愈,上楼的时候,呼哧呼哧直喘。还多亏了几个邻居帮忙,把老杨抬到楼上,安放到北屋

的床上。

家里一间南屋，一间北屋。南屋朝阳，北屋背阴。老杨选择了北屋，是有自己考虑的。北屋的窗外有树木遮挡，加上床上挂着蚊帐，躺在里面，即使人白天也一片昏暗。

老杨知道，从现在开始，自己就是植物人了。这意味着，从现在起，就要开始一种全新的生活了。

即便是做了周密的准备并为此整理了一小摞卡片，当"518"开始的时候，老杨还是发现了许多隐患。

家里所有的窗户都安上了纱窗，又不分昼夜地拉着一层窗帘。老杨还把家里的灯泡换成了瓦数更小的节能灯。为了消除自己的生活痕迹，老杨把他使用的牙刷、毛巾和拖鞋统统收拾起来。每次吃完饭，都要尽快地把碗筷收拾起来，消除两个人吃饭开伙的印象……最关键的是，属于老杨的声音——说话、咳嗽、鼾声、放屁和打嗝——一律在控制之列。尤其是卫东不在家的时候，那就是绝对的不能出声了。

从这一天开始，老杨家就没有清净过。楼道里的脚步声经常停顿在老杨家门口，然后就是或高或低的敲门声。

每当来人，卫东都会冲着北屋大声说道，爸啊，丁大婶来看你了；爸啊，牛大叔来了；爸啊，肖大爷来了……这是老杨跟卫东约定好的暗号。

所有的来人,都要关切地问起老杨的病情。卫东就像一个讲解员,每天、每回都要耐心地解释着:什么是植物人、植物人怎么吃饭、植物人怎么上厕所、植物人能不能康复……卫东解释得烦了——烦了也得解释,老杨听得腻歪了——腻歪了也得听。老杨的眼睛闭上了,但耳朵却不能关上,所以他们讲的话,老杨听得一清二楚。吃喝拉撒、衣食住行、护理常识……凡是这些与植物人相关的问题,他都与卫东交代过了。两天过后,卫东已经能流利地介绍这方面的知识了。

即便在理论、实践与心理上,老杨和卫东都做了一定的准备,但是"实战"中,还会遇到许多具体的问题。所以,老杨每天都要跟卫东反思一下,看看有什么需要改进的地方。

老杨指出了卫东的三处纰漏:第一,人在悲痛的时候,从表情到声音,应该有点儿变化的,比如声音沙哑、面色阴沉什么的;第二,话不要多,话多必失,而且寡言少语,也比较符合悲痛的心情;第三,出门时一定锁门,回来的时候,如果不是一个人,一定在门口跺脚、咳嗽和大声说话什么的。

卫东也找出了老杨的四点不足:第一,晚上看电视,注意把声音调到最小;第二,注意吐痰和咳嗽,实在憋不住了,可以考虑在被窝里进行;第三,饭后一定要刷牙。

这几天你牙上有过韭菜、芹菜和肉丝一类的东西;第四,饮食习惯必须调整,毕竟,腐乳和虾酱什么的味道太重了。

老杨与卫东俩人,就是这样互相帮助、互相监督地度过了最初的几天。

从第一天开始,几乎每天都会有三五拨人过来。这种状况一直持续了一周多时间。没人来的时候,老杨也会下床,做点儿踢腿弯腰什么的简单动作。但是,只要一响起脚步声,老杨都会迅速上床,盖上毯子。

不能说老杨已经适应了植物人生活了,但是一周下来,他确实少了开始几天的慌乱与仓促,而且,生活也开始有了些许规律。

这个规律,不是正常人的规律。

在原来的计划里,自己是实实在在地躺在床上的——人事不知。而现在,自己也是躺在床上,但脑瓜却是清醒的。

如何让自己的脑瓜不清醒——尤其是白天,最好的办法莫过于睡觉了。这需要重新规划自己的生活。简单地说就是晚上看电视,白天睡大觉,有点儿像领导出国回来倒时差一样。为了保证白天的睡眠状态,最佳的办法就是晚上不睡觉。

好在,现在的电视连续剧可以百花齐放了。老杨在每一期的《渤海广播电视报》上，勾出备看的节目。历史题材的、农村题材的、商业题材的、军事题材的（除去瞅着别扭的公安题材）……就像一个面对满桌山珍海味的饿汉，每个夜晚，老杨都要在各个频道之间换来换去，东一勺子、西一筷子地迎接黎明的曙光。

第九天的上午，老杨忽然想起了老吕和范大嫂。他记得，每当半导体里有小品节目的时候，范大嫂就把声音开得大大的，还把半导体放到老吕的耳前。老杨不明白，范大嫂便解释说，这是声音疗法，用患者喜欢听的声音来刺激他。

这个细节就像一把钥匙，"咔哒"一声让老杨豁然开朗了。何必这么偷偷摸摸、鬼鬼祟祟的啊？！不仅可以听，而且还要大张旗鼓地听——这是治病救人啊！

老杨马上把电视机打开了。电视机图像不清晰，但声音没毛病。他把频道转到中央电视台，把声音开得大大的。他又把收音机打开了，声音同样开得大大的。两个声音互相拌嘴、互相撕扯，但老杨听着却很舒服、很踏实。这些声音说了什么，并不重要，重要的是他们可以说，而且随便说、大声说。他从南屋走到北屋，从北屋走到厨房，又从厨房走到南屋。他享受着这些声音，同时在这些声音的掩护与簇拥下，他既不用蹑手蹑脚，也不必小声小气了。说话、咳嗽、放屁和打嗝，基本取消了限制。

当然了,家里一旦来人,这些声音也就消失了。多出来的,便是探望者絮絮叨叨的问候和关心。于是,老杨又琢磨出了一个两全其美的办法。

他戴上了孙子学英语用过了一个耳机。这是一个头戴式耳机,有一个弹性的头带,从头顶下来夹住耳郭,像《英雄儿女》里的王成。

于是,从这一天开始,老杨就天天"王成"了。他把频道固定在评书联播节目上,专心致志地听着单田芳的《三国演义》、袁阔成的《薛刚反唐》、田连元的《杨家将》、刘兰芳的《岳飞传》……小小的耳机就跟掩体一样,有了它,老杨非但耳不闻、心不乱,而且故国神游、心旷神怡了。

现在,因为白天经常收听评书节目,老杨反倒睡不好觉了。就是说,他的生物钟又开始正常了——时差有点儿倒回来了。

倒回时差的老杨想不到,即将给他惹来巨大麻烦的,也就是这个感官疗法。

"植物人"以后的第十八天,老杨终于盼来了他惦记的人——单位劳资处的老胡和小许。他们两人,一个拎了一袋水果,一个拎了两个罐头。老杨知道,他们此行既有慰问的心意,也是核实的意思。

老胡他们问得比较详细了。卫东答得也比较具体。

这时候的卫东已经对答如流了,而且经常会使用几句专业术语。

"植物人有呼吸、脉搏、血压,体温正常,也知道睡眠和觉醒,有哭和笑的表情,眼球也能随着光点的移动发生运动,但这些都是机体内部的自然反射,并不是一种有意识的反应。对于自我和周围环境,他们已经没有任何认知能力了。我爸就是典型的植物人,你看他跟睡觉一样,但是你推他试一试——推不醒,你叫他一下试一试——叫不醒,这就是植物人!"

"那植物人最忌讳的是什么啊?"老胡关切地问道。

"植物人长期卧床,最易感染褥疮了。"卫东说着,小心地扒开老杨裤腰,露出他健康的肌肤,"要是沾上褥疮了,可难治愈啦。"

"真不容易啊,真不容易啊!"老胡颇为同情地感叹着。趁着卫东在专注地讲述,他把手悄悄地伸进老杨的被窝,摸到老杨的脚心,轻轻地挠动了几下。

老胡一边暗自加劲儿挠动,一边饶有兴致地问:"那……大、小便怎么办呢?"

"大便就像月子里的孩子一样,垫着塑料布。"卫东掀开毯子的一角,露出老杨身下的一块塑料布。

"排尿还……简单点儿。"卫东解释道。因为小许是个女子,卫东说得比较迟疑了,"用一个安全套,前端铰个小口,导到塑料袋里,又方便,又卫生。"

卫东说着，把手放在毯子上。老胡以为卫东又要掀毯子呢，赶紧按住他的手，深为理解地说："知道，知道，这就不看了。"

"怎么吃饭呢？"小许好奇地问。

"植物人的饮食主要是鼻饲，稀粥、牛奶什么的。"说着，卫东开始给老杨进食了。他把一根半米长的鼻饲管，自老杨的鼻腔插到胃口，外端插着一个漏斗，把早已准备好的牛奶、鸡蛋糕混合的食物，慢慢灌了进去。

按照计划，卫东开始询问关键问题了："我爸爸这个样子了，他的工资怎么领啊？我们可不可以办一个什么卡，到时候把工资打过来呢？"

"现在的工资，都纳入社保，人家有规定，必须本人去取。"老胡解释道，"就怕有的人不自觉，骗领、冒领。"

"你看我爸这个样子，能去吗？！"卫东一边气呼呼地说，一边给老杨揉捏着胳膊。

"我回去请示一下领导，我们尽力帮助协调一下。"老胡同情地说。

八

老家回信了。

上周，老杨给老家的大姐写了封信。在信中，老杨表示想在今年适当的时候回老家，而且，这一次回去，可能住上个一年两载的。这是老杨"518计划"里的下一个步骤了。

信是大姐亲笔写的，一张挺大的信纸，只有歪歪扭扭的几行字，其中的一句还对仗呢：大姐欢迎你，老家欢迎你。大姐告诉老杨，家里才装上了电话。她把号码写在信纸上。

老杨有两个哥哥、一个姐姐。他们都在老家。哥哥都过世了。老家现在只剩下大姐了。这几年，老杨身体不好，回家的次数少了。最后一次回去，是大前年的冬天，为二哥奔丧。那时候，老杨刚查出冠心病，心情沉重，带着告别的心情。处理完了二哥的后事，他和大姐坐在炕上唠嗑。

老家的房子都坐北朝南，每个屋子都有一铺冬暖夏凉的大炕。尤其是寒冬腊月，火炕的热让人浑身通泰。进城这么多年了，老杨始终也忘不了老家的火炕。

老杨摩挲着火热的炕面，伤感地说："姐啊，过几年，我也回来吧。"

一语成谶，老杨这随口一说："竟成了今日整个"518计划"的最后收束。"

冥冥之中，老杨觉得总会有一两拨比较大的"风浪"在等着自己。歌里指出，不经历风雨，怎么能见彩虹？

是的，没有经过"风浪"，植物人的事情就不踏实、不托底儿。现在看来，胡主任是一拨风浪了，那么，有没有第二拨呢？

差三天就要两个月了，周末，一大早，楼道里的脚步声就不断响了起来。老杨听声音，就知道了大概。最早来的是大嗓门的老朱，然后是声音尖细的马敏……就像小时候看的拉洋片，他们一个人一个画面地出现在老杨的脑际：

老朱朱永旺——老杨是班长，老朱是班副。他是车间的文艺骨干，演过李玉和，唱过"大吊车是真厉害"；

马敏马大姐——老积极分子，前些年老头去世了，她找了一个比自己小四岁的老伴儿；

老侯侯树武——不抽烟，不喝酒，兜里从来不揣钱，退休后自己支了个摊儿，修钟表和配钥匙；

老纪纪富霖——绰号老鹫，因为出身遭了不少罪，爱占小便宜，会点儿推拿和针灸；

……

往后的声音就嘈杂了，声音跟名字对不上号了。听声音，已经聚了满满一屋子人。老杨家不宽敞，有的人进不了门，就在门口站着，大声咳嗽和说话。房价、身体、物价……工友们在门里门外分头议论着。

儿子忙着端茶烧水了。几个人在老杨床边轻声议论道。

——久病床前无孝子啊,你看这小子,跟没事儿似的,老杨可是白疼他了;

——我看啊,保不准这小子巴不得老班长早点儿蹬腿儿呢,好继承遗产;

——他让老班长睡北屋,够歹毒的了;

……

这些人,一多半来过老杨家了。今天,是朱师傅和马大姐召集大家来,搞一个集体探望。

马敏拍了拍手,制止了屋里屋外的嘈杂。她高声说:"大家静一静啊,我们现在开个小会儿。老班长这个样子,太可怜了。我们今天聚在一起,就是来给他治病的。怎么治病呢?今天有两个措施。第一个措施,由朱师傅讲一讲;第二个措施,由纪师傅说说。"

于是,朱师傅开始讲话了。老朱大嗓门,就像在老杨耳边说话一样。

"我上回来啊,看见咱们老班长头上戴着耳机,我感觉很奇怪。我就问东子,这是怎么回事儿呢?东子说,这叫声音疗法。我就想啊,除了老班长的亲属,还有谁是他的亲人呢?我们哪!身体不好,这两年走动少了,但我们大半辈子一起摸爬滚打,最清楚他想听什么声音了。所以,我就跟马大姐沟通了一下,招呼咱们这些老哥们儿,咱们查拉了一下,给老班长表演点儿节目,来点儿声音。"

接着,纪师傅开始发言了。老纪性子蔫巴,说话也慢吞吞的。

"老班长得了这个病,我也很悲痛。我琢磨着,不是有声音疗法嘛,这个疗法的意思就是用声音来刺激他。耳朵是听的,眼睛是看的,鼻子呢?是闻的。用声音刺激患者的,就是声音疗法。同样的道理,用食物呢,那不就是食物疗法吗?植物人基本失去了咀嚼能力。但是,他还有嗅觉啊。"

这时,马大姐插了一句:"老纪,你得急死人吗?你说话直接点儿,别绕弯子啦。"

"现在,大伙回忆一下,老班长以前最喜欢吃什么东西。东西也不用太多,但要新鲜,重在味道嘛。我们分头准备点儿,来刺激他的味觉。声音加味道,双管齐下,两面夹攻。我的讲话完了。"

纪师傅还没讲完,大伙就议论老杨喜欢什么声音和食物。屋子窄巴,人多,每个人都在讲话,像一口沸腾的小锅。于是,朱师傅跟马大姐一合计,决定大伙到楼下集中一下。

老班长——这个称呼像火钩子一样,把老杨心底的陈芝麻烂谷子都扒拉出来了。

在他们这一茬儿人里面,老杨高小毕业,文化程度算高的,加之处事公正,就当了车间里最小的官儿——

班长,而且一干就是二十年。退休了,从前的记忆就淡漠了、稀释了,有的干脆就烟消云散了。但是今天,来了这么多的工友,耳畔这一声声的老班长——大小是个头儿啊,把老杨叫得又感慨又惭愧啊!

他哪里知道,接下去的演出就不只是感慨和惭愧了。

三楼南窗的下面,是一片空地。夏天,那里便是邻邻居居乘凉唠嗑的地方。工友们的表演,就选在这个地方。

就像一台精密仪器一样,老杨被工友们小心翼翼地搬到了南屋的窗口边,安放在一把带扶手的椅子里。这时,纱窗卸下来了,窗帘收起来了,阴沉的屋子瞬时间阳光明媚了。为了让老杨更清楚地听到演出,也是为了给工友们一个奋斗目标吧,老纪捣鼓了一番,把椅子垫了起来,又在老杨的屁股下面塞了一个枕头。

老杨冉冉升起了,老杨高高在上了。老纪又把一床毯子折叠了一下,塞进老杨的屁股下面,"加固"了一下。这样一来,即便他依然耷拉着脑袋,楼下的人们也能看到大半身的老杨了。

老杨瘫瘫软软地坐在窗口,下巴抵在胸口,上午的阳光正中正央地照过来,有点儿晒,也有点儿痒。几只苍蝇似乎感到了即将到来的热烈场面,围绕着老杨——可能他身上的汗味最重吧,兴奋地飞来飞去。

卫东找了把雨伞,给老杨撑上,又拿过一把扇子,

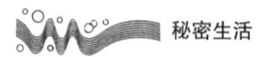

不住地给他扇着。

有一个瞬间,透过睫毛的间隙,老杨朦朦胧胧地看见了楼下的情景。看阵势,来了十几个老伙计。他们站成了弧形,对着窗口。老杨看不清他们的面目,但声音和举止都是非常熟悉的。弧形的周围,也招来了楼下的几个邻居。

主持人自然是马敏。她年轻时当过播音员,声音显得朝气蓬勃:"第一个节目——革命现代京剧《沙家浜》选段——《要学那泰山顶上一青松》,演唱者——朱师傅。我们回忆了一下,共同认为,这是杨师傅最喜欢的一首曲子,他以前经常哼哼呢。"

朱师傅出列,向前两步,双脚呈直角,稳稳地站定在那一小片空地上。"要学那泰山顶上一青松,挺然屹立傲苍穹。八千里风暴吹不倒,九千个雷霆也难轰……"朱师傅开口的那句"要学那泰山顶上一青松",高亢激昂,几乎唱了一分钟,高潮处,他身子一侧,一拧,右手往上一撑,来了一个矫健的亮相,立刻博得了一片掌声。

朱师傅之后,是诗歌朗诵。马敏介绍说:"这是老班长亲自朗诵过的一首对口词,当时是由我跟老班长表演的。现在,老班长病了,由侯师傅顶替他的角色。我们把这个朗诵献给老班长,祝愿他早日康复。"

老杨想起来了,自己是登过一次舞台啊——1975年还是1976年？那个年代，经常有文艺演出，几乎人人都能唱会写。老杨因为长得周正，登过一次舞台。这大概是他唯一的一次登台演出了。

这时候，有人买来了食物疗法所需的食品。分门别类，叮叮当当地摆放在碟子里。因为老杨坐得高了，纪师傅身形矮小，够不着了，便找了个菜板，把食物摆上去，像董存瑞炸碉堡一般地托举起来。

这可不是一般的托举啊。菜板几乎就顶在老杨的鼻子底下了，有几根龇出鼻孔的鼻毛已经触到了食物。这时，微风徐徐吹来，鼻尖下面的味道尽情扑上来了。

最先抵达的是一股臭臭的香味，因为顶着一层鹤立鸡群的臭，所以它很容易抢在众味之前冲进老杨的鼻孔……老杨知道，这是他最心爱的臭豆腐乳。接着，他几乎同时闻到了煎饼卷大葱（里面是不是还有虾酱）、萝卜丝丸子和香椿炒鸡蛋的味道。它们几个就像优秀的短跑运动员，几乎同时冲线了。就在老杨忙着甄别前几个"运动员"的时候，后续的味道蜂拥而至了。他闻到了类似新鲜猪头肉的香气、闻到了麻花或者馓子的油炸气息、闻到了西瓜的清爽……它们如同江水决堤，把老杨冲击得有点儿摇摇欲坠了。

在如此强横、霸道的味道面前，老杨既不能把菜板推开，也无法把鼻子堵上。他恶狠狠地告诫自己：这是刺刀见红的时候了，考验你的时候到啦！

他呼吸匀称,既不努力地吸气,也不大口地吐气,甚至发出了微微的鼾声。他知道,眼下的形势紧张着呢——左手的卫东正在给他打伞和扇风,右手呢,纪师傅肯定在眼巴巴地观察着自己。

他面部松弛,肩头下垂,一如既往地耷拉着头。他迫使自己不去想臭豆腐乳煎饼卷大葱萝卜丝丸子什么的。为了战胜这些强悍的不速之客,他诱导自己去想另外的事情。片刻之间,他的脑海里就塞满了《三国》《水浒》里的众多好汉和好汉手里的家什:关羽的青龙偃月刀、武松的雪花镔铁双戒刀、张飞的丈八蛇矛、秦明的狼牙棒、赵云的青虹剑、黄盖的铁鞭……一时间,老杨的脑袋里兵器叮当了,杀声震天了,人仰马翻了。

"东子,把皮儿弄破,让味道出来。"从古代战场传来了当代的声音——是纪师傅的声音。

于是,老杨听到了筷子在碗碟里的拨动声。接着,一股韭菜饺子的冲味从斜刺里杀出,后来居上了,力压群芳了。它的来势是如此凶猛,让刚刚稳定下来的老杨又有点儿摇摇欲坠了。

这时候,卫东拿过毛巾,及时地给老杨抹了抹额前的汗珠,还偷偷地捏了捏老杨的手,既有同情,也有鼓励。好在楼下的表演也渐入佳境了,适当地分散了老杨的压力。

……

马　敏：是钢铁，

侯师傅：要在斗争中锻造！

马　敏：是良种，

侯师傅：要在风雨里成长！

马　敏：四卷金书把路指，

侯师傅：一轮红日心头照。

马　敏：有了它，

侯师傅：千般艰险难不住；

马　敏：有了它，

侯师傅：万重关山吓不倒。

马　敏：听一听井冈山的松涛，

　　　　先烈战鼓在耳边回响；

侯师傅：摸一摸延安的宝塔，

　　　　革命豪情在胸中激荡；

马　敏：走一趟英雄的遵义城，

　　　　锦绣宏图心上展；

侯师傅：捧一把金色的湘潭水，

　　　　心怀壮志干劲高……

两　人：啊——

从一大早开始，警惕就像一个加班加点的公安战士，来来回回地在老杨的身体里巡逻，生怕露出什么破绽。偏偏这时候，肚子不以人的意志为转移地竟然咕噜咕噜

叫开了,而且势同开水,越来越响。

一直察言观色的纪师傅自然不会错过这个声音。他冲着楼下大声呼喊:"报告大家一个喜讯!老班长生理出现反应啦!他的肚子开始叫啦!"

楼下的演出停顿了一下,瞬间便爆发出一阵热烈的掌声。显然,这是他们盼望已久的反应。这是对他们努力的奖赏和鼓励。

卫东想告诉他们,植物人饿的时候肚子也会叫唤的,但是眼前的场景——大爷大娘叔叔伯伯是何等喜悦、何等欢快啊,使得他又不忍心开口了。

"东子,你看这是什么?"纪师傅突然说道。

老杨心下咯噔一下——露出马脚啦?

"这是哈喇子啊!"纪师傅叫道。

卫东忍不住了,有点儿抱怨地说:"纪大叔,这是正常反应。"说着,他一伸手,把老杨嘴角一缕亮晶晶的哈喇子抹下来,销毁证据似的往裤子上一蹭,再一揉,没了。

但是,老杨的反应已经开始振奋人心了。于是,那个年代非常熟悉的歌曲一个接一个地来了。《大刀进行曲》《团结就是力量》《没有共产党就没有新中国》《莫斯科郊外的晚上》《我们走在大路上》《解放区的天》《地雷战》……最后一个节目——全体合唱《咱们工人有力量》。

纪师傅把嘴巴凑近老杨的耳朵,说:"老班长,你看看啊,你看看吧!"

老杨依然保持着原来的姿势。这时候,他突然觉得有人把他的眼皮扒拉开了——这个死老纪啊。

"纪大叔,你这是干吗啊?"卫东急吼吼地嚷着。

于是眼皮上的手松开了。

刚才,就在纪师傅扒开眼皮的一瞬间,老杨眯了一眼楼下。他发现楼下的人越来越多了,已经黑压压的一片了。

赶上周末,又是白天,周围的街坊邻居都来了。开始,人们以为这是一个社区联欢会什么的。但走近了,就发现了这个"联欢会"怪怪的。参演的都是一些步履蹒跚、驼背弯腰的老人,而这些老人演出时又一律仰脸向上,看着三楼的窗口。再看那洒满阳光的窗口,景象奇特:一尊老汉塑像一样坐在窗口,耷拉着脑袋,像是睡着了一样,一左一右还有人伺候着呢——左边人手举托盘(托盘里摆了好多食物),右边人打伞、扇风。

要弄明白这个问题并不难,所有的工友都乐意解答这个问题。于是,围观的人不由自主地就加入到合唱行列里了。说起来,这些歌曲都是人们耳熟能详的,尤其是上了年纪的人,毕竟,这些歌曲曾经饭菜一样出现在他们的生活里。

"咱们工人有力量,嗨!咱们工人有力量!每天每

日工作忙,嗨!每天每日工作忙……"这是一首节奏感强烈的歌曲,这些或高或低、忽短忽长、有老有少的嗓子们凑到一起,像追赶公共汽车一样混乱、匆忙与参差不齐。即便如此,大伙还是群情激昂地挤上这辆"公共汽车"。"发动了机器轰隆隆地响,举起了铁锤响叮当!造成了犁锄好生产,造成了枪炮送前方!哎嗨!哎嗨!哎呀!咱们的脸上放红光,咱们的汗珠往下淌!为什么?为了求解放!为什么?为了求解放!哎!嗨!哎!嗨!为了咱全中国彻底解放!"

这是最后一首歌,也是整个演出的高潮。人们啊,不舍得就这么散伙了,于是在这首歌结束之后,没人动员,也没人倡议,就像设定了重放功能一样,大伙又自发地唱起了第二遍。只是这一遍更加散乱了。当然了,这是一种喜宴过后的散乱,让人怀恋,让人怅惘。

一楼的老牛,开了一家小饭店。见此情景,老牛和老伴捧出了两个最大的西瓜,"呼哧呼哧"地切开——红瓤黑籽,一溜上桌,招呼着唱歌的人们:"我代表老杨的邻居,谢谢诸位好心人啦!"

九

演出的第二天,老杨就感冒了。

感冒不重,但确实是感冒。老杨和卫东都知道,植物人感冒，极易引起肺部感染，从理论上说，这是颇为忌讳的事情。趁着这个理由，老杨想出了一个主意。他草拟了几句话，类似于声明或者启事吧，让卫东找出毛笔，大大地，粗粗地，写在挂历后面的大白纸上。

写完后，老杨和卫东俩人看着都不满意。老杨倒是会写一手中规中矩的楷体。每年过年，他都给自己家写春联呢，但现在显然不能亲自动手了。

还是卫东想了一个主意，他去附近的打字复印店，花了两块钱，把这句话打印在一张白纸上。卫东请教店里的小姑娘，这句话叫声明好呢，还是叫启事呢。小姑娘说，最正规的是公告。

于是，卫东打印了两张公告，一张贴在自家门口，另一张，贴在一楼的入口处了。两张的内容都一样：

公告
你的关心，我们感谢了，但病人需要好好休养，请勿打扰。三楼二号杨国栋之子杨卫东。

果然，公告张贴出来以后，一直到感冒见好，再没有一个人敲响老杨的家门。

但是，屋子里老杨却并不轻松。他正冲着一个纸盒子犯愁呢。

那天的演唱会（不叫演唱会叫什么呢？）之后，还

 秘密生活

搞了一个简单的募捐活动。募捐来的钱款,最大的一张是一百的(一共两张),最小的还有一张已经不流通的两分钱纸币。当然了,最多的还是五块、十块的纸币,毛茸茸的一堆。

老杨清点了一下,总共是七百一十五块八角人民币。

份子就是人情,是有来有往的东西,就像储蓄一样,今天你付出的钱,转了个圈子,还会回来的。但是,自己现在这个样子,人们付出的份子,却是有来无往的。这个有来无往,开始形成重量了,越来越重地压在老杨心头。

听说过领导借病敛财,也看过老吕的所长儿子拐弯收礼。现在,自己不也开始借病发财了吗?问题是,送钱给老杨的都是自己的老工友啊!而且每个人的身上都带着病。马大姐的高血压、朱师傅的冠心病、老侯的心律不齐、老纪的关节炎……谁不是一身一身的病啊?!

更为严重的是,卫东说了,本来捐款是在工友们之间进行的,但是,围观的邻居也有不少捐献的。他就亲眼看见楼下的牛大娘往盒子里投了一张二十元的人民币。

最出乎老杨意料的,是有人送来了一个信封,里面是两千块钱。信封上写着任孝奎三个字。谁是任孝奎啊?老杨想了一会儿,才恍然大悟——任孝奎就是任小鬼啊!

老杨说服自己成为"植物人"的一个重要理由,就

是任小鬼的"戏法"。但是现在,这家伙捐献两千块钱的举动,就好像把老杨屁股下面的椅子抽掉了,让他跌了一个大腔蹲儿。

事情正在起变化,性质不同了!老杨在心里定性了。他开始辗转反侧了,不仅夜不能寐,昼也不能寐了。

"植物人"以后,人们送来的所有礼品都整齐地堆放在厨房。花花绿绿的,像一个小食品店。老杨跟卫东声明了,这些东西,一个都不能动!

老杨找出一张纸,像婚宴后清点礼金一样,一笔一笔地拉出一个单子:马大姐的二斤樱桃,朱师傅的七八个甜瓜,老侯的袖珍电风扇,老纪呢?他给了三个说不上来的东西,像护腰,也像裤衩,但又分明不是护腰和裤衩。

他找出前一段时间的报纸,按照上面的市场价格,一笔一笔换算着。那包樱桃得二十块啊,那几个甜瓜也得十多块钱,那几个大大的黄水蜜桃也得十块钱……老杨在心里一项一项计算着水果的价格,然后从自己腰包里掏出钱,放进铁桶里。

铁桶里的钱快满了。老杨整理了一下,总共三千七百一十五块八角人民币。

怎么处理这笔钱呢?没有太多犹豫,他决定把这些东西捐献给福利院。

老杨把袖珍风扇等物件包好,把钱款装在一个大信封里。因为钱比较多,老杨有点儿担心卫东见钱眼开,又不好明说,就嘱咐卫东,让福利院写个收条。

事后证明,就是这个担心,为老杨惹来了天大的麻烦。

卫东很快就回来了,脸上喜滋滋的,跟小时候被老师表扬了一样。他一进门,就告诉老杨:"纪师傅给的那个东西,既不是护腰,也不是裤衩,你猜是什么?"

老杨摇摇头。看着卫东高兴的劲儿,老杨也卸下了一个包袱——总算处理完了这个棘手的问题了。

"是成人尿不湿。"卫东说罢,拿出一个捐助证明。

一张一本书大小的纸片,顶头印着"渤海市福利院捐助明细",下面标明了捐助的实物与金额,还有捐助人的姓名、电话和住址。老杨扫了一眼,自己捐助的东西,都一一罗列在上。

让老杨欣慰的是,捐助人的一栏里,卫东填的是"原工矿厂一群退休职工"。让他不欣慰的是,电话一栏里,卫东填的是自己家的电话。

老杨有点儿庆幸,如果自己真成植物人了,这些钱、物会有这么好的处理方法吗?

这个夏天,是这座城市有气象记录历史上最热的一个夏天了。

因为过于炎热,一些厂矿和学校已经停产、停课了。每到夜幕降临,楼下的小花园里,总是聚集着比平时更多的人。这已经不是一般意义的纳凉了。很多人家把饭桌搬到了外面。吃完了饭,大人在外面纳凉,孩子就在路灯下做作业。

老杨和卫东却只能坐在家里,打着赤膊,任凭汗水热蚂蚁一般地在周身爬行。

气温高,且没风,要保密,必须关门。窗户可以开着,但又得拉上窗帘。坐在家里,片刻的工夫,身子就湿透了,整个人跟刚上岸一样。卫东稍微好一点儿,每天还能出去溜达一圈,买点儿蔬菜、报纸什么的。显然,他希望在外面多溜达一会儿了。但是,目前的形势对他却越来越不利了。且不说人们总要问起老杨的病情,连他自己也慢慢领悟了,家里有个植物人,自己作为唯一守在床前的亲人,是不合适在外面待太长时间的,更不必说打一圈麻将,甩两把扑克了。

每到晚上,老杨便把家里所有的灯都关上,把凉席铺在阳台上,静静地躺在上面。这样做的好处,一是凉快点儿,再一个,就是可以欣赏外面的声音。

外面的声音如同百花盛开:男人讨论时政和酒量,女人议论发式和菜价,其间夹杂着响亮的咳嗽和吐痰,也少不了抱怨天气、责骂孩子和诅咒领导……老杨深深地感到,人是离不开声音的,尤其是熟悉的声音。声音是空气里的氧,声音是闷热里的凉,有了它,老杨像冲凉一般地清爽了,愉快了。

算算日子,"植物人"已经两个月了。该来的都来了,该看的都看了。关键是,这两个月里,卫东都顺利地把退休金领回来了。就是说,一切都在按计划进行。

现在,准备进行下一个步骤了。

首先,老杨给老家的大姐打了个电话。"植物人"以来,这是他的第一个电话。

"我准备下周回去了。"老杨告诉大姐。

"昨天赶集,我买了些豆面回来……你不是喜欢喝豆面汤吗?"大姐说话的时候,呼哧呼哧直喘。

"你的身体怎么样?"老杨担心地问。

"大姐身体好着哪,我正在收拾东边的南屋呢,你回来了,就住这个屋子。这两天,我就找人盘炕——原来的炕通风不好,你不是喜欢火炕吗?这回啊,保准让你躺上舒舒服服的火炕。"

"等我回去干吧。"老杨说。

"你身体不好,回来就是休息。这样的活哪能让你插手呢?"

卫东从福利院回来的第二天,上午,家里电话响了,卫东接听以后,一边支支吾吾应付着,一边在报纸的空白处写下了"记者,要采访"。

老杨随即在纸上写下一个大字,举给卫东看:"不"。

放下电话,老杨就觉得事情不简单了。福利院拿回来的捐助单,果然给他惹来了麻烦——烧香引出鬼儿啦。

中午的饭吃得没滋没味的。果然,刚放下饭碗,就有人敲门了——这是公告以后的第一次敲门。

"谁啊?"卫东粗声大气地喊了一句。

"卫东,是我啊,丁大婶。"

来人是社区的丁大婶。大婶的儿子跟卫东是好哥们儿,卫东为难地看着老杨。

老杨用手比画了一下饭桌,意思是赶紧把碗筷收拾利索。自己呢,则踮着脚尖,一溜碎步走到床边,钻进蚊帐。

过了一会儿,随着一阵杂乱的脚步声,丁大婶带着一个人进来了。他们到南屋坐下。丁大婶给他们做着彼此介绍。这是杨卫东,杨师傅的儿子。这是晚报新闻部的黄记者,主任助理。他们的声音都不大,有意压低了嗓音。老杨必须全神贯注地听。

晚报的黄记者说话了,听声音年龄不大,说话干脆利落。黄记者说:"你们知道,我们晚报是本市发行量最大的媒体。另外三家——我就不说名字了,捆在一起才比我们多出一点儿点儿,所以啊,我们报纸报道的新闻,一般都会引起全市人民的关注。不瞒你说啊,许多困难家庭,尤其是重症患者,都愿意在我们的媒体上曝光,甚至还有找关系挖门子的,而你却把我们往门外推。这在我从业的经历里,是绝无仅有的。你要知道,这不

是什么批评报道啊。所以,就冲着你这份自尊、自强、自爱的精神,我也要尽职尽责地完成这次采访!"

记者在采访,丁大婶过来探望老杨了。

老伴过世不久,就有人给老杨和丁大婶撮合了。丁大婶住在前楼,老头去世好多年了。大婶比老杨小四岁,爱说爱笑的,性格和笑声都显得年少。介绍人都给双方传话了,已经约好见面时间了。那时老杨的身体好,卫东的那个小买卖刚开张,整个形势使得他有资格考虑这个问题。就在这时候,风云突变了,老杨相继查出了高血压和高血脂的症状。于是,老杨那扇希望的小门刚刚开启了一溜小缝,便悄无声息地关上了。

老杨"植物人"以后,丁大婶没少来。老杨和卫东需要清洗的衣物,她都拿回家洗了,洗好了,叠好了,再板板正正地送回来。

老杨闭着眼,听到丁大婶来到自己床前。她掀开蚊帐,把老杨身上的毯子拽了拽,又整理了一下头发,然后跟卫东要过一个指甲剪,重新回到自己身边。

丁大婶抓过老杨的手,"嘎嘣嘎嘣"地给他剪起了指甲。十个指甲都剪完了,她又用指甲剪上的锉面,"哧哧哧"地打磨着几处指甲边缘。她一边打磨,一边还轻轻地吹着指头。

有一会儿,老杨觉得她突然停了下来。顿了顿,他听到一声叹息:"老杨啊,咱们没缘分啊。"

晚报的报道很快就出来了，在第三版中间，占了很大的版面。文章的标题是《有这样一个爱心家庭》。老杨仔仔细细地看着报纸。他归拢了一下，文章大致包括三大段。

第一段意思，也就是文章的开头，介绍了工友们的那次特殊的演唱会——记者称之为爱心歌会，赞美了朱师傅、马大姐的高尚情操（遗憾的是没写侯师傅和纪师傅），由此引出了植物人杨师傅。

第二段意思，着重讲述了一个单身的下岗工人既照顾植物人的父亲，又拉扯着正念大学的儿子的感人事迹。讲述了他日复一日地照顾患病的父亲，鼻饲进食，端屎端尿，极尽孝子之责。可贵的是，如此困难的他，依然把亲朋好友捐助的钱物都献给了福利院，并在留名栏里写着——原工矿厂一群退休职工。

这是何等的情操和境界啊！文章深情地感叹道。

这样的先进事迹是偶然出现的吗？第三段的意思里，介绍了杨师傅所在街道、社区是如何关心辖区内老弱病残的故事，并历数了这些年取得的各种荣誉。

看完了整个报道，老杨暗暗松口气。本来，他对记者的采访是颇为担忧的。担忧什么呢？他也说不清楚。

现在看来，自己是因祸得福了。谁都知道，报纸是党报啊。在老杨看来，党报的报道，就是以上级文件的形式明确了老杨的"植物人"身份。

倒是卫东愤愤不平了。黄记者把卫东的"卫",写成了"为"。于是卫东给黄记者打了一个电话,说你把我的名字写错啦,是保卫的卫,不是为人民服务的那个为。

十

在老杨看来,演唱活动、新闻报道什么的就跟早些年的运动一样,过了这一阵子,也就风平浪静了。他没想到的是,新闻报道本身没掀起什么波澜,倒是里面提到了爱心演唱会,引起了另一个人的注意。

朝阳街道办事处的魏书记亲自登门了。魏书记的身后还有两个人,一个是街道民政科的孔科长,一个是街道工会的孟主席。孔科长捧着一束鲜花,孟主席拎着一兜水果。

魏书记他们进门后,先到北屋看望了一下老杨,关心了一下吃饭、睡觉和治疗的几个问题,又给卫东送上了一个用红色信封装着的五百元慰问金(这时候,那个孟主席还用相机"咔嚓"了一下),然后转到南屋,坐下来,开始谈话了。

魏主任说话的声音不高,但字字句句都传到了老杨的耳朵里。他说:"杨卫东同志,首先,我该向你检讨啊。虽然我们也做了一些工作,但远远不够。报纸的报道我看了,我们街道有你这样的人,也是我们的骄傲。我们也了解了一下,你和杨师傅,都是忠厚善良的好工人。你们家遇到这种情况,作为一级组织,我们感到很痛心、很同情。"

"感谢政府的关怀,感谢书记的关心。"卫东这两句话说得相当体面。

"你下岗几年了?你以前做什么工作?孩子大学几年级了?"魏书记的问题一个跟着一个。

了解了杨家的基本情况以后,魏书记随即指出:"杨师傅这个状况,你又不工作,这哪行啊?"

老杨听着,心里咯噔一声,到底是领导啊,一下子就看到了问题的关键。

"你现在一个人过?"

"我跟我爸爸过啊。"

"我的意思,你单身?"

卫东"嗯"了一声。

"老孔啊,我就不信,这样孝顺的人找不着对象?你帮着物色物色。"魏书记对民政科的科长说。

"你以后有什么打算?"

"我想,过段时间把我父亲送回老家,在那里治疗。我回来,准备找个工作。"

"嗯,这倒是个不错的想法。你以前做过什么工作啊?"

"干过电工,还干过一段装修。"

"你的工作落实了吗?"

"……"

"我们街道正在筹建一个农贸市场,我们回去研究一下,看能不能给你解决一下。"

"谢谢主任。"卫东的声音陡然提高了。

"你先别感谢。我们还想要你帮我们一个忙呢。具体什么忙,由咱们工会孟主席跟你说吧。"

又一个声音响起来了。听起来,工会主席的声音苍老一些,透着憨厚和平易:"是这么回事儿,市里要搞一台晚会,名字就是《激情燃烧的岁月》,节目由各街道选送。据我们现在掌握,其他街道基本都是相声、小品和合唱什么的,都是传统节目,没有什么新意。我们街道,由魏书记亲自策划并设计了一个节目。魏书记策划的这个节目,非常独特,是一个复合性的表演节目,里面有舞蹈表演,有诗歌朗诵,同时呢,还具有相当的纪实性,具有强烈的艺术感染力!"

"我也……不会表演啊。"卫东为难地说。

"不是要你表演。这个节目需要张师傅——哦,杨师傅到舞台上亮个相。咱们这是真人真事,不弄虚作假!你的任务就是,把杨师傅推到舞台上,转上一圈。"

"啊?"

"你放心,我们尽量减少病人痛苦,救护车接送,就是在舞台上转一圈——一小圈,过后立马拉回家。"

这时候,民政科长插话了:"这台晚会非常重要,全市上下都非常重视。这也是我们书记亲自抓的一个活动。我们一个街道的力量毕竟是有限的,通过这台晚会,也可以唤起全社会的爱心救助。兴许,还有人能把杨师傅的病治好呢。你说是不是啊?"

老杨是第三天早晨才醒过来的。

他是前天中午吃的安眠药。按照既定的方针,中午吃药,傍晚演出,预计第二天中午或下午醒来。

演出,还是不演出?老杨有着更深的考虑。现在,每个月的退休金都是在银行领取的。但退休金领取的资格认定,则由街道把关。前几天的报纸已经登了,退休金领取制度预计在今明两年进行改革,统一纳入街道集中管理。就是说,今后领取退休金,可能得跟街道打交道了。再说了,魏书记又是要解决工作,又是关心单身问题,人家这么关心你、抬举你,你好意思转身就溜啊?!

唉——为了这个家,就算谢幕表演了。当然,老杨也知道,自己是没有这个表演才能的。怎么办呢?好在这个表演,就是不用表演。狠一点儿地说,就是装死。

在老杨决定参加这场"演出"之前,他与卫东还有一次对话。

上回我买的药,你全吃了?老杨问道。自从卫东出

院,老杨从来不碰这个话题。

卫东瞪着眼珠子,右眼急速地眨巴着。见此情景,老杨当下就明白了——卫东没吃那个药。他太了解自己的儿子了,从小到大,卫东说谎时,就是这个表情——眨巴右眼。

你上回到底吃了什么?老杨直截了当地问。

……吃的是安眠药。

安眠药?

那个"518"的药呢?

让我扔了。

你吃了多少安眠药?

我有一个朋友的媳妇是卖药的,我从他那儿打听了一下,稍微多吃了几片,不出事儿就行。

还再去买一点儿吧,剂量比你吃得少一点儿——你睡了五天,我不用那么多。老杨看着窗台上的花篮和红色信封。里面的五百块钱怎么办呢?他想。

卫东惭愧地低着头,两只手互相掰着。

看到卫东哭丧着脸,老杨自己大大咧咧地说,不就是去睡一觉嘛,在哪儿不是睡啊?!演出结束,就回老家。

他自己都不相信,他居然睡了近四十个小时。老杨醒来的时候,不知道是什么时间。他半睁开眼睛,呆呆地正视着上方。就像用一根手指融化冬天的窗花,他的眼球先是木然地正视前方,直到熟悉了环境,这才缓慢地转动一下,视线涟漪一般地向外扩散开来。

直到确认周边没人了,老杨才放心翻转身子。他听见了窗外树枝上叽叽喳喳的鸟叫,听见了厨房里切菜的声音。这时候,窗外又传来了火车粗重的汽笛声……安全回来喽!他疲倦地感叹着。

就像走了好多好多的山路,老杨觉得四肢酸疼,口干舌燥。他摸过收音机,打开了。喇叭里传来了单田芳那熟悉的嗓音——这么说现在是上午十点左右了,好像是在说《三国演义》里的"草船借箭"那一段。

卫东听见声音,跑了进来。

"还算顺利吗?"老杨趔起身子,卫东赶紧把枕头垫进他的后背。

卫东赶紧说,晚会是前天晚上在工人文化宫进行的。演出非常成功,全市的头头脑脑差不多都去了。

"我怎么样?"老杨要了一口水,润了润嗓子,关切地问。

"我昨晚给你买了饺子,你也没醒,我去给你热点儿?"

"先说正经事儿。"

"可精彩啦……你自己看吧。"卫东说罢,拿出了一盘录像带。

卫东穿着一双白色旅游鞋,说话和走路都透着轻松。不用看录像,老杨就知道"演出"是成功的。

因为这盘录像带,卫东还讲述了一个感人的插曲。电视台的记者赠送给卫东一个光盘,说是留个纪念。卫东说家里没有DVD。记者说用电脑看也可以。卫东说,家里没有电脑。那家里有什么?记者问。家里有录像机。卫东说。那还是20世纪80年代的产品呢。记者当即表示,电视台早就不用这个了,但是为了你,我一定给你转到录像带上。

"这不,人家还亲自送来了。"卫东早就把录像机准备好,把带子插进机器了。

屏幕上出现了一面巨大的红色帷幕,上面镶嵌着金色的"激情燃烧的岁月"几个字。这几个字下面,是四个巨大的花体字——"亿鑫之夜"。主持节目的是本市电视台最著名的一对男女主持人,几乎天天在屏幕上亮相的。

节目开始之前,主持人介绍与会领导,于是,屏幕上依次出现了穿着深色西装的书记,穿着深色西装的市长,穿着深色西装的人大常委会主任,穿着深色西装的政协主席和穿着深色西装的纪委书记。

这是五大班子啊。卫东说,演出后,他们还都跟我握手了。

晚会的节目大都是独唱、合唱、相声和小品什么的。

每个节目下面都打上了选送单位的字样。卫东按动了快进键,于是画面抽风似的快进到了老杨那一段。

这是一段诗歌朗诵,选送单位是老杨所在的桃源街道。上来一个男子,留着大背头,非常严肃,孤零零地站在舞台上。他的上方,是一束醒目的灯光。

卫东说,这是我市著名的表演艺术家。老杨怎么会不认识呢?早些年,他成功地扮演过一位中年的老一辈无产阶级革命家,后来,又在一部电视连续剧里出演过一个鞠躬尽瘁的老年皇帝。

艺术家用低沉的声音,介绍着这个"爱心家庭"。他的语气是庄重、沉痛和悠长的。在老杨的记忆里,这种语气应该出现在电视台和收音机里,而且是在发生了什么重大事情的时候。艺术家这边正朗诵着呢,从一侧台口,缓缓地推上了一辆医用平车。车上,白色的床单下隆起一个身材高大的躯体。推车的一男一女,女的是一个护士——一身洁白,男的竟然是卫东。卫东也没有了平时的邋遢样了,头发梳得利利索索,白衬衣,蓝裤子,旅游鞋,脸上泛着油光。

当镜头推近的时候,老杨发现躺在平车上的人正是自己。其实,他知道自己应该躺在平车上的。只是,他不敢相信自己的眼睛。因为,这个人,太不像老杨自己啦!

此人笔直地躺着,面色鲜艳,嘴唇红润,两只手规规矩矩地叠置胸口,只是眉头紧锁,好像在梦里思考什

么重大问题……老杨摸过一个镜子,照了照,脸上已经干净了,没有电视里面的油彩了。

"早擦干净了……是电视台导演要求的,说是为了上镜。"卫东解释道。

电视机的图像不断地跳动。随着平车的推出,从舞台两侧蹿出两溜舞蹈演员。她们围着平车,像须子一样缓缓地舞动着身体。电视画面不清晰,但艺术家的声音却愈发洪亮了。

多少次,我们亲切地想念你;
多少回,我们轻声地呼唤你。
回来吧,我的父亲;
回来吧,我的工友。
你再看一眼吧,爱你的亲人
你再望一眼吧,想你的朋友
你可曾听到机器的轰鸣
你可曾看到火热的工地
掬一捧故乡的泥土,泥土想你
喝一口家乡的泉水,泉水念你
我们向大海呼唤
我们向高山呼唤
回来吧,爷爷
回来吧,父亲

回来吧，兄弟
回来吧，我的朋友
我们相信，你一定会——醒来！
……

其间，镜头几次对准了书记和市长。开始还笑吟吟的书记和市长表情都凝重了起来。这时候，镜头及时地对准了一排老大婶。老大婶们基本泪眼婆娑了。就连艺术家的面颊，也挂上了两行清泪。

在艺术家朗诵期间，舞蹈演员们时而跳跃，时而蹲伏。朗诵接近尾声的时候，她们整齐地围成了一个圆圈，对着平车上那具高大的躯体，身体水草一般柔软地向后倾倒并且一再倾倒，同时双臂高扬，十指快速拨动……这个场面呼应着艺术家激情奔放的朗诵，现场气氛迅速达到了整场晚会的高潮。

表演刚刚结束，主持人就昂然宣布："鉴于杨卫东的尊老爱幼的崇高事迹，本次晚会的冠名单位——亿鑫集团决定吸纳杨卫东为正式职工。"

接着，主持人请上了亿鑫集团的总裁。总裁被潮水般的掌声烘托着，谦逊地走上舞台。

总裁中等个头，敦敦实实，穿着一身深色西装，前面的扣子全部扣上了。总裁说："今天，我也是第一次认识杨卫东，也是第一次听说这个家庭的故事。我们为什么要吸纳杨卫东这样的人到我们集团呢？这是因为，杨卫东无私奉献的行为，与我们集团的文化精神是高度一致的。鉴于他要照顾植物人的父亲，集团决定从这个月开始，每个月给他发放基本生活费用（掌声）。我们集团不仅为杨卫东解决工作，还要为他的儿子提供学费，一直提供到本科毕业（掌声）。如果杨卫东的儿子读硕士，我们负责；如果读博士，我们更负责。最后，我要说，我们很荣幸吸纳这样的人作为我们的员工（热烈的、长时间的掌声）！"

这时候，台下早已掌声雷动了。镜头又一次对准前排的领导们。书记率先站了起来，接着，市长也站了起来，跟着，副书记和副市长纷纷站了起来。周围的观众也都站了起来。

这时候，屏幕上的图像猛然筛动起来，接着，里面的人物像抽筋儿一样扭动起来了。好在声音效果没受影响，所以图像破坏了，但依然能听见会场里的热烈掌声。

"关上吧。"老杨说。

卫东捶了一下电视机外壳，图像没有改观。他又换了个手势拍打，这一回，图像索性挤成了窄窄的一溜，而且连声音也有点儿抖动了。卫东悻悻地关上电视。

"爸，"卫东兴奋地说，"你说我该怎么办呢？"

"……"

"这不是嘛，魏书记答应帮我找工作，这个亿鑫集团又吸收我为正式职工，这一下，快有两个工作了……魏书记说在前面，我怎么好意思回绝呢？"卫东有点儿犯愁了，"我这不是双喜临门吗？怪不得算命的说我今年有好运气。"

窗外火车汽笛长鸣，借着声音的掩护，老杨狠狠地咳嗽了一声。

十一

老杨决定了，明天就出发——回老家。

卫东买船票去了。老杨在家整理行李。手套围脖棉皮鞋，毛衣背心羽绒服……老杨把自己的衣物都找了出来，塞满了两个旅行袋。老杨归置这些衣物，是准备让卫东下一次探望自己时携带的。这一次，因为要以"植物人"的形象出发，不便携带太多物品。

旅行袋的外面，印着天安门城楼的图案。老杨看着旅行袋，想起了远在上海的孙子。这当口，家里的电话响了两遍。这并没影响老杨收拾行李。不管什么电话，一律不接，这是他的纪律。

卫东回来了，买了明天晚上的船票。老杨告诉他，电话响了。卫东翻了翻来电记录，说是宇超的电话。

也不是月初，孙子怎么来电话了呢？老杨正在疑惑着，电话又响了——还是宇超的电话。

卫东通话的时候,按下了电话机上的免提键,这样也能让老杨听到宇超的声音。

"我爷呢?"孙子开口就问。

"你爷去楼下散步了。"卫东说。

"你叫他一下,我有事找他。"孙子说。

"什么事儿,你不能跟我说吗?"卫东说。

"我就要跟爷爷说。"孙子用命令的口气说。

卫东为难地看着老杨。老杨缓慢地伸出手,要过话筒,喉头窜动几下,轻声道:"超儿,找我啊?"

"爷爷,你好吗?"

"好,好得很啊。"

"昨晚,我做了个梦,梦见你病了。让你去医院,你又不去,就在家里躺着……我以前从不做梦的啊。"孙子说话的声音有点儿颤抖了。

"哎哟——我的好孙子,爷爷这不是好生的嘛。爷爷身体不好,但一时半会儿还不会蹬腿呢。"电话机旁贴着孙子的照片。老杨边抚摩着照片,边跟孙子说:"我还要看着你毕业,看着你读研究生、读博士呢!你现在的任务就是好好学习。你学习好了,出息了,就是报答爷爷了。明白吗?"

"放心吧,爷爷!"孙子干脆地说。

接着,孙子跟老杨商量道:"爷啊,我们同学想集体组织一次旅游,坐火车去西藏……你说,假期也不能总是学习,是不是?"

老杨略一沉吟,马上坚决地说:"穷家富路!"

"谢谢爷爷。这就算我的借款啊!"孙子高兴地说。

这个夏天,就像跑了一场漫长的马拉松。明天,就是这个马拉松的终点了。

晚上十二点了,老杨还是睡不着。看了一会儿中央电视台的新闻,又躺了一会儿,横竖还是睡不着,就起来整理一下明天出门穿的衣服。

老杨检查了一下,确认窗帘拉严实了,于是换了一盏亮一点儿的灯泡。他穿上白色的长袖衬衣,套上草绿色的军裤,然后站到了镜子前面。在明晃晃地灯光下,他看到自己瘦了,胡子花白,颧骨凸显。他好久没有这样端详自己了。他正面看了看,又侧面看了看,不禁喃喃自语了,谁能认出这是我杨国栋呢?恐怕大姐也不一定能一眼认出来吧?

他又戴着墨镜,扣上一顶捎色的军帽,并且把帽檐往下拉了拉。镜子里的这个老人,看上去更像一个解甲归田的老军人了。他知道,这个"军人"准备转移了、撤退了,而且是那种高唱着"三大纪律八项注意"的军纪严整、有条不紊、一步一个脚印的撤退。

现在,孙子的学业有保证了——不仅本科两年有了保证,连研究生也有了保证。而且,卫东马上有工作了,

困扰家庭多年的问题,也迎刃而解了。

可是,为什么一点儿成功的喜悦也没有呢?

你知道自己有个孝顺的儿子、出息的孙子,你还看到了那么多好工友、好邻居。你感受到了这么多人的关心、爱护和挂念,心里还不知足啊?上帝啊,天老爷啊,你杨国栋希望的,不都实现了嘛!你想看到的,不都让你看到了吗?老杨啊,你所担心的问题不是都解决了吗?

你要知道,你也得明白,不是所有人都有这个机会感受这些温暖的!老杨用拐杖点了点镜子里的自己,轻声问自己,你活着看到了这些,还不知足吗?

是啊,你不仅完成任务了,而且是超额完成任务啦!就是说,如果现在去世了,所有的问题都完美地解决了,儿子和孙子都会长久地怀念这个好爸爸和好爷爷。再说了,自己如果去世了,倒出了房子,也给儿子下一步的婚事创造了条件。南屋里,就不会总是穿着大裤衩子的卫东一个人在那里来回晃荡了。

但是,为什么,现在一点儿成功的喜悦也没有呢?

"植物人"之前,痛苦是具体的,有形状的,看得见,摸得着;现在呢,计划顺利,进展正常,然而,非但没有了成功的喜悦,而且痛苦也像癌细胞一样扩散了、弥漫了。老杨感到,癌细胞在自己的身体里迅速膨胀并溃决而出,带着热气腾腾的血沫,黏黏稠稠地蔓延着,嗞嗞啦啦地渗进了脚下的泥土。他看到了，在这片血肉模糊的土地上，渐次开出许多嫩黄的菊花。花瓣如同张开的手……老杨眼前晃动起无数愤怒的手指——朱师傅的手指、马大姐的手指、侯师傅的手指、纪师傅的手指……丁大婶正在给自己剪指甲的手也抬了起来，里面甚至还出现了任小鬼那根肥胖白净的手指。千夫所指，万箭穿心啊！所有的手指一律齐齐嗖嗖地戳向自己——杨国栋是骗子！杨卫东是骗子！杨宇超的爷爷和爸爸都是骗子！一家人都是骗子！骗子之家！

还有什么脸见人。

十二

老杨把灯熄灭了，轻轻推开窗。

夜风里多了一丝清凉。最炎热的天气过去了。楼下黑黢黢的。远处路灯下面，有几个人在下象棋，偶尔传来几声棋子拍打棋盘的声音。老杨在窗口静静地站着。他的身后，卫东的鼾声缓缓地传了过来。

快一点钟了，左邻右舍的鼾声陆续传了过来。老杨几经确认，楼下确实没人了，下棋的人也散去了。他把卫东的房门轻轻带上。黑暗里，他在儿子的门外站了一会儿，嘴唇翕动了几下，这才悄悄地溜出家门。

走廊的灯早就没有了。没有月光，楼道里漆黑一片。

老杨抚摸着楼梯扶手,像一条贴着缸壁的游鱼,悄无声息地顺阶而下。这是他非常熟悉的黑暗,一层八磴,总共三十二磴,走了多少年了。

出了楼道,老杨并没有走大门。他从另一边的树丛里穿过,绕开熟悉的路线,朝站前广场走去。他知道那里有几家二十四小时服务的药房。

他很快就遇到难题了。他没料到,现在,稍微正规点儿的药房都不卖安眠药了。用药房的话说,那是医生的处方药。但老杨从营业员闪烁的神情里看出了门道,于是他一面做出被失眠折磨的表情,一面像一个备受委屈的消费者一般理直气壮地质问道,难道买几片睡觉的药就这么难吗,嗯?

老杨穿着洁净的白衬衣,绿军帽,绿军裤,腰板挺直,神情淡定,哪像一个半夜三更寻死觅活的人啊。所以这个办法迅速奏效了,他顺利地买到两片安眠药。

这个办法的缺陷是,每一次,老杨只能买到两到四片安眠药。至于两粒还是四粒,则取决于现场发挥了,更多的时候,得看营业员的态度。没办法,老杨只好一家一家地"理直气壮"了。从站前广场,到港湾桥,再到友好广场,又来到体育场……老杨几乎买遍了他能想到的、看到的和找到的所有药店,数了数,手里仅有二十五粒药片。

二十五粒药片能完成任务吗?没办法,老杨只有往稍微偏远的地方寻找药房了。

他在相当偏远的一家药房完成了任务。这家药房亮着灯，里面却没人。老杨站在门口，喊了几声，也没人应答。他正琢磨着走还是不走呢，这时候来了一个年轻人——跟宇超年龄相仿，头上染着一绺醒目的红色，像软耷耷的鸡冠子。"鸡冠子"说："来俩套儿。"

老杨知道这个人把他当成营业员了。他说："下班了。"

"鸡冠子"不甘心地朝屋里张望。老杨随手把门关上了。

这一关门，老杨就把自己关在药店里面了。这时，他听到了一阵细微的鼾声。循声望去，声音是从墙角发出的。老杨过去一看，一个胖汉正趴在收银台里面酣睡，手边放着小半瓶白酒。他推了一下，胖汉纹丝不动，再推一下，胖汉换了个姿势，又继续酣睡。

老杨找了一圈，在柜台的角落里，发现了他想要的那种药瓶。他拿出药瓶，把里面的药片尽数倒出。他数了数，统共二十五粒药片。他掏出钱，数出二十五粒药的钱数。他把钱放在药瓶的下面，轻轻压上。

做完了这些，他走到药店的门口，关掉电灯，反锁上门。他已经有了五十粒药片了，他确信这是一个能够确保他"上路"的数字。

他开始往家走了。他知道自己离家很远了。他想快

点儿回家了。有几次,他站在路边,希望能拦到一辆出租车。但是,寂静的马路上阒无一人。

马路的两边,低洼不平。老杨走着走着,就走到了马路中央。这时候,他已经越走越快了。他左腿步子大,右腿步子小,看上去,他走路的样子是一蹿一蹿的。很快,他就出汗了,但脚下却并未放缓,而且蹿得更有节奏,更有力量了。

就在这时,他猛然趔趄了一下,身子晃了几下,两脚踉踉跄跄地站下来。就像凭空挨了一鞭子,背部骤然泛起一阵抽搐,而且抽搐的频率越来越急促,似乎要把他的身体锯成两半。

这是他既熟悉又恐惧的一种感觉。每一次发病,都有这样的预兆。

更要命的是,身上竟然没带硝酸甘油片!

路灯稀稀落落地亮着。老杨站在马路中央,如同一个人浮游在阔大的水面上。医学常识告诉他,越是这个时候,越是要心绪平和,保持冷静。现在,他不敢像刚才一般疾走了。他小心地迈开左脚,然后再小心地迈开右脚,比散步还要缓慢地前行,一边走还一边甩动两只胳臂,像一个早起晨练的老人。裤兜里的药瓶不时地发出细碎的声响。

快到家门口了,已经能看到自家的大楼了。街角有一家昼夜营业的食杂店。老杨经过那里时,进去买了一个小瓶的矿泉水。出了门，他站在门外的暗影里，开始吃药了。

吃一粒，喝一口水，喝一口水，吃一粒药……吃到第十几粒的时候，他猛然把所有的药都塞到嘴里，然后"咕嘟咕嘟"地把水喝完。

现在，他只有一个念头了——赶快回家！

整幢大楼黑黢黢的，但一楼老牛家的灯却亮了。即使以老杨这样细碎的步幅，再有十几步也就进入门洞了。老杨沿着墙角，正准备避开老牛家的窗口。这时候，一片灯光"呼啦"一下子照了过来。老杨赶忙退几步，闪回到树丛里。

一辆"扑腾扑腾"的货车，慢慢悠悠地停在楼下。车门一推，下来一人。这时，老牛也从家门出来了，伸了个大大的懒腰。

两个人打了招呼，然后一个车上一个车下地开始卸瓜了。老牛的老伴儿也出来了，点火，和面，准备炸油条。

老杨躲在树丛里，看着他们一个一个地卸瓜。油炸的香味飘起来了，油条出锅了，几个都歇手了，在门口支了张小饭桌，开始吃油条、喝豆浆。卸瓜的人吃完饭后，还不急着干活，又磨磨蹭蹭地开始抽烟了。

对面的大楼又亮了一盏灯，好像是三门洞的老高家。接着，五门洞的老崔家的灯也亮了。这时候，老杨发现，天有点儿蒙蒙亮的意思了。刚才还黑乎乎的大楼，面貌

渐渐明朗起来了。门洞口的两边,挂了高高低低的报箱,贴着横七竖八的修门、开锁的小广告。卫东贴在上面的公告,更是清晰可见。

更糟糕的是,老杨觉得困了,眼皮子直往下出溜。

一车西瓜,才卸了一半,而距离天光大亮,也就是七八分钟的样子了。这时候,已经有人来买早点了。老杨躲在树丛后面,身子往树叶浓密的地方闪避着。现在的局面,已经不是怎么回家了。

老杨从大楼后面绕出来,顺着火车道,晃晃悠悠地来到了火车站。这时候,天光大亮了。站前广场也有了零星的路人。困意像麻袋一样压在老杨身上,他甚至坐在台阶上休息了片刻。

很快,他意识到了这个举动的危险性了。他咬着下唇,用指甲抠着马路牙子上的条石缝隙,努力让自己清醒起来。他站起来了,脑袋低垂,肩胛骨一高一低地晃动着,漫无目的地朝广场外面走去。

他想离开这个地方,他也知道怎么离开这个地方。他很轻易地绕过广场,来到了站台。

站台上,有一班待发的货车。一列列黑色的车厢盖着巨大的黄色苫布。远处有一个工作人员,背冲着老杨,朝着车头的方向吹哨子、挥小旗。老杨看着周边没人,左脚一大步,抢进了车厢连接处。

他牢牢地攥住车钩上面的铁梯。铁梯冰凉、湿滑,带着清晨的露珠。他费力地攀上梯子。他几乎用了他人生最后的力气,掀开了苫布的一角,翻进了车厢。

车厢里一片昏暗。他感觉自己掉到粮堆里了。他抓了一把——是包米。借着苫布边角渗露的细微光亮,他发觉自己躺在包米堆上了。这时候,车身轻轻一晃,货车开动了。

他摊手摊脚地躺着,把四肢伸进包米堆的深处。他能感觉到包米颗粒的光滑与饱满。车速越来越快了,身边的包米发出了一片窸窸窣窣的声响。他摸了摸口袋。药瓶没有了,他确认自己把药吃了,舌苔上还有淡淡的苦涩。

他把一粒包米放进嘴里。他想咬碎它,试了几次都没有成功。他已经没劲儿了。再过一会儿,他连想的劲儿也要没有了。

离身体很近的地方,车轮发出"咔嚓咔嚓"的声响,清脆铿锵。他的身子往包米堆里沉下去。包米粒摩擦着他的脸和脖子。他感觉包米开始淹没他了。米粒钻进了他的脖颈,米粒钻进了他的腋窝,米粒钻进了他的裤筒……他被千千万万颗包米粒摩挲着、托举着,通体熨帖,周身愉快。他快跟这些包米融合到一起了。

"贱民"的悲喜剧与小说之光

——评陈昌平的小说创作

孟繁华

陈昌平的小说似乎特别钟情历史,他重要的作品几乎都和历史相关。如果说历史是一种建构、一种叙事或一种想象的话,那么,任何一种历史叙事都将会遮蔽部分历史,这一历史叙事的"盲点"是任何历史学家都不能逃脱的。所谓"正统"的或在观念统治下的历史叙述,这一问题的存在就尤其严重。事实上日常生活的历史同样是历史,在普通人的生活细节中,我们有可能发现真实的历史或秘密。

陈昌平小说的主角,大都是街坊邻居,他们出身低微,谨言慎行。用阶级分析的方法,他们是"城市贫民"阶层;用文化研究的方法,他们是"市民"或者像斯皮瓦克所说的印度寡妇一样的"贱民"阶层。这个阶层是社会的大多数,但他们却不是社会生活的主体,用葛兰西的话说,他们是可供社会权力支配、征服、统治、被决定的"属下",因此是"低一等"或"下层"的边缘阶级或弱势群体。在理论的意义上,他们被描述为一个"阶级""群体"或"阶层",但就他们具体的真实处境而言,他们是一个个历史的"孤儿"或无辜无助的精神"流民"。

《汉奸》《英雄》《国家机密》和《秘密生活》等作品,可以看作是陈昌平近年来的代表作。这些作品的故事、人物和要表达的旨趣各异,但有一点是相同的,这就是它们都是试图重新表现在并不遥远的过去、切近、特殊的历史境遇中"贱民"的悲喜剧和他们不在个人把握之中的宿命般的被宰制的命运。《汉奸》应该说是迄今为止陈昌平最好的小说。作品讲述的是一个被命名为李徵的破落文人,在日本守备队长田中敬治"三顾茅庐"的感动下,勉为其难地成了田中的书法老师。与《汉奸》的命名相左的是《英雄》。如果说"汉奸"李徵是出于身不由己的话,那么退休工人老高的"英雄"想象,就完全是自己的一厢情愿了。老高在人堆中脱颖而出,他找到了自己被关注、被尊重、被崇拜的感觉。这个感觉就像一个隐形之手控制了他,于是老高也身不由己了。我们不能不赞叹小说对小人物内心的理解和把握,从某种意义上说,我们都有老高的心理期待或成为"英雄"的想象,不同的是我们或者没有机会,或者还没有表现出来。但是,从老高

已经表现出来的"英雄"幻觉来看,老高无疑是一个滑稽的喜剧角色。一个人越是缺乏什么就越要凸显什么,在这个意义上,老高与阿Q有某种血缘联系,不同的是老高在表现形式上发生了变异。因此,这个"英雄"的喜剧故事事实上弥漫着浓重的悲剧意味。那个老高还会兴致勃勃兴奋不已地留恋那个广场和喷薄奔涌的话语和言辞吗?

一个退休群体休闲的场所,无论讲什么都无关宏旨,无非是打发日子扎堆找乐。即便是讲了麦克阿瑟是我们打死的,那会影响中美关系吗?但问题就出在老高对言辞的热爱,他讲的又偏偏是历史,历史叙述本来就是一种权力,历史也有虚构的成分,历史学家汤因比早就有过论述。但是,历史由谁来讲就大有文章了。斯皮瓦克说"属下"(贱民)是不能说话的,因为他们没有这个权力,"首长"对老高的干预,不仅喻示了权力关系,同时也表达了"贱民"对这种权力的僭越欲望和有限的可能性。

《国家机密》讲述的是一个荒诞时期的荒诞故事。小六子王爱娇经常做梦,这与常人没有区别。但小六子做梦总是被人与国家大事联系起来:他梦见敌人飞机掉下来,果然第二天就庆祝击落美国U-2型飞机;他梦见石头会飞,第二天城市就像开锅的水在沸腾般地庆祝人造卫星上天。他还梦见毛主席生气,解放军和大鼻子外国军人打仗,大街上游行,梦见有人在月亮上溜达……小六子王爱娇就这样被塑造成一个神秘主义时代的"先知"和神话。"属下是不能说话的",但年幼的"贱民"小六子不仅拥有了话语权,而且他所说的话无一不是"国家机密"。

在美学的意义上,如果说《汉奸》浸透了悲凉,《英雄》充满了滑稽的话,那么《国家机密》和《秘密生活》弥漫四方的就是荒诞。这些小说都有喜剧的效果,写的都是小人物在权力的宰制下因话语惹出的麻烦。因此,语言就是权力,当这些小人物不再热爱言辞,放弃了英雄/先知想象的时候,不再争夺话语权力的时候,就是他们最后解脱的时刻。

陈昌平貌似松弛的叙述,内在锋芒却凌厉无比。他让小人物走进了历史,小人物也可以作为被述对象。历史叙述本是历史理性的产物,但是历史的发展却并不完全掌握在历史理性之中,也不完全行驶在历史理性预言的轨道上。当感性生活在社会生活结构中获得合法性地位之后,小说探究终极意义的努力开始跌落,历史理性的统治裂开了缝隙。于是,与日常生活场景密切缝合的文学性乘虚而入,这一趋势强化了文学表达的可读性,理性华美的外衣一旦剥落之后,赤裸裸袒露出来的就是感性生活生动的质感。陈昌平小说就是用感性生活照亮了历史理性遮蔽和意义讲

述所删除了的那部分。在小说创作的困境日益严峻,突围的可能越来越艰难的时刻,陈昌平异军突起,他以举重若轻的文字和机敏的想象、轻喜剧的风格和内在的紧张,书写了普通人在不同历史时期的卑微心理和悲凉人生。

© 陈昌平 2014

图书在版编目（CIP）数据

秘密生活/陈昌平著. —大连：大连出版社，2014.10
（"字码头"读库）
ISBN 978-7-5505-0756-2

Ⅰ.①秘… Ⅱ.①陈… Ⅲ.①中篇小说—小说集—中国—当代 Ⅳ.①I247.5

中国版本图书馆CIP数据核字（2014）第188037号

秘密生活
MIMI SHENGHUO

出 版 人：	刘明辉
策划编辑：	刘明辉 张 波 卢 锋
责任编辑：	张 波 魁宏达
封面设计：	林 洋
版式设计：	张 波
封面绘图：	王天用 洪 羽
责任校对：	杨 钟
责任印制：	阎 骋

出版发行者：大连出版社
地址：大连市西岗区长白街10号
邮编：116011
电话：0411-83620442 0411-83620941
传真：0411-83610391
网址：http://www.dlmpm.com
E-mail：dlszhangbo@163.com
印 刷 者：大连美跃彩色印刷有限公司
经 销 者：各地新华书店

幅面尺寸：130 mm×195 mm
印　张：11.75
字　数：242千字
出版时间：2014年10月第1版
印刷时间：2014年10月第1次印刷
书　号：ISBN 978-7-5505-0756-2
定　价：29.00元

版权所有　侵权必究